鸣川文集

秉烛行吟

林遥 著

北京出版集团
北京出版社

图书在版编目（CIP）数据

秉烛行吟 / 林遥著. — 北京：北京出版社，2021.12
（妫川文集）
ISBN 978-7-200-16817-4

Ⅰ. ①秉… Ⅱ. ①林… Ⅲ. ①散文集—中国—当代 Ⅳ. ①I267

中国版本图书馆CIP数据核字（2021）第244329号

妫川文集
秉烛行吟
BING ZHU XINGYIN
林遥 著
*
北 京 出 版 集 团
北 京 出 版 社　出版
（北京北三环中路6号）
邮政编码：100120

网　　址：www.bph.com.cn
北 京 出 版 集 团 总 发 行
新 华 书 店 经 销
北京朝阳印刷厂有限公司印刷
*
787毫米×1092毫米　16开本　14印张　193千字
2021年12月第1版　2023年7月第2次印刷
ISBN 978-7-200-16817-4
定价：58.00元
如有印装质量问题，由本社负责调换
质量监督电话：010-58572393

"妫川文集"编委会

顾　　问：胡昭广　许红海　邱华栋　杨庆祥　杨晓升
　　　　　乔　叶　马役军　刘明耀　胡耀刚
总 策 划：赵安良
主　　任：乔　雨
副 主 任：高立志　高文洲　赵　超　周　诠
主　　编：乔　雨
副 主 编：周　诠
编　　辑：谢久忠　林　遥　周宝平　许青山　张　颖

序

飞雪迎春到

2022年，四年一度的冬奥会即将在北京举行，届时大会将上演一场拥抱冰雪的激情盛宴，而最令人感奋的高山滑雪等精彩项目是在延庆境内北京第二高峰海陀山上举行。为迎接冬奥会来临，中国国际文化交流基金会妫川文学发展基金管委会、延庆区作协联手北京出版集团编辑出版了这套大型丛书"妫川文集"，以之作为盛会文化礼品，这是一个非常值得称赞的文化创意。

延庆，古称妫川。28年前，我任北京市副市长的时候主管科技、教育，多次到过延庆，结识了一些文化、科技、教育工作者。特别是1997年兼任北京控股集团有限公司董事局主席时，吸纳八达岭旅游公司加盟北控在香港成功上市，进而收购龙庆峡、开发玉渡山风景区之后，跟延庆的联系就更紧密了。延庆是个被历史文化深深浸润着的地方，缓缓流动着的古老妫水，炎黄阪泉之战的古战场，春秋时期山戎族遗迹，古崖居遗址，饮誉海内外的八达岭长城，厚重的历史人文和钟灵毓秀的山川，滋润着这片土地，也滋润着这里文化的传承和发展。

一转眼快30年了，无论我在北京工作，还是后来到香港工作，我对延庆的文化、科技、教育发展始终投以关注，也相知、相识了一批默默推动文学艺术发展的有志之士。延庆乡土作家孟广臣同志是个代表人物，20世纪50年代曾出席过全国文联代表大会，受到过毛泽东主席和周恩来总理的接见，出版过许多颇有影响的文学作品，他影响和培养了一大批文学爱好者，对当地的文化发展做出了卓越贡献。

而更重要的是，坚持推动地区社会主义文化艺术繁荣发展，一直为延庆区委、区政府所高度重视。据了解，延庆区作协成立较晚，但是最近5年，在党和政府的大力支持下，他们做了许多事情，在对重点作家进行培养、助力文学新人成长方面，打造了一种积极热情的社会氛围。特别是在挖掘弘扬延庆红色文化方面，做出了不俗的成绩。在这里，还要特别提到一位也曾在延庆工作过的乔雨同志，他当时是我们北京控股集团有限公司董事局最年轻的执行董事、八达岭旅游公司董事长，也是中国作家协会会员。乔雨在诗歌、散文、纪实摄影创作方面成绩斐然，先后在伦敦、巴黎举办了"行走中国"个人摄影展。更重要的是，他对延庆当地文学艺术创作的发展，发挥了承前启后的推动作用。

进入21世纪以来，当代文学创作多少受到了经济发展的冲击，延庆也一样。这个时候，在相隔10年的时间里，乔雨先后主编出版了《妫川文学作品精选集》《妫川文学作品精选集（2001—2011》。前一套汇集了1950年至2000年80余位延庆籍作家的260余篇作品，后一套汇集了21世纪前10年的佳作，计有135位延庆作者的500篇作品选入。这两套书的出版，在当地产生了较大的影响，团结和发现了一批文学创作者，激励和调动了他们的创作热情，这些人中的佼佼者先后加入了北京作家协会和中国作家协会，成为当今妫川文学创作的中坚力量。

还有，在乔雨的积极奔走努力下，2018年夏天，中国国际文化交流基金会专门为延庆设立了"妫川文学发展基金"，资助延庆作家出版图书；设立妫川文学奖，每两年评选一次；激励、支持延庆作家和文学爱好者进行文学创作，冲击国内外大型文学奖，从而促进延庆作家创作出具有时代意义和世界眼光的精品力作。这对延庆的文学艺术发展，是一件功在当今、泽及后人的事情。据了解，这个基金成立后作用显著，已经有19位作家正式出版了个人文学专集或获奖。以上这些都为本次大型丛书"妫川文集"的诞生，奠定了坚实而重要的基础。

文学，作为文化重要的表现形式，在德化民风、善润民心方面发挥着不可替代的作用。延庆正是因为有了像孟广臣、乔雨、赵安良、周诠、谢久忠等一大批埋头苦干、默默耕耘者的无私奉献，才推动了妫川文学大发展、大繁荣。

本次编辑出版的"妫川文集"，是对延庆文学创作的一次大检阅和汇总，也是延庆经济和文化共同繁荣发展的一个标志，更是当代延庆文艺工作者留给历史的文学记忆。本文集精选了乔雨、石中元、陈超、华夏、远山、谢久忠、郭东亮、周诠、林遥、张和平、浅黛11位作家的文学作品，以个人单集的形式出版，汇成文集。石中元创作的报告文学《白河之光》，真实再现了"南有红旗渠，北有白河堡"的历史画卷，是记录妫川儿女在那个火红的社会主义建设年代中埋头苦干、默默奉献的群英谱；郭东亮主编的《妫川骄子》涉及古往今来41位延庆籍人物，从侧面反映了延庆的历史发展进程；周诠的《龙关战事》收录了近年来他创作并在《解放军文艺》等期刊发表的5部中篇小说，基本代表妫川小说的水平。"妫川文集"收录的作品包括诗歌、散文、小说、报告文学、摄影作品，大部分都是在全国文学期刊和报纸上发表过的，有不少曾结集出版，其中还包含了许多曾获得过全国奖项的作品。它不仅能够体现一个地区的文学水平，其中有的作品甚而达到了中国当代文坛的艺术水准。

伟大的时代需要创造伟大的业绩，伟大的业绩需要伟大的作品来讴歌和表达。新的历史时期，以习近平同志为核心的党中央高度重视社会主义文艺工作。习近平指出："文艺是时代前进的号角，最能代表一个时代的风貌，最能引领一个时代的风气，实现'两个一百年'奋斗目标，实现中华民族伟大复兴的中国梦，文艺的作用不可替代，文艺工作者大有可为。广大文艺工作者要从这样的高度认识文艺的地位和作用，认识自己所担负的历史使命和责任，坚持以人民为中心的创作导向，努力创作更多无愧于时代的优秀作品，弘扬中国精神、凝聚中国力量，鼓舞全国各族人民朝气蓬勃迈向未来。"引导广大文艺工作者，也包括入选本文集的延庆籍的作家们，应充分意识到重任在肩，时不我待，要结合实际，深入生活，扎根人民。为人民书写，为人民立传，为时代放歌，创作出更多无愧于时代的优秀作品，推动社会主义文学艺术繁荣，这不仅是我们的责任，更是我们的光荣使命。

古往今来，包含民族精粹的博大精深的文化和当代的文学艺术，都是推动社会发展进步的重要动力。我深信，这套大型文集的出版，无论是对宣传延庆、展示延庆，提升延庆的知名度和美誉度，还是对延庆文化的传承创新以及经济社会发展，都将产生积极而深远的影响，也为实现首都"四个功能"战略定位贡献一份力量。

是为序。

胡昭广
2021年金秋于北京

注：
　　胡昭广，北京市原副市长，中关村科技园区第一任主任，（香港）北京控股集团有限公司董事局主席，京泰集团董事长，中国国际文化交流中心顾问。

目录

003　甂甑忆朱痕

017　乡关写意

030　说书人

053　守庙人

057　烟花醉梦入扬州

063　玄奘的背影

076　武侯之困

087　犹是书生此羽生

097　痴人侯公子

103　书房一间，勿求广厦

114　丝路南国有于阗

129　西北望胡杨

136　履痕卷子

152　阳关独唱

158　沙中清泉

163　天人绝构莫高窟

170　春风不度玉门关

178　风吹戈壁滩

182　江南酒意

188　寂寞梨花魂

201　上善若水

211　跋　撷一片旧时月色掌灯

大地对我们的教诲胜过所有的书本。

——[法]圣埃克絮佩里（1900—1944）

氍毹忆朱痕①

〇

　　一座戏楼，甚至是覆顶倾梁的老戏楼，往往是村镇中的一大景致。

　　大风扬起，大雪纷飞，我行走在京郊的这些静谧村落间，恍惚中，感觉悄隐在青砖残垣里的戏楼，显得更加苍迈，更加老朽，也不知它们在重重岁月的压挤下撑持了多久，以后还能撑持多久，可它们确是岁岁年年地撑持着。

　　在广袤的中国大地上，不管是南方还是北方，不管是山区还是平原，不管是城市还是乡村，几乎都能见到戏楼的身影。尤其是在乡村，几乎每个村、镇都有一个或大或小或今或古或繁或简的戏楼。

　　这些戏楼，似乎被今日的时光遗忘了，总是那么孤独地缄默着，缄默中却也张扬出了一种遗世独立的气势！

---

① 氍毹（qú shū）：毛织地毯，古代演戏，地上铺地毯，是以用氍毹代指舞台。

当历史从从容容地拂去了这些戏楼上的红墙翘顶，卸去了明柱彩绘，它们便幻化成了一方方横陈在地的无字老碑，心定神清地歇卧在了不起眼的地方。它们曾经红红火火地喧闹过，并极有力度地撞击过历史，可现今只能饱含着数不清的老故事守候着身边的黄土地。

学问深时意气平。戏楼变成砖垛或土台之后，便添加了这般深沉的气度。

数年的时间，我步履蹒跚，看过了散落在京郊周边大小散落的数十座残存戏楼，蓦然想起自己写过的《风雪山神庙》中的诗句：

我静候在台下，等待散场。
只记取戏中箫声低咽，锣鼓冰凉。

站在这些戏楼前，我才憬悟自己好久没有看戏了。

电视上看的不作数，因为体味不到现场的气氛。

我最后看戏的印象，停留在风雷京剧团演出的折子戏专场。坐在湖广会馆二楼的包厢，有茶水点心，环境美则美矣，却疏远了幼时在村中摩肩接踵挤在戏楼前看戏的心情。此后我再未进过戏院，屈指算来，已逾十载。

过去，京郊地区的经济相对落后，文化生活单调，唱戏、看戏是大众最主要的娱乐方式，因而戏楼便成了乡村里唯一的文化活动中心，它在人们的心目中有着不可替代的地位。

我出生于农村，从小就喜欢看戏，曾见过很多戏楼。小时候，戏楼在我眼里一直是村子里最为宏伟高大的建筑。

记忆里，邻村中羊坊的戏楼，去的次数最多。每年村里有庙会，就会有唱河北梆子的剧团来这里唱戏。我们这地方喜欢听梆子腔，这种唱腔既有浑厚深沉、悲壮高昂、慷慨激越的风格，又有缠绵悱恻、细腻柔和、轻快活泼的特点，是北方最具地域特色、受众范围颇广的一个古老剧种。

每到那几天，邻近几个村都像过年一样，割肉买菜，以招待前来听戏的亲戚朋友。村上的街道两旁摆满了做生意的小摊，很是热闹。戏楼上慷慨激昂的梆子腔响遏行云，戏楼前拥挤着观众，还有卖各种吃货玩具的小商贩。看戏的大多是中老年人。老人们大都戴着草帽，手里轻摇着蒲扇。尽管正在上演的剧目，他们都不知看了多少遍，情节和唱词都烂熟于心，但每次看戏都是饶有兴致，不到戏演完，一般很少有人半道离场。

20世纪80年代以前，戏楼绝对是村民心中的文化圣殿。但自从电视机普及以后，唱戏、看戏不再是村子里唯一的娱乐活动了。再后来，碟机、手机、互联网也开始普及，文化娱乐形式更加多元化。戏，很快衰落，戏班子也越来越少，戏楼便遭到冷落，被闲置起来，时间一长，也就淡出了人们的视野。

戏楼的数量越来越少了，剩下为数不多的残存，寂寞地蹲守在乡村的角落里，无人问津。

二

> 亲爱的，你用我不懂的，
> 语言的面纱，
> 遮盖着你的容颜……
> 力拔山兮气盖世，时不利兮骓不逝……

这是2004年5月1日，为了纪念梅兰芳诞辰一百一十周年，在长安大戏院上演的新创京剧交响剧诗《梅兰芳》中的几段词。

前者是泰戈尔的诗，用孟加拉语念白，后者是《霸王别姬》的原词，这是节日焰火式的剧作，是庆典式的，是为了纪念，是为了一种仪式。

在世界文艺中，似乎戏剧的交融更加容易和纯粹。

时间倒回至1937年2月1日。长安大戏院落成头一天的夜里，戏楼上突然有煞神大喝一声，顿时灯光大亮。女鬼从后台跑出，煞神、四灵官出台追之。煞神手撒五色粮、五色线，用宝剑剁碎黑碗，拧得一只活公鸡的脖子出血。女鬼被追出戏院前门后，煞神在戏院各处涂抹鸡血，然后返回戏楼。这是旧时戏院惯例的破台仪式，意在祈福驱邪。这样一种仪式，暗合了中国戏剧起源于祭祀。

远在上古时代，华夏大地就出现了以歌舞为职业的人——巫觋①，其中女的称巫，男的叫觋。巫觋在当时很受尊重，因为人们相信他们的舞蹈与酣歌能招来鬼神，并能让神灵高兴。《诗经·陈风·宛丘》中有"坎其击鼓，宛丘之下。无冬无夏，值其鹭羽"。"宛丘"，就是四方高中央低的地方。人在宛丘中，手持羽毛群舞，观众在四周斜坡居高临下观看表演。

亦歌亦舞的表演，往往是一场从上至下的全民性狂欢，无论是庙堂上的君王，还是江湖上的小民。也许字字为节、四声抑扬的汉民族语言特别容易构成音乐韵味，古来的中国几乎无人不歌，无处不歌。

元代芝庵的《唱论》，是一部论及早期戏剧演唱的重要文献。其中的"歌之所"，可以作为戏剧演出场所的一个参考：凡歌之所，"华屋兰堂、衣冠文会、小楼狭阁、月馆风亭、雨窗雪屋、柳外花前"。

中国的戏剧可以在任何地方撂地为场，比如野地江边、柳外花前、厅堂宴集、亭阁楼榭、里巷勾栏等等。这样一种"无处不歌舞"的传统绵延了千百年。只要有一块空无一物的场地，无论在旷野还是街市，在厅堂还是高台，艺人都可以有声有色地演出一部部活剧，扮演着上下数千年、纵横天地间的形形色色的故事。空无一物的场地或舞台，"假作真时真亦假，无为有处有还无"，同时为中国戏剧造就了时空灵活、场景写意、表演虚拟、道具象征等系列艺术特征。

随着戏剧的流播与兴盛，从城镇到乡村，从平原到山区，大凡有人群聚集的地方几乎都设有或大或小或繁或简的表演场所——戏楼诞生了。这些数以万计的古戏楼见证过中国戏剧昔日的繁荣，也目睹过当年古人最活

---

① 觋（xí）：男巫。

生生的民俗生态。一座座戏楼如同一座座博物馆，记录着中国戏剧数百年来的兴衰沉浮，是往日辉煌演剧活动的凝固华章，是当年风光占尽的场上人生的无言诉说，当然也是古代能工巧匠尽展聪明才智的精湛建构。

戏剧有四大要素：剧本、剧场、演员和观众。这四个要素影响着民族性戏剧的特征。在英文里，"戏剧"称"theatre"，是"剧场"的同义语。称"theatre"的戏剧史，实际上是"剧场艺术史"而非"戏剧文学史"，它包括剧场形制、舞台艺术及技术、演出装置及设备丰富的内容。在戏剧发展史上，从流动性的广场献艺到固定的剧场演出，是戏剧的一大飞跃。它意味着戏剧由单纯娱乐性的技艺走向成熟、严肃、深刻、细腻的情节表演。在西方戏剧史上，固定剧场的出现被视为戏剧发展史上的里程碑。

从最原始的"宛丘"，到庙宇乐楼、瓦肆勾栏、宅第府邸、会馆戏楼、酒楼茶楼、戏园及近代改良剧场和众多的流动戏楼，不一而足，蔚为大观。

这些戏楼多是三面敞开，戏楼的台面空间简单，细部则装饰复杂。且不说戏楼前立柱上的对联，单是建筑屋脊、壁柱、梁枋、门窗、屏风及其他细小构件上运用的雕刻、彩绘、装饰，都有无穷的魅力。

古今沧桑，昨是今非。昔日随处可见的舞榭歌台，"风流总被雨打风吹去"。北京地区现存古戏楼、戏台，除了少量保存完好以外，绝大部分都已残破、改建、坍塌，有的仅存台基、遗址、碑刻，连20世纪30年代齐如山、张次溪等学者曾经记述和载录过的著名戏楼亦多荡然无存。

历史更迭，不可逆转。不知人们是否意识到，半个多世纪以来中国大地上经历着的变革，是一场迅速而激烈的中西文化的交替融合运动。如今，几乎所有的戏楼都失去了原有的使用价值，不知不觉代之以混凝土的影剧院、俱乐部、咖啡屋、卡拉OK厅。维持了上千年的瓦肆勾栏、茶馆戏园正在消融，偶存的戏楼已成文物，或者只是因为屋宇未塌而被移作他用，改为课堂、车间、仓库或宿舍。

古老的戏楼陆续倒塌而不可复现。人们似乎不大理会这些司空见惯的旧式建筑有什么价值，以致后来者难觅其踪迹。

三

　　村落中残存的戏楼与城市中的戏楼仍有很大不同。村里的戏楼因寺庙而设，一台多用。

　　凡有戏楼的乡村，戏楼均是庙宇建置的一部分。旧时的乡村寺庙，不但是宗教活动场所，亦是社会交际场所。村民们世世代代厮守在自家的一方土地上，日出而作，日落而息，"鸡犬相闻，老死不相往来"。在日常生活枯燥贫乏的自然村落里，只有庙宇乡祠是唯一的交际场所，其周围，又兼具集市场所和文化娱乐场所的功能。

　　乡村的一切宗教活动、社会活动、经济活动、文化活动都围绕着庙宇和集市展开，其间的戏楼便带有庙市文化的特征。乡村庙市随节令农时而有起有落，开庙、开市虽有定时，并非日常性的。一年之中，神诞之日不过一次，年节的宗教活动也不过几次。以"市"而言，集市易物不违农时，农忙时少，农闲时多，平均每月不过两次左右。因为乡村的财力有限，平常的集市以简单的经济活动为主，文化娱乐活动则在其次。因此，年节之际的庙会虽热闹非凡，平时的庙宇却冷冷清清。这样一来，戏楼的利用率并不高，于是既用于宗教祭祀，又用于自娱性的社火，也用于职业艺人的演剧，有时甚至用来集会。

　　乡村庙宇及戏楼的设置，受到自然地理环境、商业交通、政治军事、文化习俗等诸多因素的影响。

　　北京的东南部一马平川，面临京津平原。西部倚太行山余脉，俗称西山。西北部山区既是太行山和燕山的分界处，也是阻隔晋北、内蒙古、东北地区的自然屏障，又有通往以上各地区的关口、通途。这样背山面原、通达四方的地理位置，加上北京城特有的历史文化环境，北京市以此提出了"一城三带"为重点的历史文化名城保护观念。所谓"三带"，说起来其实就是指环绕京城的郊区，其散落在乡村的庙宇、戏楼活动，既有大同，亦有小异。

京东称通州，古来是我国东南地区通往京城的交通重镇，属于大运河文化带。元代开凿通惠河，连接大运河，通州便成为南北漕运的重要码头。除了水路运输经由此地直达京师外，清代因通惠河堵塞，水源不定，又以通州作为陆路转运的枢纽。经由大运河舟运而至的南方漕粮由此登岸，装车入京。出入京师的各路官吏、商贾、士旅亦在这里纵马入京或扬帆南行。其地理位置扼京津之咽喉，控冀东各县，清代有"一京二津三通州"之誉——在冀东地区，通州作为商埠，繁华程度仅次于北京、天津。因此，通州有的庙宇、庙会便带有商路色彩。例如在通州城内外，清康熙、乾隆时期先后建有两座万寿宫。城内的万寿宫建于康熙中叶，由江西九府城内的十三个粮帮集资兴建，设有戏楼。每年农历二月初和八月下旬，粮船人员在此演戏、祭祀。城外万寿宫建于乾隆初年，由江西在通州经营书业、瓷业的商户集资而成，亦有戏楼，春、秋两季举行庙会，同时演戏。只可惜这两座万寿宫今已不存。

京西门头沟，地处西山山区，又是通往河北怀来、张家口和晋北的主要通道，属于西山永定河文化带。此地的民俗文化传统与燕北、晋北相接，金、元、明时期的寺庙尚有存留。又因盛产煤炭，自元、明起，大小煤窑日益昌盛，直接供应京都。除了若干寺庙可远溯金、元外，清代由诸多商号集资修建的三家店三官庙戏楼尚存碑记，又有祭祀窑神的门头沟城子圈门戏楼，可见煤行、商号的行业性特点。

京北密云、怀柔、延庆，山峦重叠，坡多地少，有长城绵亘其间，属于长城文化带。这些地区较为贫瘠，却是北京城的"北门锁钥"。一方面，通往关外的商路顽强地越岭而过，流通着经济血脉；另一方面，明清之际，因关内外民族矛盾造成战争动乱，关口要道不断修建长城，加强军事防御，又造成某种封闭。当地乡村的经济文化不很发达。因长城周围屯兵不断，随军设置的庙宇便成为军民合一的重要的社会活动场所。明代密云的古北口关帝庙戏楼即与屯兵有关，怀柔在明代嘉靖、万历年间亦建有黄花城戏楼和二道关戏楼。此外，这些地区多关帝庙戏楼，也含有崇武的因素。

尽管各地区的乡村庙宇及戏楼略带地方特色的"小异"，在总体形势上却是"大同"。凡有戏楼之寺庙，皆为民俗庙会集中之处。

清代京郊乡村普遍设立而且为数更多的，是与村民日常生活密切相关的乡祠小庙，如龙王庙、娘娘庙（碧霞元君）、关帝庙、菩萨庙、瘟神庙之类，戏楼设置在庙门外或神殿前的开阔地带，有时甚至数庙共一台。县城内则多为城隍庙、关帝庙、火神庙，大抵在交通方便之处设戏楼或数庙共一戏楼，规模稍宏。如清代密云城有四大戏楼：城隍庙戏楼、老爷庙（祀关老爷，即关羽）戏楼、火神庙戏楼、商会会馆（原三圣神祠）戏楼。通州城的城隍庙戏楼和怀柔城东门外的东关三庙戏楼（天齐庙、龙王庙、火神庙）也都在当地颇有名气。

以上庙宇，龙王庙与祈雨有关；娘娘庙、菩萨庙与求子有关；瘟神庙与祛病除灾有关；关帝庙与忠义道德有关；城隍庙、土地庙是一城一方之主；火神庙关系到城内商铺、房屋的火灾……将与自身日常生活密切相关的神灵立庙奉祀，反映着村乡之民的质朴的生活愿望。每逢神诞之日或有求于神灵之时，他们便奉献供品，许愿演戏。一旦愿望实现，又要再献供品，演戏酬神。年节之际，辞旧迎新，更要聚拢在寺庙周围尽情狂欢，与神同庆。

四

庙宇乡祠在乡村的盛行固然有传统民俗的因素，却又与宫廷官府的提倡有关。"上有所好，下必甚焉"，京都城里既然做出了榜样，京郊乡里遂起而仿效，甚或超越礼仪的规范而以"戏"代"礼"。

清光绪五年（1879）《延庆州志·庙祀》中记载有龙王庙、关帝庙之设的意义：

龙王庙……《文献通考》：唐开元二年，诏祠龙池，又诏置坛及祠堂。十八年，敕太常卿韦绍草祭仪。绍奏：案《周礼·大宗伯》……祭法曰：能出云为风雨者，皆曰神龙。四灵之畜，能为云雨，亦曰神也……其飨之日，请用二月……其牲用少宰，乐用鼓钟，舞用帗舞，樽用散酒以一献。

宋京城东，旧有五龙祠，用唐礼行其祀，用中祀礼。又城西隅有九龙堂，赐名"普济堂"。大观四年，诏封英灵顺济龙王为灵顺诏应安济王。是年八月，诏天下五龙神皆封王爵。青龙神封广仁王，赤龙神封嘉泽王，黄龙神封孚应王，白龙神封义济王，黑龙神封灵泽王。《续文献通考》：茅山前有龙池，岁旱祷则应，绍兴中敕封敷泽广惠侯。

《大清会典》：雍正二年，敕封四海龙王之神，东曰显仁，南曰昭明，西曰正恒，北曰崇礼。遣官赍送香帛，地方官致祭。五年，分送各直省龙王神像，建庙奉祀。

一部京郊的地方志书，引经据典地说明唐、宋以来祭祀龙王的来由：就是为了能够行雨，还举"岁旱祷则应"的例子。文中强调了清雍正五年（1727）宫廷给各地方下达的指示，为龙王神像"建庙奉祀"。于是乎，京郊遍布龙王庙。

北方地区历来干旱，京郊缺水，山区尤甚。农村靠天吃饭，雨水被视为生命之露。特别在春、夏农作物生长季节，农田亟盼甘霖，在村落里的求雨活动，被视为极其庄重的大事。

自商、周起，祀雨、驱除旱魃便是全国性的仪典，称"雩祭"。汉、唐改祀龙神。数千年来，朝廷提倡，民间响应，遂成习俗。每祀龙神，除准备供品外，必以乐舞相伴，有的以抬龙王游街走会的形式祭祀，有的衍生为献戏许愿、还愿。

明万历年间的《宛署杂记》记载，北京的龙王庙大都设在城外，除外城阜财坊有两处外，远近乡村共有二十处。清代则大小乡村均设龙王庙，不可数计。龙王庙前设戏楼，则是司空见惯的事。

《延庆州志》又载：

关帝庙……《明史》：关公庙，洪武二十七年建于南京鸡笼山之阳，称"汉前将军汉寿亭侯"。嘉靖十年订其讹，称汉前将军汉寿亭侯祭以四孟岁暮及五月二十三日。北京祭日同。

《大清会典》：顺治元年，定每年五月二十三日祭。九年，敕封忠义神武关圣大帝。雍正三年，敕封关圣三代公爵，制造神牌，供奉后殿，五月致祭。外定于春秋二仲月上戊日致祭。五年，题准前殿……其五月十三日致祭但祭前殿。

据此可知，明初洪武年间，宫廷已在当时的京城南京立庙祭祀关羽，后不断加封。据明代刘侗、于奕正的《帝京景物略》载：

关庙自古今，偏华夷，其祠于京畿也，鼓钟接闻，又岁有增焉，又月有增焉。

关帝庙之所以在京城地区年年月月地增加，皆与朝廷的倡导有关。

在乡村，祭祀的方式，选择了"礼乐酬神"，将戏楼设置在村中的庙门以外，正对神殿，祭祀成为一场狂欢。

有的地方寺庙多而集中，往往几座寺庙共用一个戏楼，而寺庙供奉的礼乐，乡村庙宇难得备有。年节之际的供奉，一是靠村落中的半农半乐的业余演奏班子；一是靠延请戏班演戏酬神，以增添庙会的喜庆娱乐气氛。大的寺庙，即使备有司仪司乐的僧道，也并不以此谋生，不必去参与艺术竞争。从艺术的角度讲，乡村僧道乐同样属于业余水准。

因此，乡村戏楼不可与都市中的勾栏同日而语。戏楼同时用于祭祀、社火、演剧、集会，主要体现为宗教祭礼和村民的自娱活动，如请神、安神、走会、花会等民俗仪式。庙会活动的经费靠村民集资摊派，雇戏班表演，请村民们共同观赏。当然，在村落和庙宇较多的地方，酬神演戏活动略为频繁，便有村民组成半农半艺的戏班，农忙时务农，农闲时演戏——除了根据自身的文化水准和技艺水平编演一些村民们喜闻乐见的节目戏目以外，也向职业戏班学习一些东西。

五

年复一年的、处于封闭和半封闭状态的宗教乐舞和自娱活动，虽有雏形的、初级的戏剧从中产生，却往往要靠外来的戏班增添新的艺术营养。被村民们吸收的某些营养融入社火百戏后，又因乡村较为闭塞而凝滞、稳定，从而体现为杂戏式的、多种层次的文化积淀。

这些乡村庙宇戏楼的后台，那样的窄小、阴暗甚至潮湿，条件很差。江湖戏班到此演出，有时要在台上留宿，以看守行头。苦闷无聊之时，艺人往往在后台墙面上留下题迹，发泄不满。杂乱无章的后台题迹，可以说是乡村戏俗的反映，其中除了戏班、年月、戏出等题署外，还包括游戏文字、骂人的脏话、淫秽的图画，其中多有贫困流浪的心理写照。

延庆中羊坊村泰山庙戏楼的后台有光绪十九年（1893）的题墨：

夹在中羊坊，教（叫）人好悲伤。正（整）日小米范（饭），吃的茄子汤。任××在（再）不来了。

延庆大泥河村龙王庙戏楼的后台有光绪年间的题墨：

来在大泥河，腿（退）戏休愿（怨）我。驼（驮）箱驼（驮）不动，乏价礼（理）不合。

密云古北口瘟神庙戏楼后台有清末戏班题迹：

天上下雨想（响）叮当，忽然想起我家乡。眼望夫妻不见面，哭的（得）两眼知（直）汪汪。

走在这些京郊乡村的老街上，偶然间，就会发现一些尚未闪失了老面孔的戏楼。它们很老朽了，尽管缺梁短柱，破顶歪墙，却因为广结善缘，因为酬神与娱民的双重功能，便无伤大雅地撑持下来了。爱人者，人恒爱之。戏楼也同一些寺庙一样，自豪地端立至今，并向人们昭示着"兴亡千秋事，梨园万古新"的深层含义！

当你慢慢走过去，慢慢地登上凸凸凹凹的台阶，慢慢地蹚入台口，你就会看到被尘土和蛛丝遮掩了的壁画，那上面的那些影影绰绰的古人都在默默地审视着你。你似乎也听到了他们的呼吸，听到了他们的叹息！

在满是尘土的台面上慢慢挪步，慢慢思考，你会窥见一些帝王将相和才子佳人，你会窥见亮亮的珠花儿、颤嘟嘟的绒球儿、绚丽的靠旗和飞扬的飘带，还有长长短短的兵器。风来了，你伴着极有劲力的风声，也就听到了隐隐约约的行腔弄调声，那声音也越来越高亢！渐渐地，你又听出了戏文中可歌可泣的内容，听见了古人在哭在笑在吼喊。随后，他们又都趁着夜色，低吟着正气之歌，缓缓地隐没了。

过去的数百年间，在横风斜雨的环境中，看惯了风云变幻的村民，听久了马蹄嘶鸣的村民，或许，只能从戏楼那里乞讨一些短暂的安宁，从戏中人物身上感受一些浓浓的温情，他们也会随着剧情哭着笑着。戏楼能为他们描摹出斑斑斓斓的五彩光环，能够柔抚他们惶惶然的心境。也许，只有当他们聚在戏楼前看戏时，才会感到一份惬意，如同品味老酒和酽茶一般，恣意地投入到一本本唱念做打的戏中，与台上的人物同悲同喜。当他们的心灵同他们极为敬畏、极为仰慕的古人贴在了一起，他们也便有了底气，也便有了生活的勇气！

拉大锯，扯大锯，姥姥村里唱大戏。

接闺女，请女婿，小小子也要去。

落日余晖下，我耳边仿佛响起了幼年这首耳熟能详的歌谣。"礼失而求之于野。"残存于荒野之间的戏楼，依稀向我阐释了一组关于古老民族的文化基因密码。

【作者手记】

乡野戏台的时空维度

小的时候，我生活在京郊农村，每逢重大节日，邻近几个村子经常会集中在一起，出一笔钱，请戏班子在有戏台的村子里唱戏。

幼时的我，发现戏台的对面多半都是庙宇，只不过当时已经改作了仓库，戏台因为具有群众聚集场所的作用，依然保存。后来我做文物工作，考诸文化层次，唱戏酬神，源远流长。《诗经·周颂》："既谋事求助，致敬民神，春祈秋报，故次《载芟》《良耜》也。"这份虔诚寄托着中国人对于大自然和万物最朴素的观念。

做文物普查时，走遍了延庆大大小小的不可移动文物点。今日乡村，几乎所有戏台都失去了本身的价值。当公众娱乐的场所转换为影剧院、咖啡厅、网吧时，古老的戏台，倒塌而不可复现，人们也不大理会这些旧建筑的价值。在历史上，这里是重要的公众集会场所，在它的周围形成了群众性的社会交往、经济贸易和文化娱乐。戏台在这里承载的，是民众久远的精神寄托。

庙宇的戏台，原是祀神用的祭台、乐台。祀神实际上是娱神，用种种方式表示对神灵的尊重，讨好神灵。

祭祀具有等级化、规范化的特征。而神殿外的庭院和广场则相当于户外，可以制造欢庆、娱乐的气氛。因此，群众性仪式和神殿内的礼乐仪式有所不同，往往百戏杂陈，熙熙攘攘。那种自由欢乐的庆典，仿佛是民间技艺的大展阅，被称作"庙会""闹社火"。一个"会"字，体现着群众性的集会。一个"闹"字,一个"火"字,恰如其分地传达着普通民众热烈欢腾的调性。

远离城市的乡村,庙宇是开放的,有的与集市相结合,有的类似于村里的公告台。这种独特的个性,在于它是"乡村",是"庙宇",是"戏台"。

"乡村",区别了"都市"文化环境。

"庙宇",区别了商业化的剧场。

"戏台",群众性民间社戏的样式,区别了正统礼仪乐舞。

乡村的戏台,因庙而设,一台多用。戏台上演戏,观众视线互不遮挡。在这里演出,锣鼓点要强烈,节奏要响亮,化装服饰要艳丽,动作要夸张。乡民们要的是热闹。

回想这些褪去了历史风姿的戏台,也总让我想起这些戏台背后的故事,作为一个文学写作者,又该怎样去呈现呢?

我个人比较推崇"文章"这个概念。在中国文学中,一直有"文章学"的传统,无论书信、论文、报告,甚至说明文,写人记事论学问,如果在内容之外,能够拥有性情和情致,读来也就熨帖了。

小小的戏台,可以看出历史,亦可看出地域文化,看出昔日伶人的生存和挣扎,看出时代发展的复杂性,看出人们面对历史变迁时的态度。

在历史的遗存上怀古,不一定要"大",小的、沉默的、消失的,也会给我们带来有意思的角度和观察。我试图把目光投射进这些旧戏台,在怀旧的表达中,有当下的反思和呈现。文学当然不是留声机,甚至常常是向后看的。在这个过程中,我想探求这一方舞台上,承载着先民怎样的智慧和精神渊薮,只是探求的结果还过于简单。

我永远记得,在一个刚下过雪的冬日,邻居套着骡子车,拉上我去邻村看戏的情景。奶奶用一个大棉袄,把我紧紧地搂在怀里。我不知道将要看到什么样的故事,但是那份期待,如同将要在时空维度中,赴一次华丽的精神冒险。

乡关写意

妫川初夏

一个城市有一个城市的个性，好比一个时代有一个时代的烙印。唐是飘逸的，宋是巧拙的，元该有点儿豪放吧，明或者是一种内敛。又好比女孩子的裙子，总有一个主色调。纯真中带着淡淡的迷茫，浪漫中隐着些许的忧伤，那该是少女的吧？妩媚中含着几丝的娇嗔，成熟中内透出一种丰韵，该是少妇的吧？至于雅号"妫川"的延庆，我想该是明王朝遗落在北地的绮梦，要不怎么带着飘逸的灵动？或者是少女投射的一个浅浅笑容，要不丰韵中怎么藏着忧伤的隐痛？

小城延庆还没有睡醒，初夏的阳光已经融融地爬上窗棂。嫩黄的杨柳叶上，有清凌凌的露珠泛着粼光，滴落在旧城斑驳的墙上。空气中有凉凉的风款款而过，浅浅的花香氤氲在晨曦投下的清辉里。湖西的公园，蜿蜒的妫水，河浦的湄畔，有三三两两晨练的老人，皂襟短甲，长剑击空，晨露中有弧形的寒光伴着扑棱棱的鸟声落入无边的天际。

紫陌红尘的郊外，碧水蓝天的槐丛，仿佛有青衣的女子莺语婉转，呵气如兰：

凤闻淳朴称隆庆，此日登楼动客情。
边塞北来秋气早，关河南去晚烟平。
四山叠翠环村落，二水交流陟夹城。
休息百年安富庶，弦歌处处报西成。

这是清人刘之璋的《登延庆市楼》。诗人生平已无可考，只留下这首关于小城的音律，平平仄仄，一路奔来，吹皱一池的春水。

不知诗人登临之处，是否为昔日延庆城的最高建筑——玉皇阁？

延庆旧城以南北大街为中轴线，十字街建有玉皇阁。玉皇阁建筑三层，一层西面悬有匾额"天工人代"，二层南面悬有匾额"四围山色"，三层南面悬有匾额"王虚真境"。一层还有楹联，文字已不可考。

明隆庆元年（1567），隆庆改名延庆。明万历四十四年（1616），增修南关和新堡砖墙。从清代的《延庆州城图》看，延庆城变成了六座城门、一座西水门和一个南水门洞，北城门、东城门和内城南城门都筑有瓮城，南门名"奉宣"，东门名"致和"，北门名"靖远"。

往日风流，总被雨打风吹而去，今日延庆城里的风光依旧，却难寻古老的印痕。

宽广的妫水大街永远不歇，匆忙的机动车永远繁忙。总有好奇的目光，南来的，北往的，金发的，碧眼的，或深或浅，密密麻麻地散落在小城的周遭。古老的延庆就像一位成熟典雅的知性女子，周身透着迷人的韵致，用清俊明媚的笑容，落落大方地欢迎着每一位来人。

京城的溽热已经难耐，而延庆的夏，脚步依旧有些羞涩。沥沥滴答的细雨打湿关于初夏的记忆，点点滴滴，就像盛开在雨中的伞花，灿烂得依稀而不可捉摸。就在这样的午后，踏进小城中的酒肆，无语的茶社，镂空雕花的窗格子，诉说着前朝的气象，轻盈素雅的屏风，疏落有致的竹围，垂下来一帘幽梦。那焙醪研茗的纤纤玉手，可是当垆的文君？举手投足里抖泻出从容笃定的情趣和娴熟干练的才情，和着细风疏雨，恍若隔世……

还没来得及收拾好雨具，北方疏朗的雨丝已消失了影踪，天气乍晴，妙龄的少女，宛如午夜的星斗，呼啦啦地一下子撒落了大街小巷，闪在晨曦，闪在日暮，每一颗都是那么灿烂，那么绚丽。于是，空气中便洋溢着青春的气息。衣香鬓影里，你的目光定定的，不知道究竟该如何搁置。

妫川的这个夏，到处都是亮艳艳的，注定要灼伤你寻美求真的目光。

相爱的人们，漫步在金柳碧水的夏都公园，晚风扬起舒婉曼回的弱柳，那可是旧时子弟举起的楚楚风袂？读诗的少女，斜倚窗前，倾听着时光呼啸而过，眼看着那些逝去的日子，一片片地堆积，像七彩的云朵，泪光模糊里有白衣长发的少年打马而过，所有往昔的记忆，便在一刹那清晰凸现：

蒹葭苍苍，白露为霜。
所谓伊人，在水一方。
……

是谁在蒹葭弥眼的兰汀，幽幽地低唱，如泣如诉，不绝如缕。湿漉漉的眼光里带着忧伤，在黄昏卷帘的一问一答中，都化作箫声，随风飞去。

妫川的梦，浅浅的，让你涉水而过，不受风寒。

秋日里的江水泉

我在莫奈那幅《枫丹白露的橡树林》里嗅到过秋的味道。一种植物与泥土混合的气息，清新中带些生涩，透着些许凉意迎面扑来。

那是一种让人浮想联翩的气息。

秋的味道，从留存的角度来讲，甚至是难于记忆的，只有身临其境闻到时，才能记起它的情感和意蕴。

午后，我漫步在江水泉公园的阳光里了。

满园都是白杨和灌木丛，给秋天的江水泉平添了锚锚般的定力。白杨是藏了些动感的，优美的曲线里透着遒劲的气势。灌木却大多静默，显得更为肃穆。

秋天午后的阳光懒懒地洒落在公园的水面上，林木扶疏，雕塑掩映。回想起数年前这里的原始形态，我因此觉得这里的阳光和别处不同，似乎更加老成持重，宽厚包容。它照在我的脸上时，我感到一种穿过时光的摩挲。

蝴蝶展翅，荷叶绽放，各具形态的雕塑分散于公园的每一个角落。七个景区曲折环绕，分布在这块平开沃野的土地上，错落有致。

漫步在木桥之上，蓦然远眺，我看到了一棵白杨树，树身积满了斑驳印痕，身躯依然粗壮，突兀的枝丫向上伸展着，仿佛在叩问苍天。

它站在这儿多久了？远在这儿还是一片低洼不平的荒草烂泥滩时就守在这里，就这么站着。它也一定曾经拥有过高大伟岸枝繁叶茂，可惜它最风光的样子我没看到，而我看到它的时候它仿佛已成了一尊雕塑，保持着睥睨的姿态。

我想它是无论如何也不肯放弃这一生的气节的。它昂然立着，像在宣扬一种不朽的精神，留给后人的沉思甚至比生前还要多得多。我不由得确信，这样的植物必是有灵魂的。逢一个月朗风清的夜晚静静地守着它，一定能听到它的私语。

当时光完成最后一朵花的开落，当成熟的麦田沉陷为曾经的沧海，当所有的季节只褪剩一种颜色，下午的阳光把树丛的身影渐渐变得枯瘦，飘落的叶片在风的舞动下轻轻划过水面。

风正轻轻飘来，带来远方秋的消息，连同我的梦想、我的期盼、我的沉醉，还有那沉甸甸的散发着泥土馨香的丰收喜悦，都将随之而来。我依旧如稚童般无邪的双眸,终于望到了心底阳光的微笑。刹那间,颤动的灵魂再也无法独享这个寂寞辽远的清秋,一颗茫然的心,急切地谛听鸿雁捎回的讯息。

其实我也知道,有些讯息,是不用去谛听的。在这个秋日的午后,许多思绪就像踩着江水泉公园的湿地一般沙沙地响过了,江水泉留给我最美的印象竟是在深秋时分。树枝,开始裸露身姿,叶,全躺在地上。少了夜晚的灯火相映,少了夏日浓翠的林荫,整个公园只是深深浅浅的土色,和这阴冷的秋天一般。小路上几乎没有游人,石凳凉得让你不敢去坐,想钻进你身体的秋风,追得你不得不停地沿着小径走呀走,通幽的小桥、湖面仿佛把你和外面的世界隔开。

天,又高又远,呈现出梦幻般的深蓝颜色,我揣起了手,轻嘘了一口气,看雾气在面前渐渐消散。我憬悟到,这秋日里的晚晴,在江水泉的记忆中已化作了一股久而弥醉的醇香。

冬日八达岭

我一直认为,八达岭如果没有了冬日的风雪,整个长城予我的印象将永远都是一张苍白的素描。某日天近黄昏,彤云密布,故友相邀,于是冲寒踏雪而去。

其时天色微曛,略有飘雪,路滑甚是难行,行至登城口时,已颇有风霜之色。

夕阳,给西边山的轮廓涂了厚厚一层酡红。积雪的山峰遮挡了斜阳,投射出的一抹阴影划过空气,洒在东边山峦之间。风匀速地走着,没有翠色,却有满目的金黄,不是稻谷飘香的黄,是夕阳的金色浸没了草的缘故。没有声音。枯黄的杂草浸没在夕阳之中,泛着金黄。冰凌凝住了草根,草枝在风中摇曳,簌簌地战栗。

"八达高坡百尺强,径连大漠去荒荒。"八达岭古称天险,山势巍峨险峻自不待言。伫立城墙边放眼眺望,一条银装素裹的巨龙,蜿蜒倾卧于崇山峻岭之间,带着连绵而不可断绝的雄壮气势,始终如一地与一碧如洗的天空唇齿相依,听凭静谧无声的白雪,去守候具体而微妙的悠远境界。

这是北方冬季特有的风,干冷干冷,吹打在脸上仿佛刀割一般。抹一把额头,没有汗,它还没来得及凝成珠,就已经散发在稀薄的空气中了。手掌却搂了一团冷风,从敞开的领口扑进胸膛,像是清新了肺,却钻进毛孔,透心凉。打了一连串寒战,心跳渐稳,节奏舒缓下来。

天空很暗淡。

看似浓烈的薄日照至地面时,却连最后一点儿热度都散尽了。空气中还是弥漫着冻得让人鼻子发出"咻咻"声的寒意。

寒风依旧平稳地刮着,看不见摸不着也听不到,却实实在在地冰凉刺骨。手扶垛口俯视而下,甲戈嘶鸣的声音仿佛在耳际回旋,四周静谧无声,留下一串似无休止的休止符。轻抚着那粗粝的砖石,是一种不可名状的悲戚,在无情的岁月镌刻出的皱纹里,却不知蕴含了历史多少的悲哀。

冷,一种深彻入骨的冰冷。可抬眼四望时,心却猛然炽烈地燃烧起来。这长城,这万古的雄关,在这某年某月某日的入暮时分,竟如此的深刻而鲜明!我被充溢心底的汩汩涌动裹挟得不能自已,冲动地想为它当场诵歌一篇以释心头之快。于是许多断章残句涌到口边,试图去准确地描述眼前这豪壮的美,却没有任何词句能恰如其分。我喟然长叹:于我来说,这庄严的华美,一辈子也不可能有足够的修养和才力来形容。我绝望于自己的捕捉和记忆,不再强求,只有双手合十,虔诚地感谢历史折戟沉沙之后仍留存下这份慷慨悲歌的诱惑。

天空,困了似的,渐渐收起了它的亮色。抬头,就见一条柔白的曲线,渐渐变粗,变亮,山的光影。那光影的中间,露出一钩细细的月牙,迅猛地增大着,越来越亮。我定定地看着它冉冉升起的过程——弦月、半圆、残月。终于,一轮圆月喷薄而出,高悬在这条银白的巨龙之上。抬级而上，脚下青色的石条，已被千百年来的岁月磨出了点点坑洼，愈高愈陡，愈陡愈高。越向上走，脚下的石阶，仿佛是越来越长。

雪花缓缓飘下，一片一片，一层一层。远处，亮起了灯，在皑皑的雪上笼了一层淡淡的晕黄。触目之下，想起了一首歌，一首已经离自己好远好远、似乎再也无法吟唱的歌。

回去了，带着丝缕惆怅，回首远望，桀骜屹立的边墙，始终不肯用世俗的目光来流露淡淡的忧伤和隐隐的伤痛，依然雄姿挺拔地矗立着，哀而不伤地目送着远方。

浓淡一方园

袅情丝，吹来闲庭院，摇漾春如线。
朝飞暮卷，云霞翠轩。
雨丝风片，烟波画船。

听着昆曲，从这方园林踱步而行，总是能够唤起我内心的柔情，徜徉在绿草碧水之间，韶光流转，总会让我默默无言。

奶水河西流入城，悄悄地蓄了一个湾。东西皆有湖，中间则构筑成一方公园，名曰"夏都"。东湖百美俱备，列岸青山，浮舟烟水，各以其苍茫诱人；西湖小桥亭阁，花木长堤，各以其清幽动人；冬梅夏荷、春梨秋菊，各以其香色撩人。然而能让游者体味优雅之美的，则是两湖之间的这片园林了。日日从此穿园而过，脚步总会放缓，心情也会越发静谧，不觉光阴之逝。

此园之美，就在有高低起伏，有藏有隐，有动观、静观，有碧波，有雕塑，有节奏，宜细赏。人游其间的那种悠闲情绪，是一首诗、一幅画，而不是匆匆而来，匆匆而去，走马观花，到此一游，而是宜坐，宜行，宜看，宜想。亦如怀中播放的昆曲，一唱三叹，曲终而味未尽。此刻，正是相得益彰。

十里妫河，从城东蜿蜒城西，宛若一条碧玉的项链，使这个古老的小城洋溢着青春的神采。漫步缓行，沿着岸堤一直地走下去，总是走累了，你才会惊觉，身后已经走过了很远的路程，而眼前，仍是一眼望不到尽头的青草更青处；在碧波荡漾的水面泛舟，撑一条小船随风游弋，当你忽然发现此岸已远离的时候，遥望对岸却依然渺茫。

春夏秋冬之四季，寅卯酉戌之四时，风雨霜雪之四候，我都曾在木桥上悠悠步过。烦恼时，此处可以寻清静，寻旷达，寻淡泊，寻天籁；欢乐时，此处有花朝，有月夕，有啼莺，有雾树。仲春后，晚秋前，这里游人很多。红男绿女，携来歌舞，人不稍歇，物无遁形，清幽园林成了繁华香市。但一年总有一半时间，这里林静园空，人声沓沓。此时此地，在这岸边曲折逶迤的小道上，往往只有我一双芒鞋和法国诗人普列维尔的一首《公园里》：

一千年，一万年
也难以诉说尽
这瞬间的永恒
你吻了我
我吻了你

在土尚冻、草未青的早春，你若是在寒气还酽的清晨来到这里，清浅的风景，你会体会到潜在的与人类沟通的自然精神。远处，林木掩映处的灵照古寺，展现出文化流畅的曲线，柏树兀自苍苍的绿，草坪尽头那几株老树伸出的遒劲有力的枝条，乍破的冰面，流露出欲亮还暗的波纹。它们和谐地组织在一起，形成至深至大的宁静画卷。

在这轴画卷中，仿佛隐藏着一种比宗教更为神秘的东西，一如老子创立的"道"。这位远古哲人理性的亲近自然的态度，被6世纪后兴盛起来的禅宗加以深化。在这些世外高人的生命中，自然不再是人类精神的对应物，而是人类精神本身。

我徜徉在这方园林里，也共同存在于老子的"道"中，威仪而亲切，庄严又浪漫。这时，这里没有丑陋，没有骚动，哪怕是在烟火那边升起的红日，也是那样的悠然自得，丝毫不以壮丽来取悦人心。

一年四季，各有心动之处，然而最佳的时辰，还是大雪纷飞的隆冬之初。这纷扬的雪，不像长城上的雪那么坚硬，却迷幻如箫、轻盈似蝶。这时候，你穿过草坪，踏过小桥，站在岸边的长堤上，朝前眺望，最远处的一痕，是苍灰的海陀山麓，从山根逼到眼前的，则是这万顷湖水；湖中心的小岛，亦是蒙蒙的灰色。这时你再回头看，草坪上悠悠的白，如照着古寺的月光；树上的白，飘飘然，像少女素丝的长裙；雕塑上的白，硬朗朗，像一羽刚刚出茧的蝶儿，而灵照寺翘檐上的白，轻轻的，像一袭幽人的梦。

白与灰，素朴与深沉，组成了公园最为鲜明的个性。身临其境，伫立于斯，你感到鸟声是多余的，花香是多余的，烟霞是多余的，笑语是多余的，身畔的一切，皆是多余的。

信不信已经由不得你，这里的时光，已经羽化了美丽，剪破了画卷。你唯一可做的，则是取来梨花盏，斟满窖藏了多年的北地高粱，倚着满园的风雪，一滴一滴地独酌起来。

这样的独酌，一醉就是一年。

童年的虫鸣

白露已过，宿于红螺寺畔，北面依山，耳边响起久违的唑唑虫鸣，想起小时候玩过的秋虫。

不是村子里长大的孩子，很难理解秋虫怎么玩。

虫儿是什么？不是毛毛虫、菜青虫，那玩意儿肉乎乎的，看着就硌应，没法玩儿。这个虫儿指的是草虫儿，老辈儿也叫鸣虫儿，就是草棵子儿里蹦的那些个爱叫的虫儿，比如蝈蝈、蛐蛐、油葫芦。

一到夏秋季，犄角旮旯儿、砖头烂瓦里，这些虫很多，我们这些小孩子喜欢。若想逮点像样儿的虫得晚上，越是人迹罕至的地方，蛐蛐、蝈蝈、油葫芦全有，专挑嗓门儿大、底气足的。

蛐蛐的名儿很多，学名叫"蟋蟀"，文言叫"促织"，因为一听见蛐蛐叫就入秋了，天气转凉，提醒人们该准备冬天的衣服，故有"促织鸣，懒妇惊"之说，《聊斋》里还专门有故事。抓来怎么玩儿呢？主要看俩蛐蛐"掐"，有的叫"斗蟋蟀"，这名太雅，没有"掐"听起来过瘾。也有养着"听叫儿"的，据说还有就为"看着玩儿"的，小孩子们理解不了。

玩秋虫有季节管着，一般立秋开始逮虫，还得养和调教，到白露基本就能开"掐"了。白露、秋分、寒露，是北京人斗蛐蛐的高潮期。"勇战三秋"，就指这三个节气。

过去逮蛐蛐、卖蛐蛐有专门的职业。逮不说逮，要说"拿"。立秋前带上干粮到西山、北山去拿蛐蛐，一走就十来天，回来后到庙会上去卖。玩蛐蛐的主儿到庙会上去买。有名气、有地位的玩家，会让人把蛐蛐送到家里。真正的玩家拿蛐蛐，一拿就是一筐。一筐里装十把，一把十四罐，每罐里装一条，一百四十条蛐蛐就够玩一个秋天了。

小孩子没那么讲究，逮来互相斗上几阵，远无书上写的那样精彩，久之，也就意兴阑珊了。

我其实喜欢养蝈蝈，挂在窗棂子上，听蝈蝈夜阑人静时大声鸣唱。老人们说，要喂蝈蝈吃葱，蝈蝈喜欢吃辣的葱，越辣声音越大。不过蝈蝈的寿命不长，养个把月，也就没了。

会玩的，讲究养秋虫过冬，这是老民俗。犹记得有一年冬日，适逢大雪，书法家史长江先生到编辑部找我闲聊，他养的秋虫是油葫芦，能叫十三个嘟噜儿。窗外雪花纷飞，屋内听着不断的虫鸣，竟然一室皆春了。

听虫鸣，分本叫和点药。

本叫，就是虫原来怎么叫就怎么叫。怎么让虫叫得更好听？会玩的人发明了一种点药术，把药点在翅上，能改变叫声。这个药，有说是松香、柏油、黄蜡加朱砂熬的，也有说是用朱砂、铜渣、松香做的。秋虫养到翅子干透，虫鸣定型，就用药点上。

王世襄先生曾认真分析点药的作用，是"借异物之着翅以降低其震动频率"，真是玩出了境界。

冬日养虫，多用葫芦，每虫一样，细节皆不相同。

据说某年春节，某人家中来了个"在旗的"老北京，从怀里取出葫芦，悬在热茶杯上熏，一会儿，葫芦里飞出一只蝴蝶，在茶气氤氲中上下飘舞，风姿绰约。须臾，氤氲渐散，蝴蝶又飞回葫芦中。

老北京讲，在清代，一只这样的蝴蝶能卖十两银子，可惜此技几近失传。蝴蝶不属鸣虫，然在春节见之，极为罕见，为寒冬添了乐趣。

今日平房已然少见，瓦砾更是难寻，秋虫之乐，恐怕时下的孩子也没这份野趣了。

呜呼，秋虫。

呜呼，我的童年。

老屋的月色

父亲告诉我，村里在搞新农村建设，老屋要拆掉，准备改建楼房。

我听后阴郁了一天的心情。

我喜欢在一个地方长久地生活下去，具体点说，是一个村子里的一间屋子。如果这间屋子结实，我希望能不挪窝地住一辈子。一辈子能睡一张床，在同一个屋顶下御寒和纳凉，是何等样的幸福。即使屋子坏了，在我逐渐老去时，房梁朽了，墙壁裂了，我也会快乐地将它拆掉，在原来的地方盖一幢新的老屋。

可我终究没能在老屋里长久地住下去，十几岁时外出上学，就此聚少离多，工作后更无闲暇回去。然而，老屋一直在我的脑海里，再怎么闭上眼，也都能寻觅到隐约的、残存的痕迹。执着如此，皆因冥冥中总有一份牵挂和期待：有一天，我还会住回到那里。然而，直到如今，我再无机会住回我的老屋。

关于老屋的记忆，大都停留在我十五岁之前的印象中：庭院中繁茂的海棠树，后院里飘浮的槐花香，每到清晨，一群吵闹不休的母鸡……最难忘的，是西屋里的春凳。雕刻着古朴花纹的春凳恁地宽大，趴在上面，奶奶给的一块酱牛肉和一本《封神演义》，曾陪伴了我一个美妙的春日下午。

董桥说："不会怀旧的社会注定沉闷、堕落。没有文化乡愁的心井注定是一口枯井。"我虽然不会把"旧时光是个美人"的场景用来放在我的童年里，但我知道自己是个怀旧的人。

五月时节，槐花绽放，满屋的清香。奶奶会采下大捧大捧的槐花来，做一种我们地方特有的饭——槐花傀儡。洁白的槐花拌上面粉加水搅匀，上锅蒸熟，然后加葱姜蒜在油锅里翻炒，一时间香气馥郁，分外诱人，可以让平时食欲不好的我，多吃上一碗，奶奶则看着我慈祥地笑着。

大雨忽然来了。一道白色的闪电映在院墙外的白杨树上，我跑到南屋里。那是堆放杂物的房间，一贯的安静。我爬上堆得接近屋顶的玉米秸堆上，听水从高处酣畅淋漓地流下来，响极了。屋檐下，筑着燕子窝，里面已经有了两只小燕子。我安静地看它们，听着雨，雨慢慢小了。

院子西北角的老榆树下是我一个人独处的天地。它那么的大，我熟悉它的一切好处，知道哪个枝子适合哪种姿势。光线从树叶间穿过，照射在地上，斑驳了色彩。壁虎在石头砌的围墙上爬。墙根儿有一片不大的蜘蛛网，蜘蛛网上粘着一只苍蝇，可却不知道蜘蛛哪里去了。就着如水的天光，我翻着手头的《阅微草堂笔记》，看着牵牛花的紫色仿佛有点忧郁，在微风里轻轻地摇摆着。

小时候胆小害怕，一到夜晚，树影风声，闻之却步。只有在款待客人时，屋里的灯光透出窗外，照到地上、树上，令人极欢喜也十分忧郁。

这时，我才和伙伴们在院子里疯跑着，前院后院不知跑了多少趟。酒席散场，宾客告辞，喧哗声罢，只剩老屋静谧如旧，顿觉人影人声都如在梦中。

那一年冬天，我从外地的学校回来，已经像个大人了。推门看到父亲，心里一动，倏忽一年，父亲鬓间的白发似乎又多了。那天的天气干冷，我心上有些事睡不着，半夜披衣起来，走到堂屋里。一进门，我就停住了。我看见一个火星，伴着轻微的咳嗽声，原来是父亲。父亲坐在一张小板凳上，我也搬了一张小板凳坐下。他递给我一支烟，我迟疑了一下，接了过来。我们一直没有说话。那一次，我感觉跟父亲靠得近极了。

这样的情景每每在我脑海里如电影般回放时，总让我禁不住地生出一种忧伤。这一刻，又想念老屋红木柜子上的几个扁扁的匣子，浮动斑驳的暗红花影，晃着小小的铜环。我有一种想触摸的冲动，可是感到已经离开我的老屋太久太久，只偶尔在梦中重逢。梦中沿着石子铺就的狭窄小径，推开邻街的院门，院墙上的枯藤莠蔓泛出些苍茫的底色来，萧索中依稀残留着夏日繁盛的尘影，几瓣零落的海棠花在"月色"下相悦。

老屋于我，终成一首怀旧的歌。

说书人

一

二月时节，疫情正盛，封步于长城外，与京城仿佛有了几分疏离，平日之联系，不过微信飞鸿。时近黄昏，手机倏然一亮，是好友侯磊的讯息："听说田战义先生走了？"

心内一惊，回了句："我赶快问问。"

我发微信给师兄温振鑫："是否问问田先生的弟子武宗亮兄？"

师兄回："头条号已经发了，是真的。"

点开"今日头条"，果然是田先生的黑白照片，紧跟着就是讣告。按灭手机，一时有些怔忡，袁阔成、单田芳、田战义……我幼年时的评书偶像，再折一位！

田战义先生的评书《秘密列车》《林祥谦》《虎门销烟》，一直停驻在我的儿时记忆里，他的声音沙哑，却有独特韵味。

我按下他评书的播放键。

当三十年前的声音传来的时候，竟可以瞬间带我回到那个时代。那个时间，我是否能记得这么清楚呢？声音的魔力，竟然一至于此！

我不能够揣测想象到自己那时的存在，犹如在冬雪迷茫的向往，试图燃起一把火焰，去暖热一颗童稚、未明的心，那会儿，应是最纯净的，我沉溺在评书中，原来听了三十年！

我凝视说书时的田先生，依然目光炯炯，神完气足。

田先生走得很突然。

2019年，世界园艺博览会在北京召开，我和北京人民广播电台策划了一档《评书话世园》的节目，邀请中国老中青三代评书家共同参与，其中就有田战义先生。

北京四月，阖城飞花，阳光耀目，我邀师兄温振鑫开车，带田先生去电台录音。

"册子"①此前写好，已发给田先生看过。当天，还是温师兄细心，又打印了一份。

录音的时候，师兄递过去，但田先生没接，从兜里拿出了自己写的几张纸，上面字迹洒脱，却成章法。匆匆一瞥，恰是当天录音"册子"里的关键词句。师兄说："先生，您照着稿子念就行。"田先生摇头："咱们是说书，不是念稿。"

我们小一辈的"说书人"，为图省事儿，习惯在"录书"时带着稿子。此刻，心头一动，竟不知该说什么，却见田先生已然走进了录音棚。

嗣后半年，间或打过几次电话，想要去看望，先生婉拒，说身体不佳，不给大家添麻烦了。没想到，那次竟是最后一次见田先生。

记得那天田先生录完书，送他回家，路上闲聊，田先生说："为什么你们的书说得不好？因为你们不指着这个吃饭！"

我们一时赧颜，讪讪无语。

---

① 册子，评书的文本，"册"发chai三声。

有句老话，称为"门里出身"，意思是出身的家庭基本都是从事这个职业。田先生的父母和评书、相声毫无瓜葛，并非"门里出身"。这一点，与我的评书师父马岐不同。

1943年出生的田战义，北京人，虽自幼喜爱曲艺，但没想过当职业。机缘凑巧，他想发展一门爱好，在红旗大学报了相声班，结识了王世臣先生，并拜他为师。后来十八岁入伍，在石家庄当上了文艺兵，既表演相声、快板，又自己搞创作。回北京探亲时，结识了评书大家李鑫荃，被李鑫荃先生的气韵神采与渊博才学所折服，并拜他为师。

田先生复员后，分配到南口铁路工厂当钳工。1998年，我也在这家工厂当工人，还有人指着一个工作台对我说，当年田战义就在这里干活儿。

距离这个情景，也超过了二十年。聂鲁达说，爱是这么短，遗忘是这么长。当人们忘情地迷乱于某种符号般的信念之时，有人疏离，静静走开，宁愿消失于有情的记忆。我想，恐怕今日工厂里，再没人能从工作台想起田先生。今天世俗的纷扰与斟酌，让每个人自己反思存活的理由，一个评书演员的经历，早已从铁块和锉刀间湮没无声。

田战义上班摆弄铁块，工余继续琢磨评书。正值全国曲艺会演，他创作一个小段《站台风云》，引起了关注，顺利调入中国铁路文工团。

爱好和职业结合，或可称之为事业。这可能即是田先生所言："你要指着它吃饭。"

1982年，作家沈永年、杜来合作了一部小说《秘密列车》。两人想把它改编成评书，于是找到田战义。小说改编成评书，是件繁重的劳动。田战义把原作重新分解消化，二度创作，成为一部"立得住"的评书作品，一夜之间火遍全国。田战义的名字响彻大江南北。

曲艺界公认，田先生在编演新评书方面极有成就。他创作《虎门销烟》《民国风云》时，约请阎崇年、尚明轩当历史顾问。《虎门销烟》查资料一直查到道光年间的奏折关于虎口炮台的设置。一场书说下来，丝丝入扣,行话称为"摆大切末"①,颇见功力。为何能如此有现场感呢?原来他从当年广东水师提督关天培献给道光皇帝的一张炮台图册中找到根据,并仔细揣摩,才有了这番细致的描摹。

我第一次在生活中见到田先生,是在我的拜师仪式上。评书拜师,按老辈儿规矩,行话称之为"摆知",除了本师,还需有"引、保、代"三位师父。我师父邀请了田战义,另外两位,是袁阔成先生的女公子袁田,还有双簧表演艺术家莫岐。拜师当天,田先生因为上午在石景山五里坨书场还有一场演出,准备演出结束,搭车再赶往现场。

评书爱说"无巧不成书",当天正应了这句话,偏巧在路上,车辆出了状况。仪式不好耽搁,于是请了现场奉调大鼓魏喜奎的传人于红女士,顶替了他的位置。

田战义先生在仪式结束后,匆匆赶到现场致辞。他秉承了北方评书"评书口"的讲究,台上"字如珠落",台下语气亲和,勉励我们师兄弟说好评书。眼前的田先生,已不是我在电视中看到的说书人,身体颇为单薄,一件短袖穿在身上,竟然有些"弱不胜衣"之感。他在四十八岁的时候患了红斑狼疮,每周透析三四次,六十岁的时候,又得了狼疮肾和尿毒症,跟着就是摘胆、换肾,几乎将他的身体拖垮了,但即使如此,他也没有放弃说书,去不了电台,就在家里录。阔别书坛十四年之后,他和弟子武宗亮在五里坨书场开了书馆,每周六按时演出"三言二拍",直到不能出门。

说书,竟然爱了一辈子。

二

我在鲁迅文学院青年作家班读书时,曾经和伊朗作家代表团有一次

---

① 切末,指的是戏曲舞台上所用的布景和道具,评书通过语言描述,将书中场景描述出来,称为"摆切末"。

座谈交流。据实而言，伊朗的电影看得可能多些，对伊朗当代文学所知甚少，于是在交流里谈的更多的是欧玛尔·海亚姆的《鲁拜集》，还有菲尔多西的《列王纪》，把里面的战神努扎尔和《封神演义》中的哪吒做了类比。

邱华栋老师介绍我说："林遥另一个身份是穿着长衫讲故事的'说书人'。"

大使馆的翻译解释后，我看到伊朗的作家发出了低呼，看我的眼光竟有了些异样。

座谈结束，我问翻译是怎样解释的。翻译低声说，我的职业类似于西方讲述古老英雄史诗的游吟诗人。我顿时汗颜。

评书的历史，按老先生的说法，相传早在东周时期就有。三百六十行都要供奉自己的祖师爷，评书行当供奉的祖师是周庄王。周庄王传下一把宝剑、一道圣旨、一方大印，演变为说书人演出的道具：扇子、醒木、手帕。

周庄王姬佗，是东周第三任君主，时间大约是公元前7世纪——波斯人还被亚述帝国统治。在这个世纪的末尾，米底王国、吕底亚王国、新巴比伦王国灭掉亚述帝国，瓜分了其全部领土。米底王国获得了波斯高原，但只能算是让伊朗高原从部落时代进入了王国时代。

按这个时间，确是久远。然而，这亦不过艺人们一厢情愿的传说而已。

评书"可溯之源虽长，可证之史甚短"。《墨子·耕柱》篇载："能谈辩者谈辩，能说书者说书。"史料考之，唐朝时出现的"说话"，与评书表演形式相类。至宋代，又有进一步发展，有了各种"话本"，让"说话"更为精彩生动。"话本"既是说话人的底本，亦是中国小说源头之一。评书与中国小说，相伴相随。

北宋汴京人霍四究以"说三分"著名，"不以风雨寒暑，诸棚看人，日日如是"。"说三分"即讲三国故事。

北方称"评书",南方称"评话",今日之北方评书,即北京评书。

按北京评书非遗项目的说法,北京评书传于明末清初江南说书艺人柳敬亭。柳敬亭来北京时收徒鼓曲艺人王鸿兴,传下说书一脉。亦有说法为王鸿兴赴江南献艺,拜柳敬亭为师,回京后改说评书,并于雍正十三年(1735)在掌仪司立案授徒,流传至今。

柳敬亭在《桃花扇》中,丈夫气概,人品高绝,一双乱世慧眼,一颗油世明心,悠然山水间,洵为义烈之士。考诸史实,柳敬亭生于明万历十五年(1587),卒于清康熙十五年(1676)。王鸿兴收徒传业的时间是1735年。此时,柳敬亭已然去世五十九年,王鸿兴从柳敬亭处受业的可能性几乎没有。

说书人的生存谋略中,存在的合理性极其讲究,他们需要"精神领袖"和行业祖师。有了周庄王和柳敬亭,形成了以"精神领袖"证明其存在的合理性,以评书的传承谱系来呈现评书代际传承。

旧时,北京的说书艺人拜师,周庄王和柳敬亭的牌位会出现在拜师仪式中。周庄王是所有说书人的祖师爷,而柳敬亭则是北京评书祖师王鸿兴之师。前者可以追溯说书历史,后者的逻辑是祖师的师父在历史上确有其人,说书人的谱系便转化为有案可查之"信史"。重要的是,柳敬亭作为说书人,在行业实有其人,可证本门"师出有门",而非虚拟之神灵。

此外,柳敬亭又是南方评话的代表性人物,这样一位联结南北两地的人物可将说书人的"江湖"统一起来,构成整体。

王鸿兴一生收弟子八人,即所谓"三臣""五亮"[①]。"五亮"以演唱弦子书为业,北京评书由"三臣"传下,迄今已十余代矣。"三臣"中,何良臣一支的第六代传人戴得顺,在光绪初年到达天津,不久由天津转道沈阳。第七代传人英致长、王致久在辛亥革命前定居天津收徒传艺。

---

① "三臣",即安良臣、邓光臣、何良臣,"五亮"即白文亮、黄福亮、佟起亮、翟士亮、刁亮。

从前有句话:"流落江湖上,便是薄命人。"旧时,说书人比其他艺人可能多识几个字,但很多都没有文化。有的人一辈子就会说一部书,再多的能说到两三部书。如果在一个地方说完了,还能说什么?所以必须流动到其他地方,重打锣鼓另开张。

彼时,说书人颇为重视拜师,没拜过师门就敢开场说书,就会有同行来"携家伙"。

"携家伙"是行话,其实就是找碴儿,意思是:你答不上来,我就要携走你的家伙(扇子、手帕、醒木)。评书同行的找碴儿,有自己的方法:进场后,用桌上的手帕把醒木盖上,再把扇子横放在手帕上。

说书人若没有拜师经过指点,往往不知该如何应对。找碴儿的同行就会把桌上的东西,连所有的钱全都拿走,不准这个人再说书。告诉他,如果愿意干这行,先去拜师,然后再出来挣钱。

说书人如有师门,此时亦不能翻脸,要用左手拿起扇子,讲一套词:"扇子一把抡枪刺棒,周庄王指点于侠,三臣五亮共一家,万朵桃花一树生下。"说到这儿,把扇子放下,接着说,"何必左携右搭。孔夫子周游列国,子路沿门教化。柳敬亭舌战群贼,苏季子说合大下。周姬佗传流后世,古今学演教化。"

说书人不想惹事的话,此事到此为止,但是如果心中不平,感觉被人搅了买卖,说完这些话,会再用手帕把醒木盖上,扇子横在手帕之上,让来找碴儿的人给拿开。

按照规矩,找碴儿的人此时也有一套词:"一块醒木为业,扇子一把生涯。江河湖海便为家,万丈波涛不怕。"伸手拿开手帕,放在左边,右手拿起醒木,"醒木能人制造,未嵌野草闲花。文官武将亦凭他,入在三臣门下。"说完拍醒木,必须替说书人把刚才的书接着说下来。

如果找碴儿的人说不上这套词,也不能替说书人说下半场,那么抱歉,他要包赔说书人一天的损失。这一天,要按挣得最多那天算。

这两套词里,处处离不开周庄王和"三臣""五亮",以显示自己的

"正统性"。如此重视师门,其实不过是为了行业保护。①

我们如今看到的评书是一种艺术,但评书从诞生的那一天起,就叫"买卖",是艺人谋生的手段。对于说书人而言,要靠说书赚吃喝来生存——不管说什么,活着是唯一标准。

1916年,北京评书第六代艺人潘诚立,任北京评书研究会会长。在他的主持下,研究会对当时北京流行的几十部大书进行鉴别,公布可以演述、可以加以改正的评书计二十九部,其中长枪袍带书十三种、短打公案书十三种、佛学神怪书两种、谈狐说鬼书一种②。这是说书人首次对北京评书书目进行分类研究,但从中亦可看出,能够演出的书目数量和今日相比,差距甚大。

评书艺人为了吸引书座,要想办法独创自己的独门书,行话叫作"攒弄"。20世纪20年代之后,风靡京津书坛的《雍正剑侠图》《三侠剑》《龙潭鲍骆》等等,就是在此种情况下创编出来的。

当时曾有"说了《剑侠图》,又住房子又住楼;说了《三侠剑》,又吃烙饼又吃面"的说法。而说书人为了能让书座不停花钱来听书,这些书越续越长,始终没有结局。今日网络小说动辄几百万字,争的是订阅量,其实与当时说书人的境况是相似的。

此种状况下,说书人不愿有人不经允许就踏入这个行当,惧怕分流观众,直接影响收入,于是定下种种行规,力求维持行业的平衡,也才有了评书的师门。

---

① 这些词语并非通用,也有其他的问法:"左一斜,右一搭,请问老大你是哪一家?""左一搭,右一斜,请问老大你是哪位祖师爷?"

② 袍带书十三种:《大周兴隆传》(《封神榜》)、《列国》、《西汉》、《东汉》、《三国》、《隋唐》、《薛家将》、《飞龙传》(《五代残唐》)、《杨家将》(《倒马金枪传》)、《高家将》(《十粒金丹》)、《精忠说岳》、《明英烈》、《铁冠图》(《明清演义》);短打书十三种:《粉妆楼》《大宋八义》《宏碧缘》《明清八义》《永庆升平》《三侠剑》《彭公案》《施公案》《于公案》《包公案》《小五义》《水浒》《儿女英雄传》;神怪书二种:《济公传》《西游记》;谈狐说鬼书一种:《聊斋》。后又追加一种短打公案书《雍正剑侠图》。

三

拜师时，师父曾传我一份"海底"①，上面写着"北京评书及部分天津、奉天评书艺人谱系表"。北京、天津、辽宁三地的评书，归根都在北京。这也是刘兰芳、单田芳、田连元三位先生，成名于东北，但国家级非遗项目写的都是"北京评书代表性传人"之因。

提到北京评书，又不能不说西河大鼓书。评书与西河大鼓书颇有交集。评书艺人的子女中有转说鼓书的，鼓书艺人中也有不少转说评书的，渊源极深。按我师父的说法，西河门的说书人一般不用再另拜评书门的师父。

西河大鼓书，原来叫"梅花调"，以鼓、铁犁铧片、三弦伴奏，连说带唱。1924年在天津演出时，天津已有梅花大鼓，也称"梅花调"，为了区别，定名为西河大鼓。因为天津人称大清河、子牙河为西河和下西河，故而得名。

北京评书和西河大鼓书供奉的祖师皆为周庄王。

刘兰芳、单田芳、田连元三位先生，还有我师父的父亲马连登先生，拜师在西河门。我师父马岐先生，生于1940年，原名马增祥，按行里规矩，不能拜父为师，于是评书门拜在北京评书第七代传人陈荣启先生的门下，艺名为"祥增"。

我师父算是"门里出身"，是以我有两位师爷。

马家在曲艺界有着深远影响。师爷马连登20世纪30年代成名，40年代末，苦心钻研评书，逐渐形成自己的说书特色。马师爷与西河大鼓名家黄福才、张起荣、赵玉峰、王书祥齐名，在三弦伴奏上特别下功夫，平时练功极苦，常在三弦担子顶端坠上砖头，锻炼手劲。1953年，马师爷赴朝鲜慰问志愿军部队，天寒地冻，弹三弦时，因为手冷，有个音没有弹出

---

① 行话，门人名册。

来，外人没察觉，马师爷却懊恼了很久。第二天练功时，他先把手插进雪里，以此锻炼手对寒冷的适应性，然后再去练习，直到在寒冷的露天演奏，能够有平时一样的音色。

新中国成立后，马师爷于1953年参加了中央广播说唱团，与女儿马增芬一起创造了西河大鼓的新流派——马派。

大师姑马增芳、二师姑马增芬继承了师爷西河大鼓演唱的衣钵，为发展西河大鼓做出了重要贡献。

大师姑与天津评书名家张树兴结婚，1956年因高血压去世。二师姑马增芬在1958年全国曲艺会演中获一等奖，被誉为独具风格的"马派"创始人之一。除演唱传统书目外，她还编演了新书唱段《运粮路上叙家常》《邱少云》《江竹筠》等，在五六十年代风靡全国。

三师姑马增蕙是中国广播文工团说唱团单弦牌子曲演员，久负盛名，国家一级演员，享受国务院特殊津贴，获得中国曲艺牡丹奖终身成就奖。

师大爷马增锟，生于1930年，中学毕业后随师爷学习评书，并向三弦圣手白凤岩学弹三弦，曾为西河大鼓、京韵大鼓、梅花大鼓、单弦等曲种伴奏。1953年，赴朝鲜慰问演出。1989年退休后，应聘到北京市崇文区小花艺术团任曲艺教师，教授王玥波、李然、徐亮、应宁等人评书。师大爷的说书风格，平中见奇，擅用"贯口"，说起来口若悬河，滔滔不绝，几百句，数千字，语似连珠，流畅动听。

这就是我师父的家族。

关于我另一位师爷陈荣启先生，借用评书手法，先按下不表，容后再说。

外人眼中，评书门户、辈分极其严格，其实并不完全如此。最起码，到了现代，我师父不在意这些，他曾说："你辈分再高，不会说书又有什么用？"

这些老先生其实都在各自论各自的，没人去执着所谓辈分。比如说，袁阔成先生逝世后，单田芳先生以徒侄名义悼念，而单田芳先生逝世后，我师父从西河门以师侄的身份吊唁，这却不能说明我师父低于袁阔成先生两辈。因为我师爷马连登拜袁阔成先生的师父金杰立为义父，我师父称袁阔成先生亦是师叔。

田战义先生按谱系是李鑫荃的弟子。鑫荃先生下袁阔成先生一辈，我师父一直称为"鑫荃大哥"。但是我师父和田战义先生一直以平辈论交。

然而，田战义称呼单田芳为"师哥"，又是怎么回事儿呢？李鑫荃平生代表作《雍正剑侠图》，有其独到之妙。单田芳说评书《童林传》时，曾求教于鑫荃先生，因此单先生对田先生说："李先生指点过我，你叫我师哥。"

老先生们的开通和练达，绝非现在外人和后辈想象的样子。评书，看的是艺，也看的是德。

袁阔成先生不收徒弟，都称为学生，要打破的就是所谓门户之见，谁向他求教他都倾囊相授。他曾言："三五知己一鞠躬，你承认我承认就行了，甭管什么形式，只要能发扬这门艺术不就行了。"

今天充斥网络的门户、辈分之论，其实远没有老先生们想得明白！

评书，要想适应时代，就不得不改变。

老先生明白，所以评书才能活下来。

民国时，说书人在茶馆说书，年初跟茶馆老板定时间，一般是两个月，每逢正月、三月、五月、七月、九月、冬月换转，叫作一转儿。两个月正好是一部书的时间。

艺人的社会地位低，说书其实赚不了太多钱。说书人在茶馆说书，靠的是观众零打钱，打来的钱还要跟茶馆分成，每天三七分账，书馆拿三成，艺人拿七成。一部书说两个月，每天说三个多小时。当天的书要留下扣子，拴住观众，希望观众天天来。今天留下的扣子，明天过来要解开。两个月过去，所有人物都得有头有尾，故事得完结。

说书的三个多小时中，每隔十多分钟，说书人一拍醒木，留一个小扣，行话叫"驳口"，说书人休息片刻，由书馆伙计或者艺人徒弟"托杵"①。这是说书人的基本功。

我师父曾说:"我和我姐姐都给我父亲打过钱,没学艺之前先要学会打钱。我姐姐那时候还是个姑娘,刚开始打钱,害羞要不来啊,你要能拉下脸来跟观众要?走到观众跟前,一般都说,您费心,然后把笸箩伸到跟前去。"

说书人从不对外宣称自己是"要钱",这里面有一定的讲究,特别是举笸箩的手一定要手心冲下。"冲下"表示收钱,"冲上"则表示"要钱"。

说书人以此力争,证明自己是"买卖",而非乞讨。然而,这种要钱的方式,其实和乞讨也没有太大的区别。单田芳的父母,都是说书艺人,他自小在茶馆中长大,看到这种情形,他曾经发誓,这辈子不干这个行当。但是人生的命运,又怎能由得他呢?

说书人被尊为先生,不过是人家客套,再怎么说,也还是艺人。一个顶级说书先生的社会地位,其实还比不上一个偏远乡村里不知名的教书先生。

这就是民国时说书人的现实。说书人只是比较有文化而已,算不上文人,只不过说尽世间善恶故事,才被人尊重一些而已。

大量的说书人一辈子就说一部书,在某方面非常有见地和知识。

用语言替代文字,还要呈现出浩瀚的风貌,犹如洪荒原始的潮汐来去拂岸,留下的是支离零碎的木石碎片,动物的遗骸难以完整组合,形貌残缺,就以揣测来弥补。虚实之间,没有人去质疑,因为没有人亲身目睹那个年代,仅仅能靠留下的一些奇异的幻想去揣测,必须倚仗说书人虚拟的情境,才能够应许故事存活的理由。

说书人所说的书分为"墨刻"和"道活儿"两种。"墨刻"其实就是传统的"话本",已经形成文字。行话称"字"为"朵","墨刻"又被称为"朵子活",故事都已成形,说书人演出时,再进一步演绎,近乎"白

---

① 行话,即拿一个笸箩满场收钱。

话名著"。观众们想要知道故事发展，往往买本书回家看，就不会天天听书了。

说书人想叫座儿，想赚钱，就要寻思着自己的东西，往"道活儿"上铆劲，水平就分出了高下。"道活儿"没有文字，只有简单的"书道子"①。书座不知道故事的脉络，想知道下回分解，明儿还得来。

除了"道活儿"，书座还喜欢听"书外书"，又叫外插花。最有名的例子就是北京的评书大王双厚坪，在"武松提刀杀奔狮子楼"之处留扣儿，应一个要去外地的书座请求，一个半月后再继续说下面的情节。双厚坪则在这个时间内外插花，从狮子楼建筑，引出彼时建筑的瓦木油石，再引出各大宅门往事。书座没有听过这些，自然津津有味，欲罢不能。一个半月后，出差的书座回来，双厚坪再拉回到"武松怒杀西门庆"。这里需要太多的知识面和人生阅历。

民国时，沈阳的说书艺人金庆岚擅说《蒸骨三验》。他会背《洗冤录》，并且旁征博引。他说书时，经常引来法医、检察院、警察这样的听众。固桐晟擅长说《清宫秘史》，因为他本人是正蓝旗的黄带子，清皇室和满人的规矩，绝非向壁虚造。

天津的张健生，是善说《聊斋》的名家陈士和的弟子。张健生说《聊斋·促织》，能够把斗蛐蛐说得极为细致，引人入胜，因为他从小就斗蛐蛐。

说书人说书的状态，基本即为专家型主持人，在一部书的情节，把自己的知识和人情渗透进去，而且研究得很透彻。犹如历经洪水、风雪之后，无告且荒凉的生命过程，能流于世间的最初的本源，依靠的还是其渴望知识的因子。

曲艺和戏曲中，对演员常称"老板"，唯有说书人被称为"先生"。

从社会发展角度来说，评书满足了社会文化和娱乐需求。彼时，人们

---

① 书道子，评书讲述故事的来龙去脉，也可以理解为一份详细的故事梗概。

文化素质普遍较低。评书有猎奇，有打斗，有人情，也有托古言志，而非真说历史。"礼失而求诸野"，说书即为"野史"。

四

1949年，北京成立大众文艺创作研究会。1953年，中国曲艺工作者协会首先用文字记录了师爷马连登说的长篇西河鼓书《杨家将》，通篇不记唱词，评鼓书渐渐合在一起。

记录、整理旧评书的同时，北京市对于民国时期说书人善于演说的评书，进行了批评。当时的文化干部，每天在各曲艺演出场所巡视，手中的本子不停记录。他们有权决定税收额度。如果节目内容较"严肃、干净"，就可免去10%～30%的税；如果节目是歌颂共产党、新中国和新生活的"新曲艺"，可以将税全部免掉。减免税还只是赢利多少的问题，而巡视员掌管着安排艺人演出地点、时间、场次的权力，同时握有枪毙节目或禁止演出的市场生杀大权。

1958年后，在意识形态的影响下，《三侠剑》《雍正剑侠图》《济公传》《彭公案》《施公案》《于公案》《永庆升平》等书逐渐停止演出。评书演员改说有积极意义的、经过批判和修正的评书，或说改编的新评书。

新评书的册子从何而来？虽然作家赵树理写了新评书《灵泉洞》《罗汉钱》，但大多数作家并不熟悉评书创作，创作新评书还要靠说书人。然而，对于当时没什么文化和新思想的说书人来说，想要自己凭空编一部新评书，无疑比登天还难。是以新评书的来源，主要改编革命英雄传奇小说，如《林海雪原》《保卫延安》《吕梁英雄传》《铁道游击队》《红旗谱》《苦菜花》《白毛女》《平原枪声》《烈火金刚》《野火春风斗古城》等等。

即使是这样，将一部小说改为评书来演出，并非易事，这里需要有说的技巧。简单而言，《林海雪原》里捉定河道人一段，关于定河道人的历史，是在捉到定河道人后，再从省委阎部长口中补叙出来。放在说书中，明显不行。听书的观众在听到定河道人被捉以后，绝不愿意再听冗长的补叙。说书人必须把这段往前移，移到没捉到定河道人之前，才能扣住听众。

说新唱新，相当于一次曲艺界的"罢黜百家，独尊儒术"。评书从小众茶馆转移到大众媒体中，发生了脱胎换骨的变化。

适应评书改革的说书人，跟上了时代。绝大多数的说书人却不知道该怎么说，因为，此前自己会的，根本用不上。

不是这些老先生说得不好，而是好的标准发生了变化。

新中国成立之后，说书，不再是买卖，而是上升为了艺术。既称艺术，就有艺术标准的问题。这些老先生毕生只钻研一两部书，只知其然，不知其所以然。他们没有思索过评书的理论，无法举一反三，只是说这个糊口而已。别看《林海雪原》中情节的简单挪移，绝大多数的说书艺人，并不知道该如何改动。只有几位天才的艺人，真正站出来，可以把评书抽离出艺术本质，并应用于其他题材。

灯光的掩映下，折扇挥动的地方，留下深深的阴影，挥之不去的仿佛是被附身的符咒。如此的束缚和禁止，反而令人有了坚定的突围意志。

我师爷陈荣启很快就寻找到了思路，因为他很早就在评书改革上有过尝试。

行内人管说相声叫"使口"，管说评书叫"摔评"。陈师爷1904年生，父辈就是说书人，和北京评书艺人群福庆是至交，在陈师爷很小的时候就被收为徒，既是徒弟，又是义子。

陈师爷小时候还拜在相声界范瑞亭先生门下，是寿字辈艺人，主攻捧哏，所以最早说相声，并不说书。后来为何弃相声改评书了呢？

1957年，我师父在北京市曲艺团学员班学艺，班主任是侯宝林先生，他曾听侯先生讲过这个缘故。

今天我们听到的相声艺术，是经过几代人努力净化过了的。而在民国时期，相声艺人为了挣钱糊口，什么样的相声都得演，很多相声段子都是

"荤口"或"伦理哏",要拿对方的父母妻子抓哏。这本是常见的事儿,但陈师爷坚决不使,特别挑"活"。一次跟一位较有名气的"角儿"合作,接连换了三段,陈师爷还是不使。"角儿"不乐意:"你是指着这个吃饭,有能耐别说相声啊!"陈师爷一怒之下,从此改说了评书。侯宝林先生在课堂上特别说:"净化语言,要向陈荣启先生学习。"

传统的评书,多半都有星宿下凡、神怪斗法的情节,即使说历史的"长枪袍带书"概莫能外。比如传统的《天门阵》,就是神仙斗法;《薛丁山征西》,樊梨花张手就祭出法宝金环。而陈师爷在说《明英烈》《精忠传》等书的时候,把"星宿""鬼魂托梦""祭法宝"等荒诞东西去掉,尤其在《精忠传》中去掉了"星宿下凡"的内容,转而描述"孝"和"忠"以及岳飞的"勇"。

其他说书人都言岳母在岳飞后背刺了"精忠报国"四个字。这个桥段,其实是从清人钱彩小说《说岳》开始的。

岳飞刺字始见于《宋史》第三百八十卷中《何铸传》。何铸审讯岳飞,动刑之际,其背上有"尽忠报国"四字,深入肤理。

"尽忠"而非"精忠"。宋高宗曾御赐"精忠岳飞"四字旗号给岳飞,是以岳飞出征时,都会带着这面大旗。明清之后,"尽忠报国"变成"精忠报国",实是误解。

陈师爷在说这段书的时候,进行了修改。岳母在岳飞左臂上刺了"尽忠",在其右臂上刺了"报国",连着念是"尽忠报国",恢复了史书原貌,并进一步解释:"因为刺在脊背上,他本人看不见,怎么能够经常提醒他不忘母训呢?要是刺在左膀右臂上,他本人看得见,才能永志不忘。"

刺在手臂之上,也符合宋代军制。宋代施行募兵制,为加强对兵士的操控,要求"刺字为兵",最初刺在脸上,称为"黥面",后来改刺在手臂、手背或虎口上。

这种改动,可说顺应了时代潮流。老一辈曲艺评论家冯不异评价陈师爷的评书:"称得起'座谈今古事'……不喊,不唱,四平八稳,可谓段段扣人。"

要改说新评书，陈师爷也有他的思考。

师父说过一件事。当时师爷改编了臧伯平的小说《破晓风云》，他连着听了一周这部新评书，发现师爷放弃了原有袍带书、短打书的各种技巧，而是把民俗、笑话、战争史话，甚至摔跤、武术都运用上，观众依然满座。

师父听过"成仰岱夜走石家庄"一段，回来后，在前门小剧场，给小师弟李金斗、王谦祥、李增瑞、张辛元、王文友、张平等几人，又模仿着说了一遍，几个"书座"听得津津有味。

几十年过去了，师父谈起这件事，仍然记忆犹新。

师父当年还不到二十岁，自己也学着父辈改编新评书。他改编《铁道游击队》里的一段"小波遇险"，那天，正在台上说书，赶上陈师爷路过，进来听他说书。

师父见师爷进来，紧张之下，原有情节说得前言不搭后语，日本军官愣给说成了山西味儿。

下了台，师爷说："你可倒好啊，日本鬼子让你给改了寇准了！"寇准是《杨家将》里的人物，要用山西口音表演。回到家里，师爷说："说书，不是背书，多流畅也不成。书里的人物说话都一个味儿，没有语言的造型是不会成功的。新书就要观察生活、体验生活。新书跟老书不是没有相通的地方，也有共同的技巧，不能乱使劲、瞎使劲。说《铁道游击队》，一点儿铁路上的知识都不懂，那能说好吗？日本兵的残暴，跟《精忠》里我说的金兵能一样吗？不用技巧不成，旧瓶装新酒也不成。"

师父告诉我，师爷这番话，他记了一辈子。他说："你会说多少部书，也说明不了问题。不管新书旧书，说好了就叫成功。会一百八十三套书，哪部书都一个味儿，不值一个子。"

到了20世纪80年代，评书界为什么独宠刘、田、袁、单四大家？刘兰芳首先在舞台上去掉了桌子和椅子，因为说书的桌椅都是特制，携带不便；田连元是中国"电视评书"的第一人，他借鉴表演艺术，让评书更加立体化地呈现在观众面前；袁阔成十四岁成名，却是新中国最早改说新评书的演员之一，他穿着短袖衬衣，不带折扇就可说书；单田芳主攻电台，把复杂纷繁的故事，在简短的时间内说得丝丝入扣，适应了快节奏的生活……因为他们属于更具有普遍性，更符合大众审美的语言艺术。

五

我面前的桌子不大，窄长，围着红色桌围子，前面往下耷拉一点，绣着黄边，桌围子的正前方有三个字"凭书馆"，是我手写，仿的是米芾的字，拍照，放大，取样，用黄丝线绣在上面。

桌子后头，椅子比一般高些。说书人坐上去，不能实打实，屁股沾着一点边，胯要跟桌子平齐。这个姿势，时间长了，其实比站着费力。

说书人桌椅特制，即是这个缘故。前辈先生说，这是取"高台教化"的意思。

椅子高，是为了说书人能随时站起来。说书，不只是声音，还需要表演。比拟人物，要有动作。如果书中人物动作太大，说书人会往右边跨上一步，离开桌案，露出全身。表演动作不离开胸前的范围，称为"小开门"；如果超过双臂的范围，则称为"大开门"。

我说书，恢复了穿大褂。

前辈们穿中山装、西装说书之后，此时，一袭民国时的长衫，反而又能吸引众人的目光。

登台的时间一到，我取出上次穿过叠好的大褂。叠大褂有专门方法，要把折痕留在袖子外侧，如此才显得整齐。一个人会不会叠大褂，就能看出有没有师父传授。行话把穿大褂叫"挑上了"。"挑"要念三声，透出精气神。

桌上一块醒木、一把折扇、一块手帕，就是说书人的全部家当。

自幼喜欢听评书，从收音机到电视，只要有评书，几乎没有落过。十四岁时，第一次学着登台说书，觉得这个行当，太过不得了，迷得不行。没有少年时代的愚痴，亦不会有今天圆熟的自我。可是评书终究还是没落了，当互联网大量的娱乐信息和资讯出现之后，今天的评书，应该怎么说？

现在的舞台，评书表演皆为小段。在短短的二十分钟内，铺平垫稳，跌宕起伏，表演生动，往往会引发观众热烈的掌声，效果颇佳。但作为评书而言，想要传承评书，乃至于在这个行当有所建树，长书才是根本。

要想说长书，就要多阅读、深阅读，读懂人情世故。评书，就是一门夹叙夹议说故事的艺术门类。

这些要交给时间和实践检验，绝非在家学过，上台就可以炉火纯青。拿着稿子谁都能读，可评书这行当，一个人站在那儿，台上没人帮你，胸中如果没有万千丘壑，拿什么展现给面前的书座？

站在当代人的角度来看，是否还能接受在茶馆里两个小时只听一部书？而这部书的故事，要连着听上几十回甚至上百回，才能结束。在"刷剧"都会点开快进键的时代，是否还有这样悠长的期待？一切就像突然的安静，不知所措地怔忡于当下，思索全然的空白，自问自答，也形成一种连自己都难以解析的、可笑可悯的不幸。

从内容而言，说书人说什么样的故事，才能吸引书座？大数据空前发达的今天，传统的故事，没有悬念。这回说完，下一回的情节，在网络上立刻可以找到。从前说书人通过"拴扣子"来吸引书座，今日，已然没有这种可能性了！

今日北京城的书馆，多数是在为理想而坚持。书座必得有钱有闲。清末书馆兴盛，是因为有拿着钱粮的八旗子弟，下午泡茶馆听书，晚上泡戏园子，是他们的固定生活。到后来书馆衰落，电台评书兴起，在这样文化氛围下成长起来的年轻人，已没了现场听书的习惯。21世纪的北京，节奏快、压力大，"有钱有闲"的人有多少呢？

2015年，我尝试着恢复现场评书演出的形式，定名为"凭书馆"。取个"凭"字，凭的不过是对评书的热爱。当人们忘情迷乱于某种符号般的信念之时，也会有人疏离地静静走开，宁愿撤回记忆。于我而言，世俗里的纷扰与斟酌，却是反思自我存活的理由。

"凭书馆"演出的说书人，已然没了专职。我的师兄弟们从事着各种各样的职业，有餐厅的经理，也有后灶的厨子，有电台的主持人，更有影视演员。他们过来说书，只是因为爱着评书。

从未想过，有一日，说书人竟然成了理想主义者。

2015年8月的一天，只有一位观众来听评书。我没有抱怨，醒木一拍，对着他说了一个小时。散书之后，我向他鞠躬：他若不来，我当天的书都开不了。

现代娱乐方式提升了人们满足的阈值，说书人若要发展，在学好基本技能的基础上，面对的，还是陪伴时代发展的大课题。

以此观之，年轻一辈的说书人，面对的困境，其实和当年老先生们并无二致。

网络传播时代，年轻一辈的评书演员也在求新。王玥波受邀改编漫画《火影忍者》，我师哥温振鑫说《哈利·波特》，还有我师弟杜鑫杰说《三体》。原著都是大IP，要让没有听书习惯的年轻观众知道，同时它们情节曲折、戏剧性强，适合改编成评书。

而我要说的书，在哪儿呢？

说长篇评书难在何处？身架好看，那就多亮身架，学问好，那就多使学问，死抱着老"道"儿不放手，或者奉之为圭臬毫无意义。

十个林遥捆在一起，也比不过一个袁阔成，如果还说传统评书，如何改变？

观众会觉得以前的评书好，亦有怀旧之因。"过去的就是好的，我们小时候听的就是好的。"是啊，的确是好，但是今日拿出来听，只是怀旧，没有什么新意。今天重播很多经典电视剧，情感上会慰藉，但文化和审美需求，不会再如当初那样满足。

传统的"书道子"只是一个"道"，如果"道"那么神奇，人人都是袁阔成。《三国》里的"道"明摆着？可是看今日说《三国》，能和袁阔成并肩者，又有几人？

这也可从侧面印证一事。《三国演义》作为名著，历史、文化、军事热点……已是大众话题，有其历史与学术氛围在，那么在网络时代，单纯看评书演员的表演和见解，就显得颇为局限。

不用神化评书，也不用神化说书人。评书的"道"，也就只是个"道"而已！

我选择了说《西游记》！

既然单纯依靠故事，没有办法吸引人，那么就讲一个大众最熟悉的故事，看看如何能说出新意。

我没有从大众最熟悉的猴王出世开始。第一回讲的是泾河龙王与袁守诚打赌，魏徵梦斩泾河龙王。这段故事，在大众了解的《西游记》故事中很多都不收录。但在我看来，这段故事才是整部"西游"故事的关键。因泾河龙王之死，才有唐王游地府；唐王复生，才建水陆大会；寻找大德高僧主持，才引出三藏法师的故事；观世音菩萨卖袈裟，指明三藏经文"只可渡人，不可渡鬼"，须前往西天取经。从宏观角度看"西游"，孙悟空大闹天宫的前七回，其实是整个故事的一个插曲。

当我说书时，将这个观点抛出后，观众明显有了获得感。说书过程中，我讲述唐王游地府时，将这段故事和苏美尔的英雄史诗《吉尔伽美什》进行了对比，展示了东西方对死亡和重生的态度；说孙悟空学艺时，将这段情节和六祖慧能得传禅宗衣钵的经历进行了对比，又特地指出了孙悟空的三大本领——如意金箍棒、七十二般变化、一个跟头十万八千里，都是"心"的寓言，是以孙悟空又被称为"心猿"。如意金箍棒是"意"，孙悟空是"心"，心意相合，他才能使动如意金箍棒。如意金箍棒重一万三千五百斤，数字来自《黄帝内经》。《黄帝内经》认为，人的心跳，一昼夜是一万三千五百次……凡此种种，顿时提升了书座兴趣。我反而将故事本体的叙述降到了最低，重点批讲书外的知识。为此，我收藏了十余种版本的《西游记》，随时进行比对，尽可能收集市面上研究《西游记》的学术资料。通过阅读《大唐西域记》《大慈恩寺三藏法师传》，我在说书时，把历史真实三藏法师的故事杂糅其中，给予三藏法师以新的面目。乌巢禅师传心经时，将二百六十个字的《般若波罗蜜多心经》一口气背出。我甚至将《西游记》以十四万字的篇幅进行了缩写，出版了一套《降魔修心·彩绘西游记》。五年时间，接近一百六十个小时，我讲述的"西游"刚到达原著的第五十五回。听我评书的一些孩子，从小学已升初中。说书时，我承诺他们在上大学前，一定将《西游记》结束。在我说这句话的时候，底下哄堂大笑。其实听我书的书座，没人在意故事讲的是什么。相关的情节深入人心，他们想了解的，就是他们所不知道的与《西游记》相关的知识点。评书这种形式，代入感极强，要比枯燥的读书有趣得多。

卡尔维诺在《未来千年文学备忘录》中说："现代小说是一种百科全书，一种求知方法，尤其是世界上各种事体、人物和事物之间的一种关系网。"

现代小说能做到的事，评书未必不可以做到。

跳出评书用评书，评书可以延展它的生命力，局限评书用评书，评书终究会走入历史的故纸堆。传统评书留下了丰富的表演技巧，但归根结底，内容至重，现在的评书，经过社会的多次迭代，已变成一种有别于原始市场状态的艺术形式。

从社会发展角度来说，我认为今天的知识付费节目，像极了当年的评书，正在满足人们不同层次的求知需求。

这一年，我开始步入知识付费领域，选择讲解《金瓶梅》!

《金瓶梅》的小说没有办法改编成长篇评书，因其中的故事过于琐碎和生活化，情节不够起伏激烈，然而《金瓶梅》的文学价值毋庸置疑，其自然主义写法，已是现代文学的思考，对中国人生命底色的揭示，至今仍然有现实意义。那么是否可以尝试借鉴评书的技巧和讲述方法，来展示金瓶梅的文学价值呢？

我想试一试。

师父，弟子造次了！弟子会继承传统评书，但我亦想立足这个时代，去探索评书存在的多样性。

人世紊乱，追求唯美，才是抵抗完美主义的终极信念。在这样的追求中，我试图把建构乌托邦的痴心妄想变为事实。

知我罪我，其唯春秋！

守庙人

  吾乡的村里有一座庙，位于庄子的正中心。站在庙前眺望，晴天时可以看到四周的高山和白雪。

  庙里有神灵的塑像，两壁涂绘有各路神道、释道，然而色彩多已斑驳，据说曾被泥水所掩，经冬历春，在我有记忆之时，方始显露出来。庙是神的家，但神不会给庙守门，他们更喜欢游历，四海纵横，只有歇下来时才做泥胎，憨憨地笑，享受人间的敬意和吃食。偶尔在夜里集会，召集众神来喝酒吃果，肆意欢歌。

  是以庙里有红尘气息的人，就不是神。守庙人是人，但他是一个驼背的人，左肩塌陷，右肩峰耸。人间总会编排，也不知道根据了哪条天规哪条地律，但总归是有根据和圭臬的，所以村里人都说，看庙的驼子可以通灵，一肩指天，一肩划地，虽然是半残之人，却是天上地下穿梭来往。人看他是神，神看他是人。他可以在庙里当人，也可以走在村里的黄土路上当神仙。也只有这样的人，适宜住在庙里。他亦不生埋怨，自觉自在。

  有了庙，就生了许多物事，只有人不是它生出来的。人是人生出来的。有了人，才会有村庄，有庙宇。村子小，没有游侣闲僧来坐镇，只有这塌肩的驼子守护着庙。庙不能亲自伸手，护卫它生的树、鸟、草、灵物，连人间尘埃，都不能拂扫，所以守庙人便成了庙的代言人，清扫、看护、修缮，偶尔也被凡人讨教一二神灵之事。

守庙人是村里起得最早的人。众神聚会一散，回到泥胎，他就起来了。冬天摸着黑进到庙里，神仙们的气息还在，他无畏惧，就坐在神仙们坐过的地方，在蒙昧的暗色中，长久地跟神仙的泥身子对望。他也叹息，为红尘琐事、肉身凡胎的欲求而苦恼，可是他在神仙身前坐一坐，这些事便消散了。当他神清气爽地站起来的时候，他的仙气便从歪斜的身体里一点点散出来。他看不见，但人和神都看见了。

后来天便亮了。天亮了，神仙连气息也散尽了。他洒了清水，拿了扫帚，有节律地一下一下将万丈尘埃一点点扫出庙堂。神仙虽然是个泥身，但还是见不得尘埃的。尘土多了，神仙也会苦累。这时煎熬了一夜的人会来庙里讨一味良药，一进门，便看到了道骨仙风的守庙人，倒吸一口凉气。守庙人抬头看人来，也不出声，依旧做他手里的事。

守庙人识字，能诵《般若波罗蜜多心经》。每次诵经时，他的面部就开始活络起来，进而沉静，然后恢复如常。守庙人能写字，写大字。庙院里的锄头把、墙壁上常见浓亮黑圆的大字，间架工整，浑不似守庙人站立起的姿容。我们嬉闹时，常会把守庙人贴在墙上的字揭下来。守庙人也不阻止，只是皱眉低低地说："敬惜字纸啊！"偶尔，我们把这些叠成纸飞机的字纸拿到学校里，教书法的老师看见了会说："啊，写得真好，赶上字帖了。"

守庙人也不是常年虔诚的模样。

他每日都会将整个庙院扫一遍，冬天的雪，春天的尘，夏天的花，秋天的叶。扫一年，老一年，他越发随意，形骸全脱，白日里闲坐，他的插科打诨是要讨到一两句骂才甘心。他不是不敬神，他是不敬人。

庙院里，白天只有鸟和鸟声，他会睡足一个长觉，亦无固定时辰。他是没爹没娘没家的人。他的家，在庙外十丈远，院里有桃、杏，也不回去摘一颗吃。他家的窗户纸破成条缕，西风北风东风南风都来过。一年两年三年五年的，他都快忘了自己的家。偶尔他回家，推开闭着的门，看到院里角角落落里的草，枯了荣了，又枯了又荣了，也不把本来不直的腰再弯一下，好似这家跟他无关。

村子里在庙门外替他搭了一个小房子，他在里面生火，熬粥煮菜。每到夕阳西下，家家吃饭的时候，守庙人坐在庙院里抽烟。他也知道到了吃饭时辰，但他就是不饥。等到人们都吃完了，歇的歇了，忙的忙了，我们这些孩童在街上手持棍棒呼啸来去，他才会煮饭。他煮的饭奇形怪状，和好棒子面，在面上戳一个窟窿，将山药蛋切碎填进去，仿佛吃饺子一般。饺子是逢年过节的吃食，村人在平常日子是不吃的，所以人们看他吃饺子，像看仙家吃饺子。守庙人大方，有小孩凑过来，就给吃，小孩稀罕这吃食，便欣然接过，一口下去，才发觉全无想象中的美好，艰涩难食。守庙人便哈哈大笑，拿手捏一个，津津有味地吃起来，受用无比。有时他会在柴火里煨山药蛋。香甜的气味随着柴烟飘到小孩的鼻孔里，谁闻到了，就跑来讨要，他就给。给完了，他的饭也就算吃完了。肚子的事，好像跟他的嘴没多大关系。别人饱了，他也就饱了。到了后来，他的头发胡子也不剃，任其长着，坐在庙院的台阶上，短烟袋在口里衔着，白髯白发，随风飘摇，可不是神仙？

晚上，守庙人是睡得最早的一个。晚上的人间最喜悦闲在，亦没有愁病，白日里想的、忙的，晚上都暂搁一边，洗了，躺在热炕上，抽烟的抽烟，做梦的做梦，都不出门。即便有争吵，亦被厚重的夜色裹了，人在下面，叫也听不见，哭也看不见。所以，天还没黑，庙门就关了。庙门关了，守庙人就睡了。只有他睡了，神仙们才好回来走动。在神仙们闹腾的时候，守庙人已到梦深处看风景去了。村里人说，他身上按着开关呢。开关是什么，就是话匣子上的线，拉它，它就唱，再拉，唱就停了。守庙人的开关，没人看到是哪一根线，也没人知道谁在拉它，但他就是定时关，定时开，白天黑夜，半人半仙地度日子。

有人要他说说神仙们的事，他笑笑，白髯里掩了一个古井般的嘴。天机不可泄露，神仙都是这样说的。

他活了很多很多年，小孩子长大又生了小孩，他还活着。问他"你几岁？"他也笑而不答，连他都忘了在这红尘里滚了多少年。他在，庙才在，神仙才安生长久。人说他真是修成仙了，每夜是要跟天上的神仙喝酒的。

然而，人眼里的神仙，也是要死的，所以守庙人死了。他没有死在夜里。他在夜里会了神仙，跟神仙告了别。清扫了酒肉残骸，吃了一袋烟，在半晌煮了粥，喝了两碗，睡到炕上，便死了。他死在白天。白天是人间的天下。

一肩塌陷、一肩峰耸的守庙人死了，肉身留在了人间，魂魄上了仙界。这下，他在人间是人，在天上是仙。人的归人，神的归神，大好。

烟花醉梦入扬州

〇

  维扬归来，总想写点什么，然而该如何着笔，却一直在犹疑。我打开案头的《扬州画舫录》，微黄的封页，小船一艘，艄公一位，雅士三个，童仆一人在船头生炉，水是空旷的白。封面就如此简单。此时身后窗口半开，清风扑背，静静翻读，却发现扬州于我，就像一本读不透的书。
  扬州的文章不好写，原因在于扬州的历史过于沉淀，扬州的名望太过显赫，扬州的辞章大为富足。这些加在一起，足以让你理不清头绪，莫可言说。
  对扬州所有的印象，都来自那些竖行排印在线装书里的诗词。最早的便是李白《黄鹤楼送孟浩然之广陵》："故人西辞黄鹤楼，烟花三月下扬州。孤帆远影碧空尽，唯见长江天际流。"
  少时读诗，不求甚解，总以为孟浩然定然是扬州大官，他又定然家在扬州，不然他赴扬州做甚？年长后读到文学史时，才发现这其实是一个很大的误会。他不做官，只为文。他不但不是回家，相反是离开家乡去往他乡。烟花三月的扬州，应该甚是烂漫。不然诗人不会辞别挚友，只身乘坐扁舟，直下扬州。扁舟东去，故人李白还在黄鹤楼上与他挥手道别。渐渐地，小船消逝了，消逝在遥远的碧蓝色天空下，只有大江滚滚，江水滔滔。这位被李白尊称为"高山安可仰，徒此揖清芬"并一生敬重的朋友，只身远去，孤帆远影。

那一刻，扬州"烟花三月"的绮丽景致，便深深地镂刻在我心中。但那"烟花三月"的春景朦朦胧胧，似一缕青烟飘忽不定，如一幅图画亦幻亦真，像一支小曲音色漫漶。不管我如何冥思苦想，总不能够使这景致清晰、流畅、完整。那都缘于我没到过扬州。

二

现代的扬州，只能算得上是一个雅致的中小城市，静静地伫立在长江边上，它的附近便是声势震天的六朝古都和现代大都市江苏省府南京，跨过万里长江，再往南一点，便是国际化大都市上海。扬州已经不再举足轻重，但举手投足间依旧风姿绰约，娇美宜人。

我是在一个夏日的午后，走进这个淮左名都的。慵懒的阳光下，扬州就像一幅缓缓打开的山水长卷，悄然扑入我的视野之中。

扬州始建于唐，繁华于明清，其基本格局仿北京，大道通衢形如棋盘，小街窄巷曲折迂回，如蛛网般密布全城，清幽深邃。闻名中外的京杭大运河从城东、城南两面绕城而过，与城中南北贯通的小秦淮河和城西、城北环绕的瘦西湖构成路河相依、河道交错的江南水乡风光。沿河路侧杨柳依依，绿荫重重，四季叶繁花茂，处处是景。沿河傍水的民居古朴典雅。小户人家多为"三间两厢一天井"的平房，简洁实用，小巧舒适。大户人家则两进甚至数进高房，有厅堂、楼阁，其间深巷相连，下铺厚厚的青石板，灰色地砖镶嵌，间或有鹅卵石小径点缀，两边都是高耸的风火墙，显得高贵典雅，气度不凡。

扬州城不大，穿城而过，主干道两侧，仿古建筑飞檐翘角，色彩斑斓，古色盎然，别具一格，间或置有竹石花木、栏杆石雕，更添古韵。矗立在主要道路上的唐代石塔、宋代四望亭、明代文昌阁和二分明月楼等等，把这座城市的历史推向悠久、深厚、绵长。

我一直盼望能在辞别李白的孟夫子诗文中觅到几首佳作，但是遍读孟浩然的诗集，找不到一首诗关于扬州，不免让人甚感遗憾。"落魄江湖载酒行，楚腰纤细掌中轻。十年一觉扬州梦，赢得青楼薄幸名。"多少年后，幸好有杜牧之用诗句将扬州铺排得满城风流。这样的扬州，在风流倜傥的才子心中，自然是品嚼不尽。

作为文人，杜牧去扬州，着实没什么太大意义。他这个隐士，做得不甚彻底。

然而对我而言，最映衬得上扬州的是他另外一首诗《寄扬州韩绰判官》：

青山隐隐水迢迢，秋尽江南草未凋。
二十四桥明月夜，玉人何处教吹箫？

我后来看到一篇关于这首诗韵译的现代译文，甚是不错。这篇译文为何人所作，我不得而知。其文如此：

青山隐隐起伏，江流千里迢迢。
时令已过深秋，江南草木未凋。
扬州二十四桥，月色格外妖娆。
老友你在何处，听取美人吹箫？

这篇译文韵律相称，通俗易懂，声声思念，还充满了文人式的调笑。

杜牧的这首诗，意境优美，清丽俊爽，情趣盎然，千古流传，成就了关于扬州的最美辞章。清丽的月色，千年的风流，是扬州城的魂魄所在。

这一切都流淌在中国古代，流淌在漫长的时间长河里。

三

游历扬州，当然不可不去瘦西湖。瘦西湖的名气太大了，大到你只要一进入扬州，不屏住气息，立刻就会被它名望的洪流裹卷进去。

当代作家叶楠一首《卜算子·别扬州》写道：

真是锦扬州，苍翠玲珑透。多少雕楼化作尘，只有山河寿。
何处最堪怜，十里清波皱。比那西湖更俏丽，俊在妖娆瘦。

初识瘦西湖，源自中学时读到的朱自清先生名作《桨声灯影里的秦淮河》。文章第二段就说"秦淮河里的船，比北京万牲园、颐和园的船好，比西湖的船好，比扬州瘦西湖的船也好"。我一直纳闷，这个瘦西湖怎么有这么一个奇怪的名字？但就是这个奇怪的名字，让我一直记住扬州还有这样一个湖。

历史上到过瘦西湖的大人物太多，文人墨客自不必说，达官显宦亦是为数不少。瘦西湖安安静静偎依在扬州城的怀抱里，看惯了历史风云，历尽了风流韵事。今日两岸熙熙攘攘的人群仍然络绎不绝，昔日喧闹的历史繁华依旧历历在目。瘦西湖总是不惊不慢，湖水千年不变地平静流淌。

我在瘦西湖，并没有乘坐湖中画舫，而是徒步于两岸，随意游荡。扬州的名胜景观，多半聚集于瘦西湖中。最让我驻足的，是瘦西湖上的五亭莲花桥。清人黄惺庵《望江南·五亭桥》赞颂说："扬州好，高跨五亭桥。面面清波涵月影，头头空洞过云桡。夜听玉人箫。"一桥五亭十五洞，亭亭相连，洞洞相通，格外别致。五亭桥就像一个风姿婀娜的清雅少女，神采飞扬,神态飘逸地伫立在瘦西湖的中央。无数文人喜欢在这桥上览月。《扬州画舫录》上说:"每当清风月满之时,每洞各衔一月。金色荡漾,众月争辉,莫可名状。"当然,还有箫声。

被精神和人文化了的建筑物总是充满韵意。其实,湖原本只是湖,桥原本也只是桥。时代发展到今天,现代文化洪流已完全不似古代。我想更多的人游览瘦西湖,驻足于五亭桥,不会有那么多诗词雅句。尽管此桥从建筑学上来看,确实有着很高的审美价值,但现代人奔波于自己的生活,有着自我明确的生命价值定位,只是游玩休憩一下而已。这座桥伴随着时代,将自己的生命意义熨帖于脚步匆迫的人类文明,恰如古代扬州,有过繁盛,亦有过衰落;有过喧嚣,亦有过寂寥。世间景象,环环绕绕,起起伏伏,在这种大环绕和大起伏中,任何物象和生命都只不过是些微的点缀,匆匆而过。

"萧娘脸薄难胜泪,桃叶眉长易觉愁。天下三分明月夜,二分无赖是扬州。"当夜色不知不觉到来,瘦西湖开始变得宁静,天空一轮明月皎洁,两岸无数弱柳扶风。

这个时候的五亭桥,应该十分孤独而寂寥。

四

扬州人文荟萃,不同凡响。从两汉、隋唐到明清再到近现代,枚乘、李白、鲍照、姜白石、秦观、欧阳修、郑板桥、孔尚任、史可法、沈复、龚自珍、丰子恺、朱自清、丁家桐等等,只要你想,这个名单可以长长地开列下去。古今多少的文人雅士,或出生于斯,或隐居于斯,或吟咏赏玩于斯,或著书立说于斯,给这座古城留了绚烂多姿的文心文事。

拜访人文之所在,大明寺为首选。

已过了烟花三月的时节,大明寺的琼花虽未烂漫一片雪,却也不难想象"蕊仙飞下琼楼",天际香浮的景况。距花期已隔近月,既然难见"瑶姬跨鹤"来，辜负了相约，也罢，只要不是芳菲易老，憔悴无花，留与后人欣赏，也应笑如蝶欢。琼花一枝寄托深情，王禹偁曾咏"春冰薄薄压枝柯，分与清香是月娥"，将琼花同仙葩竞美，并且含上了嫦娥的幽怨。月移花影，雾湿清寒，我虽赏琼花不得，口读诗，心品味，也聊以自慰。琼花不负的，唯在广陵春。

欧阳永叔能居平山堂，后世人也要欣羡这样好的所在。今日的平山堂是座五开间三进深大堂，单檐硬山，难称雄伟，却形成了一个较独立的建筑群，全部与欧阳修有关。仙人旧馆上"六一宗风"擘窠大字高悬，默视之下，如睹斯人风采。欧阳修笔下文章雄遒疏畅，上学韩愈而能自出变化，是否正是得益于这里的湖山佳境？万卷书，伴以古琴、棋局、壶酒，不知其为太守，抑或居士。祠中欧阳修的刻像，是清宫藏本募刻。我端详良久，顺欧阳太守目光望远，槛窗之外，隔过玉兰翠竹，目及南边一带远山。清人林肇元题写的"远山来于此堂平"，正道出了平山堂意境。

北有谷林堂，苏东坡尊师，为纪念欧阳修而建。八大家中的这两位，文章不必说，交情的深厚也是亲同山水。

大明寺内有鉴真纪念堂，堂内供鉴真坐像，仿鉴真圆寂前塑造的干漆夹纻像制作而成，神态安详而坚毅，仿似还在弘扬律宗佛法。我默记下了赵朴初老的联语：

鼓螺蜀冈，爂墙南岳
风月长屋，花雨奈良

一寺一堂，佛与儒，同在葱茏中，扬州北郊的蜀冈因此大有颜色。

烟花扬州，翰墨邗沟。二分明月，醉梦亭楼。扬州的一草一木一山一水一园一亭都透出历史的厚重，伴随明月定格在史书的册页中，唯一不变的只是那"天下三分明月夜，二分无赖是扬州"的自信。月色千古，照彻扬州城。

玄奘的背影

一

大雁塔位于西安南郊大慈恩寺内，出了西安古城墙南面的和平门，端直南行，不用问路，远远地便能看到高耸的塔尖。664年，唐朝国都长安的一位六十五岁的僧人溘然长逝在这里。

唐高宗李治知道这个消息后，非常悲伤，长叹一声："我的国宝没有了。"这位僧人的送葬队伍绵延数十里。乡邻百姓痛哭的声音，百里之外都可以听到。

这位僧人，法号玄奘。他的一生，为了自己的理想，在十七年的时间里，行走五万多里，追寻佛法的真谛。为了自己的理想，在十九年的时间里，笔耕不辍，翻译佛经七十五部，一千三百三十五卷，一千三百多万字。

他的故事让后人神往，他的故事让后人传说。

我初次知道他的故事是在《西游记》里，直到很大以后读了《大唐西域记》才知道他不是小说里的那个唐僧,而是一位顶天立地的英雄。

在西安,我寻找着丝绸之路的起点,流连在大雁塔前,我也开始寻找着玄奘的人生足迹……

从长安出发,经过今天的甘肃、新疆,向西越过帕米尔高原,进入中亚细亚,再由兴都库什山脉的缺口,到达北印度的旁遮普。这条路线被后人称为"丝绸之路"。

丝绸之路虽然有一个很好听的名字,但行程中的艰难,不是常人所能体会。沙漠、戈壁、雪山,还有不可预知的气候,不知让多少人丢失了性命,只剩下了魂归故里……

玄奘祖籍河南洛州(今偃师)缑氏镇,俗姓陈,本名祎,家族本是儒学世家。他自幼聪慧过人,《大慈恩寺三藏法师传》说他"幼桂璋特达,聪悟不群,备通经典,爱古尚贤"。十岁时,父亲离世,家境更趋艰难。为了生计,玄奘随二哥陈素到洛阳净土寺剃发为僧,做了小沙弥。十三岁时,一句"意欲远绍如来,近光遗法"让他被破格录取为僧人,隋朝政府给他取了法名玄奘。十七岁那年,玄奘随哥哥来到长安。此时的玄奘,已被国内佛界知名的法师景法、严法等人所承认。他们从个人感情和宗教角度都认为玄奘"与佛有缘"。玄奘与这些大师相处时,常常能够出口惊人。一次,他对南北学派相异之症仅用一句话就解决了,那句话是:"趋末忘本,摭华捐实。"玄奘后来云游四川、湖北、河南、河北诸地,精读学习了许多佛教经典。

唐高祖武德九年(626),玄奘在长安遇到了一位印度来的法师,从他那里获悉印度的戒贤法师知识广博,尤其对大乘佛经颇有研究。此时的玄奘已经二十八岁,长期潜心佛学,他的那双眸子肯定已经变得深邃而又坚毅。他望着那位印度法师的身影没于茫茫的汉人中时,心想:既然法师能远来中国,为什么我们却不能去印度求经?

黄昏的风刮起的时候,玄奘匆匆忙忙走在回寺庙的路上,他嘴里不断地念叨着:"誓游西方,所问所感,并取《瑜伽师地论》以释从疑。"

《瑜伽师地论》严谨而周密地剖析了人的心的八个境界功用、差别等方面，而且详细阐述了一个人从普通人到成佛的全部修行过程。而能够诠释这本书的，只有一个人，那就是印度那烂陀寺的戒贤法师。

"不至天竺，终不东归一步。"这是玄奘西行前立下的誓言。

贞观元年（627），二十九岁的玄奘独自一人，踏上了远赴印度的取经之路。

二

此前，玄奘曾约几位僧人合力上书皇帝李世民，陈表西行取经之欲求。当时的唐王朝立国不久，正忙于平定国内的藩镇割据势力，再加上河西走廊当时正处于西突厥的控制之下，故李世民将上书驳回。其他僧人都知道西行无望，放弃了原来的打算，唯有玄奘仍然矢志不渝。终于，他混在难民中"逃出长安"，向西而去。

至此，我们完全可以看清，玄奘已经把西行取经当成了一个人的事情。这种选择使他不光要面对艰难的长途跋涉，而且还要背负违抗朝廷之命的罪名。

《大慈恩寺三藏法师传》卷一记有玄奘"誓游西方"的壮语：

昔法显、智严亦一时之士，皆能求法，导利群生，岂使高迹无追，清风绝后，大丈夫会当继之。

寥寥数语，却道出了玄奘不至西天终不归的信心。

现在我们能从不少书籍中看到玄奘的插图，他右手执拂尘，左手捏佛珠，背负佛家弟子专用行囊，行囊顶部有一个遮伞，起到挡太阳和避雨的作用，囊顶有一盏小灯，垂落于他头部。自从上路，这盏灯就一直亮着。它的实质作用是供佛之意，但在多少个黑夜和茫茫大漠中，它又成为玄奘不泯的信念之火。

在玄奘西出长安后不久，朝廷就发出了让沿途县衙捉拿他的命令。

玄奘走到凉州（今甘肃武威）时，见此州"为河西都会，襟带西蕃、葱右诸国，商旅往来，无不停绝"，便停留讲经。此时的玄奘，非常清楚自己的处境，食粮、道路关卡等等可能时时都会困扰他，他必须去化缘，去扩大影响，以便使自己能够顺利地走下去。他的讲解，吸引了当地和各国的许多人。人们给他布施的珍宝金银堆积如山，送来的马匹数不胜数。而玄奘只接受一半钱财用于燃灯，其他均赠予各寺。各国听讲者回去后向自己的"君长"大力称扬玄奘，由此为玄奘在以后能够通行打下了基础。而这时，朝廷的"通缉令"也正在马不停蹄地向他追来。终于在瓜州，"通缉令"追上了玄奘。

瓜州吏李昌崇信佛教，捉拿玄奘的文书送到他手上时，他陷入了沉思。他悄悄走到玄奘住处，拿出告示问："法师是否此人？"玄奘见告示上自己的画像，心头悲酸交加，但他还是临危不惧地说："是我。"玄奘向李昌陈述了自己西行取经的决心，李昌深为玄奘的精神所感动。他觉得，像玄奘这样能舍身求法的人实属罕见，便将文书撕毁，让玄奘及早动身离开瓜州。

玄奘遇到的李昌，在他漫长的西行长旅中，不能算是一位重要人物。但他在那一刻所表现出的果断与英明，却是常人难以做到的。在所有有关玄奘的记叙中，只有李昌是模糊的，却只有他对玄奘的帮助最大。此时玄奘尚未出关，他所面临的最大困难，实际上还是朝廷，而就他个人的能力而言，显然是无力与朝廷抗争的。

第二天，玄奘悄悄离瓜州而去。西出瓜州，他驻足回头凝望，身后没有李昌的身影。一股很复杂的东西倏然涌上心头：他不知道，撕毁文书、放走要犯的李昌该如何向朝廷交代。他心里隐隐约约感觉到了什么，他只能为李昌念了一段《弥勒佛经》，又向前走去。

至此，玄奘已成为一名"偷渡者"。常见的偷渡，大多是违背他所处国家的法律，向另一国家潜逃。而玄奘却是向自己的理想彼岸偷渡，之所以如此，也是迫不得已。因为他个人所能选择的，也只能是这种方式：他只有逃离来自各方面对他的限制，才能走上"取经"的道路。

三

一生中无数的荣耀，甚至那些惊心动魄的经历，在渐渐衰老的玄奘心里都已经变得越来越模糊了，只是西行路上玉门关到伊吾的这一段路程却越发清晰。

那是玄奘这伟大的一生中至关重要的一段经历。虽然弟子辩机根据自己口述完成的《大唐西域记》中并没有记载那段行程，但年代越久，玄奘就越清晰。

即使有了自认为应该是非常充分的准备，玄奘也没有想到西行会是如此的艰难。

离开了瓜州，听着人们对河西路途的描述，让玄奘心里感到有些困难，诸如"洄波甚急，深不可渡"的葫芦河、守卫森严的关外"五烽"……

原来的马也已经死了，向导也没有找到。

少年胡人石磐陀的出现使事情有了转机。即请受戒的石磐陀"明健，貌又恭肃"，玄奘于是告诉了西行的心意。石磐陀答应送玄奘过"五烽"，玄奘十分高兴。"五烽"是辅卫玉门关的五座烽火台，担负着守备边关通信报警的重任。当然，也是"偷渡"最困难的地方。

石磐陀后来的行为，正好考验了玄奘，而这种考验，无疑会一次次使玄奘的意志更为坚决。

关于石磐陀与玄奘在旅途中的相处，各种资料都记录得非常详细，是一个好故事。

石磐陀最初是一个给玄奘心头注入温暖的好人形象。他积极地为玄奘引见一位胡人，请求那位胡人指引从敦煌到伊吾的方向，而且说服他把他的那匹"健而知道"的老赤瘦马换给了玄奘。那位胡人很热心地告诉玄奘：西路险恶，沙河阻远，鬼魅热风，无赤瘦马难以通行。而在临离开长安时，术人何弘达为玄奘所做的占卜多数也已经应验，包括预测到了会有这匹老赤瘦马。

玄奘和石磐陀乘夜出发，三更抵达沙河。玉门关硕大的关隘在夜色中隐约可见。二人在离关十里的地方砍树搭桥，割草填沙，顺利"偷渡"过河。两人非常高兴，便择地休息。

玄奘铺了褥子，躺在沙床上，恍惚入睡。不一会儿，石磐陀持刀向玄奘逼近，行数十步又复返回。玄奘眯眼观察，不知他为何起歹心。此时，他内心难免伤感，同时他也深为人的生命而感叹！就是在修灵魂超升的佛门，人的肉身性命也会时时受到威胁和伤害。

玄奘默诵经课，请求观世音菩萨帮助。

石磐陀折腾一阵儿睡下了。

天亮时，玄奘非常平静地叫醒石磐陀，取水洗漱，用斋，准备出发。石磐陀终于说出了他的心事："弟子将前途险远，又无水草，唯五烽下有水，必须夜到偷水而过，但一处被觉，即是死人。不如归还，用为安稳。"

玄奘决然不走回头路。

石磐陀暴跳如雷，拔刀逼迫玄奘。玄奘丝毫没有惧色，不看刀刃，只是用双眼盯着石磐陀的眼睛。石磐陀大喊大骂，玄奘不作一语。过了一会儿，石磐陀终于抵挡不住玄奘目光中的威力，扔下刀，独自返回。他走了数里，又回来对玄奘说："弟子不能随师父去了，家有老小，而王法不敢违犯啊！"

玄奘说："我理解你，你回去吧。阿弥陀佛，善哉善哉！"

石磐陀仍担心玄奘被关吏俘虏牵连自己，玄奘说："纵使切割此身如微尘者，终不相引。"

石磐陀这才放心离去。

四

　　石磐陀返回，玄奘孑然一人，独自在沙漠摸索前进，那些骸骨和马粪成了他辨认道路的有力依据。玄奘之所以能够走完那么长远的一条路，实际上从石磐陀弃他而去开始，就获取了一种走大漠必备的心理。在那样的条件下，信念有时候能直接充当双脚。而少了他人的帮助和干扰，玄奘有可能更好地保持这种心态，走得更坚决一些。我每每想起玄奘，都喜欢把他放在一个孤独无助的大背景下思考。我觉得，玄奘归根结底仍是一个佛教徒，他的行为，有可能使他更接近宗教。通常情况下，我们都习惯把玄奘只作为一个单纯的行者看待，实际上，他能够那么坚韧地走完一条长路，宗教在他内心所起到的作用仍是不可忽视的。他实际上已经成了一个信仰突围者。

　　现在有研究《西游记》的学者认为，石磐陀可能是孙悟空的原型之一，而那匹老马似乎应该就是白龙马了。

　　玄奘孤独地前进了八十多里后，见到了第一座烽燧。玄奘到烽燧下面取水的时候，险些被一支箭射中膝盖，接着又有一支箭射到。无奈之下，他只好大声介绍了自己。守卫烽燧的校尉王祥了解情况后，深受感动，不但为玄奘放行，还护送他出去十里地，介绍给了第四座烽燧的王伯陇。王伯陇盛情接待了玄奘，临别时，还送了盛水的皮囊和干粮。

　　离开了五座烽燧后，玄奘走进了上无水鸟、下无走兽、复无水草、八百余里的莫贺延碛。进入莫贺延碛，玄奘开始了他真正的远征。吴承恩在《西游记》中写观世音停步看云时，曾提到莫贺延碛：

　　东连沙碛，西抵诸蕃，南达乌戈，北通鞑靼。径过有八百里遥，上下有千里远。水流一似地翻身，浪滚却如山耸背。洋洋浩浩，漠漠茫茫，十里遥闻万丈洪。

《西游记》中的孙悟空曾几去几回,但石磐陀则一去再无复返。玄奘一个人牵着那匹马,在茫茫大漠中踽踽而行。

一天,玄奘不慎将水袋打翻,等他扑到水袋跟前,水却已经全部在沙子中化为轻烟,"千里行资,一朝斯罄"。没有了水,再加上迷失了道路,他不由得万念俱灰。懊丧之中,玄奘准备东返。他知道在没水的情况下再往前走,就是直接走向死亡,但他转念又想:"我先发愿,若不至天竺终不东归一步,今何故来?宁可就西而死,岂归东而生!"玄奘发出掷地有声的誓言,口念《般若波罗蜜多心经》,旋辔向西而进。就这样,在燥热难耐的沙漠中,玄奘走了五天四夜,其间人马皆无滴水沾喉。

从长安出发到现在,应该已经是冬季了,很短的白天,漫长的黑夜,使玄奘孤寂的旅途更加艰难。人鸟俱绝,环顾四周,只身一人,耳边可以清楚地听到空气流动的声响,沉默有时会变得沉重无比,使玄奘的身体强烈地感到来自四面八方的重压,不时的狂风夹带着沙石使行程变得举步维艰。夜间的星辰以及飘忽的莫名灯火,使玄奘已经无法分辨出哪些是星辰哪些是灯火,他只有专心诵经,心无所惧。

对于产生的种种幻觉,如军队、如旌旗、如妖魔,玄奘还是能够克服的。只是没水,却是任何人都不能忍受的。困苦到了第五天,玄奘和那匹马终于双双倒在了荒漠里。半夜里,玄奘忽然感到有股清凉的风轻轻拂过疲惫不堪的衰弱身体,他清醒过来。再次睡梦中,见一大神问:"何不强行,而更卧也!"惊醒后,他骑马前进了十里地。老马突然自己改变了方向,向另外一条路跑去。玄奘用尽办法,马也没有停下来的意思。又走了几里地后,天已经大亮,玄奘眼前忽然出现了一片几亩地的青草地。马径直过去啃草,玄奘在草地上走了几步,准备回头,发现了一眼泉水,泉水清澈甘甜。玄奘和马得救了。西行之旅终于再次遇到转机,玄奘的生命也因此被挽救。这种情形,对于西去的行旅,应该是极其难得的巧合,对于玄奘,不能不认为这是菩萨慈悲的缘故。而这本身确实非常富有传奇色彩,也许那匹马真"健而知道",仿佛是冬天里的春天。

这个颇为离奇的故事固然很美，但从中凸显出的玄奘的精神仍不可忽视。我们已经听过不少这样的故事，它们的一个共同之处是，只有人彻底地把自己投入到孤独无助的环境中，而且还因为人的行为已彻底改变，事情的结局才会发生意想不到的变化。中国人是最富有韧性的，所以中国人对理想的坚贞不渝几乎是独一无二的，而这种坚贞不渝所取得的成绩也是振奋人心的，玄奘就是这样一个例子。

在这片草地上，玄奘停留了一天，第二天带足了水草，继续前行。两天后，他走出了大漠流沙，来到了伊吾。

在一间小寺庙里，玄奘见到了三位中原来的僧人，其中一位老僧，衣不及带，跣足出迎，抱住玄奘大哭，哽咽不能自已。玄奘的心里也是酸楚的，但又很淡然。几天前的经历，使玄奘不仅更深地领悟到《般若波罗蜜多心经》的大义，而且对于生死、对于佛法有了进一步的领悟。老僧"岂期今日重见乡人！"这句话无疑是伤感的，可是伤感对于玄奘已经是恍如隔世的事情了。

五

逗留伊吾的时间并不是很长，只有"十余日"而已。在这"十余日"里，玄奘与小寺庙里的僧人，尤其是与老僧的交流是深刻的。对于佛法上的疑问，有些是两个人共同想到并曾经探索过的，有些又是因为彼此看法不同而有争议，最后互相得到启发的。

当时高昌王麴文泰的使者正准备离开哈密，得知了玄奘到来的消息，回高昌后，告诉了高昌王。高昌王立刻派来了使者，命令伊吾王请法师前往高昌。在离开伊吾的前一天夜里，玄奘与老僧又座谈了一夜，那到底是怎样的一夜呢？

玄奘离开伊吾六天后，到达高昌。对玄奘西行早有耳闻的高昌王派人在路口迎接他，热情邀请他在高昌布道。玄奘在高昌讲经三月。高昌王见他知识渊博，修养颇高，执意请求玄奘留在高昌担任国师。玄奘婉言谢绝，坚持要西行，后又以绝食相抗。玄奘这样做，反而打动了高昌王，他应允放玄奘西行。二人和好如初，并结为兄弟。

高昌王赠送了玄奘大量物资，又给前方沿途各国写信，请他们提供方便。正因为有了高昌王的帮助，玄奘在后来的行进中畅通无阻。成大事者，都会受到很多人的帮助。在玄奘的生命里，高昌王麹文泰和那位瓜州吏李昌，还有那匹马，都是很重要的支柱。

离别高昌后，玄奘继续西行。由于有高昌王的提前安排，玄奘西行的路途变得容易多了，但他仍需爬冰山，过草原，穿越戈壁沙漠，历尽三年的磨难和跋涉，最后进入佛国天竺，到达了他心目中的西天——那烂陀寺。

那烂陀寺也以盛大的仪式，欢迎这位东土大唐的高僧。已经一百多岁的戒贤法师，亲自为玄奘传授《瑜伽师地论》。

在天竺，玄奘如鱼得水，四处拜师觅经，学习了中观、瑜伽，苦心钻研着佛学理论的精义奥妙。他融会贯通了道家和儒家的思想，发表了论文《会宗论》，并开始到处讲学，足迹遍及印度当时大大小小一百多个国家。他以渊博的知识，受到了当时印度诸国的尊敬。

据史料所载，玄奘当时的学识已经超过了印度佛教的最高水平。

在印度，我们不应该忽略玄奘学成东归时的情景。尽管他此时已经是一个成功者，但他仍像来时一样，低着头上了路。也许，他从来时的经历已经深深地明白，走路最重要的还需要精神，所以面临着同样充满艰难困苦的东归路时，他仍然沉默着，以沉默坚持着内心重要的一些东西。

这时候的玄奘，无疑已经是一位心智和毅力过人的高僧。

东归的路上，他有意识地又选择了一些来时未走的路。这样，归乡的路实际上又变成了一条征途。

一个人在取得成功后，可以按捺着内心的喜悦，或者丝毫不为这种成功心动，却向着更大的目标迈进，他的心有多大啊！

贞观十九年（645），玄奘终于回到了阔别十九年的长安，他往返之途几乎涵盖了丝绸之路的全部。这一去，玄奘硬是用双脚行走五万余里路，历一百三十多个国家。这些数字，是用精神和生命一起完成的。或者说，这些数字是玄奘灵魂的价值体现。一路上，玄奘"无顾生命"，"冒越宪章，私往天竺。践流沙之浩浩，陟雪岭之巍巍。铁门巉崄之涂，热海波涛之路"。有人赞誉他是行走在古代丝绸之路上的最伟大的探险家和旅行家。而他带回的佛经六百五十七部，许多是当时国内之孤本。

玄奘回长安之前，曾给唐太宗李世民写了一封信，请求原谅他当初偷渡出国的做法。李世民知道消息后，下了一道表章，免去了他的私渡之罪，并命官员到敦煌迎接。昔日的偷渡客，成了今朝的英雄。长安城的百姓蜂拥而出，像过盛大的节日一样，欢迎队伍有几十里长。人们以最高规格的欢迎仪式，迎接玄奘的归来。

在这一年，玄奘和李世民在洛阳第一次会面。这是一个重大的历史时刻。这次会面以后，中国历史上第一次出现了译场。这是专门用来翻译文字的场所。

此时，大唐政府开始建筑大雁塔，玄奘本人也参与了大雁塔的建造。

大雁塔建成以后，成为当时长安城最高的建筑物，此后耸立千年不倒，成为佛教唯识宗的祖庭。

四十六岁的玄奘开始了十九年的译经工作，直到生命的终结。

六

玄奘的铜像屹立在大慈恩寺外面的广场上，圆圆的头颅上，两只硕大的耳朵格外引人。他身着袈裟，右手里拿着一根禅杖，左手作礼佛状，似乎正在诵经。

从大慈恩寺的正门出来，我恰可望到玄奘的背影在夕阳的拉伸下，孑然独立。当我在大雁塔下回思停滞时光的书卷，匆匆而来的时候，一切都已经结束。繁华与衰落，生命和死亡，都已灰飞烟灭，杳无踪迹。我忘了，时光总是最无情，它会在微笑中悄然带走一切能带走的痕迹。

晚年的玄奘常常会回忆起西行的旧事来。弟子辩机为他记述了《大唐西域记》，却独独遗漏了从玉门关到伊吾这段时间的事情。辩机曾经对慧立说过，要专门写这一段的经历，但谁知道辩机会有那样的结局呢？慧立萌生写法师传的想法由来已久，不过只有在辩机托付给他后，才有了动笔的决心和信心。

慧立在玄奘逝世后，找到了部分辩机的手稿，加上玄奘以前在他面前的回忆，撰写了《大慈恩寺三藏法师传》，因为遗缺较多，自己也觉得不能真实反映先师玄奘的求法经历，因此不是很满意，所以就深藏起来，秘不示人。到了临终时，他才公之于世。

留存下来的《大唐西域记》追记了玄奘所见所闻的一百三十八城邦、地区和国家的情况，其中一百一十个是他亲历，二十八个是从传闻得知。所记范围十分广阔，从今日新疆西抵伊朗和地中海东岸，南及印度半岛和斯里兰卡，北达今中亚南部和阿富汗东北部，东至今印度支那半岛和印度尼西亚一带。所记的内容涉及山川地形、城邑关防、交通道路、风土习俗、物产气候、政治文化等各个方面，反映了7世纪中亚、南亚等国的地理气候、社会风俗、文化、宗教、经济、物产等各种情况，留下了珍贵的文字记载。玄奘每记一国，必先言其方位、范围、土壤状况和气候特征，给人们提供了各国的地理和气候概况。在社会风俗和文化方面，玄奘也有记述，其在宗教方面的记述尤详，几乎每记一国，都要记述该国的宗教状况。玄奘对于佛教的记述和描写，为研究7世纪中亚、南亚佛教教义、流派、杂教等情况提供了重要资料。在"印度总述"中，玄奘详细地记载了印度的宫室、种姓、刑法等政治状况，反映了印度当时的政治生活。

季羡林说："玄奘是一个运用语言的大师，描绘历史与地理的能手……《大唐西域记》是一部稀世奇书。"英国史学家史密斯则说："印度历史对玄奘欠下的债是绝不会估价过高的。"印度史学家阿里坦承："如果没有法显、玄奘和马欢的著作，重建印度历史是完全不可能的。"

人生太短促，要充分理解一种文明已经时间不够，更何况是两种甚至多种文明。现代的人都知道应该抓紧时间，多走一些路，用步履的辛劳走出受欺的陷阱。

玄奘在前，是一种永远的烛照。别看车轮滚滚，我们其实也就是在追寻玄奘的背影罢了。

我常常想，玄奘表现出的意志和最终取得的成绩，哪个更重要呢？假如他没有西行之举，那些佛经在后来恐怕还是能够传播到中国，而有些事还是需要那样去做的。特殊的时代，就必须要有特殊的行为为它勾勒出面容，而且因为一些人的行为从他所处的年代中强烈地凸显了出来。他所处的时代，也便为时间打下了烙印。

一步一步，一个人从远处走来，又向远处走去。路是人的心，而玄奘的心，在他渴望的西天。

武侯之困

一

某年，受邀创作一部以诸葛亮生平为主线的电视剧剧本。按制片方构思，不重演义，要以"史实为本"，遂认真阅读了相关史料，还计划从南阳至荆州，再从成都至汉中，重历诸葛亮平生经历的重大环境，以期有更直接的感受。影视创作乃是项目，自然牵扯甚众，不久项目搁置，剧本也就再未提笔，然而，对诸葛亮的认识，已与少时读《三国演义》迥然有异。其后，行经成都，则定要去看武侯祠。

面前的武侯祠，已是成都市的中心区域，里面的历代楹联中，要数清人赵藩所撰联语最为知名："能攻心则反侧自消，从古知兵非好战；不审势即宽严皆误，后来治蜀要深思。"联中用典，皆为诸葛亮之故事，也反映出四川地处边陲有别于中原的民情。

武侯祠是中国唯一的君臣合祀祠庙，除了刘备、诸葛亮的蜀汉君臣合祀祠，还有惠陵、汉昭烈庙、三义庙。里面的石碑中，以文、书、刻号称

"三绝"的《蜀丞相诸葛武侯祠堂碑》最为知名。

之所以出现如此复杂的"三国遗迹区域",与刘备的陵寝惠陵在此不无关系。史书记载,蜀汉章武三年(223),"先主殂于永安宫……五月,梓宫自永安还成都,谥曰昭烈皇帝。秋,八月,葬惠陵"。

按汉制,宗庙之外有原庙,即汉昭烈庙。诸葛亮去世二十九年后(263),后主在群臣建议下,于"景耀六年春,诏为亮立庙于沔阳"。沔阳就是勉县。这说明在三国时,祭祀刘备的陵庙与诸葛亮的庙宇分别在四川成都和陕西勉县。

成都何时有武侯祠,不见正史记载。宋祝穆《方舆胜览》记载,武侯庙"在府西北二里今为乘烟观……李雄称王始为庙于少城内,桓温平蜀,夷少城,独存孔明庙"。李雄于304年在成都称王,则所建孔明庙的时间应在西晋末东晋初,位置在当时的少城内,并非今日成都市的西南。

杜甫《蜀相》诗云:"丞相祠堂何处寻,锦官城外柏森森。映阶碧草自春色,隔叶黄鹂空好音。"杜甫于759年冬来到成都,《蜀相》诗当作于次年春。数年之后,诗人在夔州作《古柏行》则回忆:"忆昨路绕锦亭东,先主武侯同閟宫。"此可知,唐宋时期诸葛亮的祠堂位于锦官城外,且与先主刘备的汉昭烈庙同在一区域。

自杜甫之后,历代文人多到此拜谒,留下众多吟咏诗词。

明代初年,蜀献王朱椿到此拜谒,触目颓圮荒芜,遂对这几处毗邻又自成一体的遗迹进行了修葺整合。朱椿在洪武二十四年(1391)作《祭汉先主昭烈皇帝文》:

睹閟宫之颓圮,叹古柏之荒凉。命我将士,缭以垣墙。屹栋宇之崔嵬,焕丹青之煜煌。

从现存武侯祠的明张时彻《诸葛武侯祠堂碑记》、明何宇度《益部谈资》等文记载可知,朱椿废除原在昭烈庙西侧的武侯祠,把诸葛亮像移入昭烈庙内刘备像东侧，关羽像、张飞像排列于西。当地的官吏趁机将北地王刘谌、诸葛亮之子诸葛瞻和因镇守关口格斗而死的傅佥也陪祀庙内。明曹学佺《蜀中广记名胜记》说：

按：今昭烈祠左右侍侧者后主、北地王谌、诸葛丞相亮、亮子瞻及关、张两侯俱合为一祠也。

朱椿将原武侯祠中的诸葛亮像移入汉昭烈庙，其意在抬高诸葛亮的地位，使"君臣宜一体"，共享世人拜谒。但民众对此却不予认同，由于诸葛亮像和原刻立在武侯祠内的《蜀丞相诸葛武侯祠堂碑》也移入庙中，人们按照习惯仍将塑有刘备、诸葛亮、关羽、张飞等像的庙宇称为武侯祠。

成都市已将武侯祠辟为公园，进得门来，迎面即为开阔甬道，不要说"映阶"之"碧草"，就是"阶"也没有了。传说中，当年由诸葛亮手植，号称"森森"的柏树，如今已寥如寒星，干枯零落，枝叶稀疏，阳光洒落，点点斑斑，铺下满地斑驳暗影。

赵藩所撰并书丹的名联，悬于正殿门外。"后来治蜀要深思"，何止治蜀，小到治家，大到治国，从来皆须先"攻心"以安定群众、"审势"以确定方向，才能制定具体措施。赵藩这个云南人的感叹，至今仍可敲击得历史时空訇然巨响。

二

杜甫是敬仰诸葛亮的。寓居成都草堂的四年间，他曾在巴蜀地区寻访过多处诸葛亮的遗迹，写下了"诸葛大名垂宇宙，宗臣遗像肃清高。三分割据纡筹策，万古云霄一羽毛。伯仲之间见伊吕，指挥若定失萧曹。运移汉祚终难复，志决身歼军务劳"的诗句。

从武侯祠到杜甫草堂，在今日只有十五分钟的车程。来成都寻觅人文景点的游客，多半会将这两个景点安排在一起，这两个景点间还有免费的班车。只是当年落魄于浣花溪畔的老杜，绝不会想到有朝一日，他能以这样的方式，跟诸葛武侯产生了联系。

杜甫身在草堂之时，安史之乱已历数年。肃宗猜忌大臣，信任宦官，平叛的将帅中也不乏恃功而生叛逆之心者。杜甫此时更向往历史上君臣遇合的人物："凄其望吕葛，不复梦周孔！"周公、孔子是太平时代维护君权和秩序的圣人，而乱世中更需要君臣契合，才能风云际会。

诸葛亮，正是最体现杜甫理想的人物。

诸葛亮年幼丧父，一直跟着叔父诸葛玄。叔父死后，他退居南阳，躬耕陇亩，喜吟《梁父吟》，自比管仲、乐毅。从历史记载来看，诸葛亮长得很英俊，陈寿描述"身长八尺，容貌甚伟"，放在今日，就是接近一米九的身高，身材魁梧，容貌不凡，是个有气质和魅力的人。诸葛亮二十七岁时追随刘备，于刘备死后权力达到顶峰。然而，诸葛亮身处权力顶峰的十二年，是他开启蜀汉前所未有的改革十二年，更是他处于困境苦求突围而不得的十二年。

蜀地在中国的历史地理版图中，一直是个特殊的区域。民间俗语中，最著名的莫过于"天下未乱蜀先乱，天下已治蜀未治"了，证诸历史，非为无因。辛亥革命的先声，即为四川保路运动，此先天下而乱。考诸两汉之间、五代十国、明末清初等历代王朝的统一过程，蜀地也是押后平定的地区，此后天下而治。

最直观的理解，这是由于四川特殊地理位置和地形特征所致。巴蜀盆地地势独特，分为边缘山地和盆地底部两大部分。从军事上看，山地险峻，隔阻难通，自古就有"蜀道难，难于上青天"之说；从经济上看，盆地面积高达十六万平方公里，其中宜于农耕的川西平原即有两万多平方公里，自来称之"天府之国"，"（汉）高祖因之以成帝业"。因此，蜀地具备了易守难攻和粮草充足的军事和经济优势。

当统一王朝瓦解之时，蜀地足以独立于天下逐鹿的中原之地，独树一帜，虽无力进取，亦足以自保。而天下将定之时，蜀地又因僻处西南，无关大局，往往最后才被纳入版图。

蜀汉章武三年（223）春，刘备因夷陵（今湖北宜昌）战败病逝于永安，临终前托孤诸葛亮。刘备去世不久，南中地区的越巂郡（今四川西昌）、永昌郡（今云南保山）、益州郡（今云南晋宁）、牂牁郡（今贵州福泉）四郡联合叛乱，孟获为其头目。诸葛亮因刚遭国丧，未与东吴修好，不便用兵。

蜀汉建兴三年（225）春，诸葛亮率众南征，攻心为上，对叛乱首领孟获七擒七纵，方始让其心服。《裴松之注三国志》载，孟获感叹："公，天威也，南人不复反矣。"诸葛亮为使南中地区信任，蜀汉不在此地留一兵一卒，使南人自治，从而稳定南中，为北伐中原扫除后患，奠定基础。

诸葛亮平定南中的军资，出自新平定的诸郡，加之平定后两年的休息整顿，感到北伐曹魏的时机已渐趋成熟。建兴五年（227），诸葛亮率军驻扎汉中，北上前写下著名的《出师表》："今天下三分，益州疲弊，此诚危急存亡之秋也。"所谓"疲弊"，实为弱小。刘备用兵新败，蜀汉陷入内外交困的处境。在这一危急存亡的关键时刻，诸葛亮内修政理，外和东吴，使蜀汉恢复了许多气息，但依然是三个国家里最弱的一个。

愈是弱小，愈要发愤图强。彼时蜀汉最佳之计就是以攻为守。对曹魏用兵，达到了转移国内矛盾与增强凝聚力的效果，稳固了蜀汉政权。诸葛亮没有办法在表中明说缘由，只能以自己的政治理想代为解释："今南方已定，兵甲已足，当奖率三军，北定中原。庶竭驽钝，攘除奸凶，兴复汉室，还于旧都。"

三

诸葛亮治蜀之策是中国古代治理国家的典范之一。易中天曾言："政治家与政客的区别，就在于政治家有理想，政客只有利益。"诸葛亮之所以被称为伟大的政治家，就在于他有伟大的政治理想。

诸葛亮对于自己的政治理想，早已在"隆中对"时确立，几十年间不曾忘怀。然而，诸葛亮主政蜀汉，步履维艰，蜀汉政权内部，矛盾重重。

益州之地，乃是刘备取自刘璋，而刘璋亦非本土士族，也是外来政权。在历史时空中，益州存在三股相互制约的政治力量，易中天将其概括为益州集团（蜀地士族）、东州集团（刘璋旧部）、荆州集团（刘备旧部）。刘备入川之前，是东州集团对益州集团的控制；刘备主政之后，则是荆州集团对东州集团和益州集团的控制，且益州集团始终处于底层。

蜀汉政权内部的三种政治力量，相互制约，互有矛盾，要想化解矛盾，需要三种力量的相互妥协，也势必要让刘备的荆州集团做出让步，但刘备却有"北定中原"的政治任务，这让他们能做出的让步极为有限。

诸葛亮治蜀，首要要面对的就是缓解蜀汉政权的内部矛盾。北伐曹魏，根本原因之一就是转嫁矛盾。然而，从地域而言，蜀人性格柔顺，难出精兵。

香港作家张梦还是四川人，少年时在四川双流入伍从军，后在香港从事写作。他曾写过一本回忆录式的小说《血染银章》，写他青少年时期的趣闻逸事。经历过民国动乱和战争的张梦还在文中感叹："任何精良的部队，往成都驻上一年，绝对不能作战，不谈士兵，军官的志气都会消沉。"

张梦还想起了诸葛亮：

《隆中对》曾一再主张取益州，因为"益州险塞，沃野千里"，这话是不错，尤其在成都西门外，简直是一望无际的田野，的确沃野千里，也的确是天府之国。可是诸葛亮……用的兵将仍然是"四方之精锐，非一州之所有……"成都什么都出，就是不出武将，诸葛亮那种痛苦，非无因也。

诸葛亮治蜀，内外兼治，外无精兵，仍努力北伐，同时对内"依法治国"。他以身作则，处理政务力求公开、公平、公正。陈寿称之为："刑政虽峻而无怨者，以其用心平而劝解明也。"

"依法治国"的目的仍然是缓解三个集团的矛盾，巩固蜀汉来之不易的政权。是以，诸葛亮斩马谡，废李严。马谡是刘备生前亲信，属荆州集团。马谡"失街亭"，罪不至死，诸葛亮可以不杀马谡，但正如陈寿《三国志·诸葛亮传》所言"戮谡以谢众"，原因则是"亮违众拔谡"。

诸葛亮违背众将提议，提拔马谡为前锋，战败后，马谡只能一死。这样一来，益州集团的人才会无话可说。这一刻，政治的意义超过了私人的情绪，诸葛亮的确是挥泪而斩。

对于重臣李严亦是如此。李严，字正方，是蜀汉的重要政治人物之一，代表的是东州集团。陈寿的《三国志·先主传》载："先主病笃，托孤于诸葛亮，尚书令李严为副。"意思即是，刘备托孤的辅政大臣一共为两人，诸葛亮为正，李严为副，可见李严在蜀汉的地位，仅次于诸葛亮。建兴九年（231）春，诸葛亮第四次北伐，李严押运粮草。秋夏之际，天降大雨，粮道受阻，诸葛亮不得不退兵。

诸葛亮回师后，李严却故作惊讶："军粮饶足，何以便归！"以解脱自身押运粮草不力的责任，显露诸葛亮延误战机的错误。之后李严又上疏后主刘禅："军伪退，欲以诱贼与战。"称诸葛亮的行为是假装退兵，诱敌深入。李严的栽赃行为，在诸葛亮保存的来往书信中暴露无遗。面对这种栽赃陷害与乱言军政的行为，诸葛亮联名众臣弹劾李严。李严最终被废为平民，流放梓潼（今四川绵阳）。

诸葛亮一直在用法律的公正手段，调和蜀汉政权内部的矛盾。

诸葛亮在选拔人才的过程中，也力求平等，提拔了不少益州本土的人才，如张裔、张翼、马忠、王平、杨洪、费诗等。

然而，由于刘备和诸葛亮最初既定的以荆州为主的政策，诸葛亮在处理矛盾时依然会偏袒荆州集团，这也注定了他不可能在根本上解决蜀汉的内部矛盾。

蜀汉在诸葛亮去世后三十年灭亡，是三国之中最早灭亡的。灭亡的根源依然在于蜀汉内部的矛盾。蜀汉最终以投降的方式灭国，促成投降的却是谯周的游说，谯周力劝刘禅投降，史书称其为"有全国之功"。在这里，请注意：谯周本人，正是益州本土士人。

不管谯周的出发点如何，他所代表的是处于底层的益州集团，他们本质上渴望的还是"蜀人治蜀"。

诸葛亮为官清廉，俭以养德，积蓄不多，仅有薄田十五顷，桑树八百株。在他的影响下，蜀汉官场充满了廉政奉公的政治氛围，与魏、吴形成鲜明对照。

范文澜说诸葛亮："凡是封建统治阶级可能做到的较好措施，他几乎都做。"因此，当时和后世，无论是否蜀人，对诸葛亮治蜀多是称赞。

诸葛亮治蜀十二年，耗尽心力，延续了蜀汉生命，但由于多重的困境，让治蜀历程充满局限。蜀汉最终逃脱不了灭亡的命运。

治蜀艰难，诸葛亮于困境中苦思突围，最终仍输给了大势。

四

站在武侯祠大殿前，仿佛又看到一千七百年前这位凝神沉思、决胜千里之外的哲人。忽然想起苏轼在《武侯庙记》中的赞语：

密如鬼神，疾若风雷。进不可当，退不可追。昼不可攻，夜不可袭。多不可敌，少不可欺。前后应会，左右指挥。移五行之性，交四时之令。人也？神也？仙也？吾不知之。真卧龙也！

岁月的流逝，无法唤醒他千年的沉思。作为读过史书的人，在这一刻，不免脑海里翻滚着种种过往旧事。

蜀汉灭亡后不久，《三国志》的作者陈寿将蜀汉倾覆归结为宦官黄皓弄权，"（陈）祗死后，（黄）皓从黄门令为中常侍、奉车都尉，操弄威柄，终至覆国"。陈寿身为蜀汉之臣，亲历亡国，其所言必有所据。这一观点影响很大，常璩在《华阳国志》中曾推演此观点："（费）祎当国，功名略与蒋琬比。""承诸葛之成规，因循不革，故能邦家和一。自祎殁后，阉宦秉权"，"政刑失措矣"。常璩认为蜀汉由盛转衰的节点在"费祎殁后"，而转折的关键是蜀汉政权放弃了"诸葛之成规"。那么，保障蜀汉安定的"诸葛之成规"究竟是什么？

建兴五年（227），诸葛亮所上《出师表》，可视为诸葛亮对蜀汉政治的全局性安排，其中"宫中府中，俱为一体"正点出"诸葛之成规"的内涵所在。

"宫府"的含义，据王鸣盛《十七史商榷》"宫府"条："案'府'者，即三公之府，见前《汉书》；'宫中'者，黄门常侍也。""时虽以攸之、祎、允分治宫中正令，犹恐后主柔暗，或有所昵，故首以此为言。"

董允、郭攸之统领宫中事务，张裔、蒋琬统领府中事务，二者统归于诸葛亮的政治安排，即为"宫中府中，俱为一体"。在制度上，以士人控制宫廷政务、宿卫以取代宦官的位置，实现了"宫府一体"。

建兴十二年（234），诸葛亮薨于五丈原。继任的蒋琬、费祎仍能萧规曹随，奉行诸葛亮生前的布局。蒋琬在迁大将军后，引费祎为尚书令共同辅政，仍以董允为侍中统领宫中政事、宿卫。在蒋琬、董允病逝后，虽由费祎辅政，但蜀汉政治却发生了些新的变化，以士人控制宫中的制度开始瓦解。"琬卒，禅乃自摄国事。"蜀汉政治的变化首先就是"宫中"，宦官黄皓开始干涉政事。

从记载来看，黄皓干涉朝政应在董允病逝后不久。费祎死后，黄皓更无忌惮，加之后主刘禅信任，此后的侍中、尚书令多与黄皓结党，诸葛亮时期以士人统领宫廷、限制宦官的制度，至此崩溃。宦官黄皓凭借后主刘禅的宠信，一跃而于侍中之前，统摄宫中政事，并以此号令尚书。

诸葛亮治蜀，要义在于公正，然而随着"成规"被弃，诸葛亮殚精竭虑搭建的蜀汉政治平衡局面逐渐被打破，是以蜀汉之亡，亦计日而待。

当然，历史很难假设。考诸史料，蜀汉亡国之因，也在于魏国的强大。实力雄厚者，自古以来都是最终的赢家。魏、蜀、吴三国之中，魏国的综合国力最强，疆域广，人口多，并且掌握较多的具有战略意义的军事要塞。根据史书，除了占据中原，拥有司、豫、兖、青、徐、凉、雍、冀、并、荆、扬等州。魏国的人口数量是蜀国的将近八倍，拥有六十六万余户四百四十余万人。

在封建社会，土地资源是经济发展的最大支撑，魏国的经济发展空间无疑要比蜀国大得多，除此之外，屯田制和一系列经济振兴的举措，充实了国库，为后勤物资的需求提供了坚实的保障。魏强而蜀弱，魏国灭掉蜀国也符合自然规律。有学者认为诸葛亮的北伐战略思想是一种以攻为守的方式，但最终是北伐没有取得实质性胜利，究其根本，还缘于魏强而蜀弱。

从民间来看，后世对于蜀汉之亡以及诸葛亮在困境中的支撑，寄予了极大的同情。

今日武侯祠中的惠陵寝殿门口，高悬着一副对联："一抔土尚巍然，问他铜雀荒台何处寻漳河疑冢；三足鼎今安在，剩此石麟古道令人想汉代官仪。"

上联所谓一抔土，当然就是眼前的惠陵，而作者用来与之对仗的，是当时不知所踪的铜雀台、曹操墓。质问其有无，蕴含对曹魏的讥讽。下联作者话锋一转，慨叹三足鼎立虽成历史，但蜀汉精神长存。

三国之中最为弱小的蜀汉，在后世人们的目光中成为正义的化身，是三国故事中公认的主角，而强大的曹魏则沦落为反派。

实际上，自北宋中叶开始，曹魏的地位就不断下降，尊崇蜀汉的风潮日盛。靖康之变后，南宋偏安的事实，让蜀汉正统成为主流结论。蜀汉不断的北伐，让时人产生了极大共鸣。第一主角诸葛亮在唐代以前，仅是一位三国名臣，入唐之后，地位陡然升高，唐代诸多大诗人都写过称颂诸葛亮的诗句。除杜甫留下的大量诗篇，其他诗人也不甘示弱。李白《读诸葛武侯传》，盛赞"武侯立岷蜀，壮志吞咸京"；白居易《咏史》"先生晦迹卧山林，三顾那逢圣主寻"；元稹《叹卧龙》"拨乱扶危主，殷勤受托孤"；岑参《先主武侯庙》"感通君臣分，义激鱼水契"；刘禹锡《观八阵图》"轩皇传上略，蜀相运神机"；等等。名句不胜枚举。

三国时代，蜀汉国力最弱，国祚最短，人物也多以壮志难酬的悲剧收场。悲剧英雄的命运，却是最能触动中国民众深层次情感的题材。北宋时，苏轼发现，在市井瓦舍中听说书的孩子们"闻刘玄德败，频蹙眉，有出涕者；闻曹操败，即喜唱快"。宋人张耒也记载，汴梁有位富家子喜欢看皮影戏，"至斩关羽辄为泣下"，吩咐唱戏人"且缓之"。普通民众对蜀汉人物的喜欢，已到了为古人落泪的地步。

苦心孤诣的诸葛亮，不会想到，他生前勉力支撑、偏处一隅的蜀汉政权，终被历史大势所吞没，但历史必然中有偶然，岁月的烽烟中，自己化身为中华民族智慧图腾，虽历经千年，至今依然光同日月，闪烁着耀目的光芒。

犹是书生此羽生

~

  1949年7月,广西青年陈文统前往香港《大公报》应聘,主考官是早他一年到报社工作的查良镛。多年以后,查良镛回忆:"当时我觉得文统兄的英文合格,就录取了。没想到他的中文比英文好得多,他的中文好得可以做我老师。"

  开始两人同在编译组,翻译英文电讯稿。不过,陈文统1950年2月调去编副刊,半年后成了最年轻的社评委员。这期间,查良镛曾一度辞职北上,他们在《大公报》时不是很熟。

  1952年,陈文统和查良镛先后进《新晚报》编副刊。陈文统编的是《天方夜谭》栏目,查良镛编的是《下午茶座》栏目。两人既是同事,也成了好友。两人都极爱下棋,不过查良镛只爱围棋,陈文统则围棋、象棋都喜欢。两人工作和读书之余的乐趣就是对弈。

  再后来,两人先后写起了武侠小说,陈文统开风气之先,笔名梁羽生，查良镛后来居上，笔名金庸。

晚年时，两人分居香港、悉尼，难得见面。1994年1月，悉尼作家节，金庸来到澳洲。他们已十年不见，难得会面。两位古稀老人对弈两小时，直到疲乏头晕，才算作罢。梁羽生身边的几本清代棋书《弈理指归》《桃花泉弈谱》是金庸送的，棋子也是。梁羽生指着破旧的棋，开心地说："这是你送给我的旧棋，一直要陪我到老死了。"

一语成谶。2009年，梁羽生去世前夕，给金庸打电话，约他下棋："你到雪梨（悉尼）来我家吃饭，吃饭后我们下两盘棋，你不要让我，我输好了，没有关系……身体还好，还好……好，你也保重，保重……"

彼时，梁羽生声音洪亮，谁知不久去世，带着那盘未成的棋局。金庸悲痛不已，写了挽联：

同行同事同年大先辈
亦狂亦侠亦文好朋友

金庸原本还打算春节后去澳洲，再下两盘棋，再送几套棋书给他。

2018年，金庸身归道山，此前一年，已多不认人，能记住的只有深刻之事，却不知是否还记得梁羽生和他的棋局之约。

港台新派武侠小说兴盛之时，金庸和梁羽生二人并提，洵为双璧。当然，对金庸小说的评价更高，但喜欢梁羽生的人亦不在少数。论小说写作，金庸固然要胜一筹，但论为人之真性情，我则更喜梁羽生。

金庸也说："梁兄不论处在什么环境中，都是高高兴兴的，毫不在乎……我知道文统兄一生遭人误会的地方很多，他都只哈哈一笑，并不在乎。这种宽容的气度和仁厚待人的作风，我确是远远不及。这是天生的好品德，学也学不来的。"

香港作家舒巷城曾题赠给梁羽生一句诗："风霜未改天真态，犹是书生此羽生。"这句诗也是梁羽生颇为中意的一句"评价"，盖因舒巷城能从梁羽生的武侠小说中，看到隐藏在"盛名"之下的"书生本色"。

梁羽生喜爱下棋，正是其"书生本色"。他在撰写武侠小说前，已有散文小品、诗词、历史文论等为人所知，因缘际会之下，挥戈论武，仍然不废其文人之趣。事实上，世人又怎知，因为梁羽生学的是经济学，从报社离职后，主业是为上市公司做财务报表。撰写武侠小说之余，他仍然坚持不懈地进行其他写作，谈"联趣"，写《有文笔录》，闲话"金瓶梅"。这些文章和相关文史资料的收集和研究，所花的时间和精力绝不在武侠小说之下。

1987年9月，梁羽生移居澳大利亚。他在《香港商报》上的《有文笔录》一直坚持不辍，直到20世纪90年代。梁羽生在新派武侠小说家中，离诗人最近，离历史最近，离隐士最近。

陈墨曾在《重读梁羽生武侠小说》中写道："梁先生小说如同一座古典诗词的碑园，联语回目，开篇辞章，终场诗赋，中间还有主人公大量的吟诗酬唱。如此辞章之美，如同古典建筑的雕梁画栋，诗魄画魂，古典美学精神洋溢……"

梁羽生对古典诗词的运用，为世人熟知。大略估算，梁羽生三十五部小说中，自作和引用的诗词超过五百首。与明清小说相较，梁羽生小说里的诗词自然算不上量多，但是在武侠小说中，已属惊人。

梁羽生当副刊编辑时，著名词人刘伯端特别欣赏梁羽生，常和梁氏讨论诗词，对于梁羽生武侠小说的诗词也能一字不漏地背诵出来。刘伯端是民国时期的著名词人，与章士钊平辈论交，一生爱好诗词，有《沧海楼钞》《心影词》《燕芳册》等集传世。梁羽生《白发魔女传》开篇词调寄《沁园春》，刘伯端看后写《踏莎行》来附和梁氏。其词暗含小说内容，其中词句"红颜未老头先雪"，更是被后人传唱，奉为主人公练霓裳的经典写照。

梁羽生小说回目泰半为联语，工整隽永，体现出梁氏诗词楹联的造诣，实为同时期众多武侠小说作家望尘莫及。

在我心中，梁羽生宛若古代风流名士，言谈之际，风流蕴藉，画中人物。

二

我读梁羽生小说，在某个时期，甚至还觉得梁书胜过金庸的小说。很多场景，阅后竟在脑海中久久挥之不去，一记居然就是二十几年。犹记得《塞外奇侠传》开篇，哈萨克人的歌声拉开了草原风情的序幕，突如其来的狂风带入大漠黄沙，竟不是长烟落日的荒凉，却是广阔苍茫的热情。

"草原夜祭""比武定盟""刁羊大会"三个场景更像是草原生活的写真。飞红巾处决既是叛徒又是情人的押不卢时的庄严痛苦，在草原各族大会上技压各路勇士时的飒爽英武，刁羊大会上面对杨云骢时直率而又婉转的儿女情怀。

广袤的大地，远处高不可攀的天山。草原喑哑，白雪皑皑，歌声驼铃飞扬，草原儿女无忧无虑的纯真。他们坦荡率直如草原一样，让人目眩神迷。

梁羽生笔下的场景多是回疆藏边，远离中原的繁华形胜，仿若蒙古长调，在人耳畔挥之不去，层层荡荡，而金庸更像是江南小调，婉转动人。

世人评论，梁羽生文笔平淡中蕴藏韵味。其实有的地方，他的诗词和小说结合并不见佳，因为在小说而言，文字若过于平淡，会影响阅读。但梁羽生却是诗人，小说中平淡的韵味就是诗意，在风情独特的异域抒发诗意，更像是一曲牧歌，远离尘嚣繁华，在宁静中寻找永恒。

于是，在梁羽生平淡甚至拖沓的叙述中，包含着炽热而悲伤的爱情，如厉胜男，如练霓裳，如飞红巾。

少年时，身处京北小城，对中国壮丽山河的想象，竟然全都来自梁羽生的小说。在我的文学生涯中，梁羽生是我绕不过去的作家，纵使后来书越读越多，终究看出梁书中的匠气，但当年神驰意往的阅读之趣，始终在胸中萦绕，低回不已。

我平生读的第一本武侠小说，即是《萍踪侠影录》，时光流逝，已然记不得当时从何处借来这本书，亦忘怀了当日情景如何，居于乡下，翻看这段历史和武侠的传奇，觉得字字熨帖，诗酒风流，名侠无双。

印象里，我读到的《萍踪侠影录》是花城出版社的版本，封面人物衣袂飘扬，英姿飒爽，书内绣像，一派江湖儿女气概，面容真是秀气，反派勃然作色，煞是有趣。看书中云蕾独自下了金刀山寨，古道西风，漫卷风烟，一人一骑，素衣白马，缓缓而行，顿觉意气风发，苍凉粗犷的大漠亦孕育出江南水乡的飘逸情怀。

待下文白马携剑的张丹枫登场，魏晋风度，白衣诗酒，亦狂亦侠亦温文，绝世容颜，没有半点瑕疵。作为武侠人物，张丹枫的武功自然不用提，文韬武略、经史子集融汇在胸，从里到外都是传统文人理想之美。

于谦请张丹枫为画题诗，笔落诗成，张丹枫纵声狂笑，狂态毕现，一句"晚生无酒亦醉"尽显风流。从与毕凌虚残棋定天下，到与张风府意气论交，直至游走于两国之间斡旋汉蒙和平，白衣飘飘中透着数不尽的从容不迫，潇洒绝伦。

无怪乎梁羽生每每得意于张丹枫，也许内心深处梦乡之中，梁羽生早已与张丹枫合而为一。张丹枫之于梁羽生，甚于郭靖之于金庸，李寻欢之于古龙。

张丹枫又是忧郁的，塞上南来，历史沧桑，家族命运，人生迷茫，百感交集涌上心头。国天下与家天下的矛盾，在对故国的凭吊中延伸为深沉的历史忧郁。

只见那书生走近摩挲，看了又看，忽而高声歌道："谁把苏杭曲子讴？荷花十里桂三秋。那知卉木无情物，牵动长江万古愁！呀，牵——动——长——江——万——古——愁！"唱到最后一句，反复吟咏，摇曳生姿，真如不胜那万古之愁。云蕾心道："古人云狂歌当哭，听他这歌声，真比哭还难受！"想不到那书生一歌既终，当真哭了起来，哭声震林，哭得树叶摇落，林鸟惊飞。云蕾手足无措，不知其悲从何来，何故痛哭如斯？

这种忧郁，云蕾自然不会懂。锦绣山河饱含着家族血泪，历史沧桑，大地苍茫，张丹枫何去何从，又如何不牵动这万古之愁？

幼时看电影《新龙门客栈》，大漠荒凉，一座龙门客栈风云际会，四方人马各怀心思。林青霞饰演的邱莫言身处众人之中，神情潇洒，说了一句："浮萍漂泊本无根，落拓江湖君莫问！"凤眉俊目，境界全出，但是，谁又知道这句话，原本是张丹枫和云蕾订交之时所吟的诗句呢？

三

梁羽生之"书生本色"，亦可见与小说插图绘画者之间的友情。

梁羽生小说最早结集本，正式授权是香港伟青书店。早期伟青书店出版之梁羽生小说，除《七剑下天山》《塞外奇侠传》沿用江东明绘制封面，余者皆以云君绘画作为封面。云君，本名姜云行，当年名重一时。当年香港的报载名家小说，常有他的插画，每日一图，金梁二人尤其如此。其后云君移民加拿大，作品数量大幅减少，《弹指惊雷》《绝塞传烽录》，以及日后的《剑网尘丝》《幻剑灵旗》便都没有云君的插画。

云君退出后，伟青书店又聘另一名家司徒小丹接手梁羽生《弹指惊雷》及之后作品的封面设计。迨至20世纪80年代初期，伟青书店淡出市场，梁羽生小说的版权逐步移交给1976年成立的天地图书有限公司，而伟青书店的负责人沈本瑛则在日后成为该公司的常务董事。

1981年后，天地图书有限公司接手梁羽生全部小说出版事宜。云君"急就章"的插画亦不足为市场所喜，公司欲寻觅一位新的画家，为梁羽生小说绘制插图。

1981年，广东画家卢延光的连环画《唐诗幼读》在香港出版。彼时，海内外中国画家都用传统毛笔绘画，而卢延光用针笔画完成的画作，新鲜感十足，对港人形成强烈的视觉冲击力，并引起香港出版界的关注。

1984年底，香港武侠小说在内地尚未真正风行，天地图书有限公司的刘文良联系到卢延光，请他为梁羽生的代表作《七剑下天山》绘制插图。当时，囿于对武侠小说的偏见，卢延光即使看到出版社寄来的约稿信，回信中仍流露着对武侠小说的不屑一顾，言辞并不客气。

卢延光最终应允了刘文良的盛邀。为了让插图契合梁氏小说，卢延光翻阅《七剑下天山》，谁知一读竟目迷五色，不能自已。

卢延光自承："一种清新、隽永、感人的浩然美学气息扑面而来，一种前所未有的快感与吸引力牢牢抓住心魂……这正是原来正统文学所睥睨的庸俗低级小说吗？"

卢延光在《七剑下天山》中没有看到低俗趣味，并对梁羽生产生了钦佩敬重之意，也一改对武侠小说的偏见。

卢延光配合插画的《七剑下天山》在香港出版后，俊朗的线条，衬托出梁氏字句的风姿，反响甚佳。1985年，此书经卢延光引荐，交付广东旅游出版社出版发行，一时洛阳纸贵。那时，广州市北京路的新华书店，历史上第一次排长龙买书，龙尾一直伸到永汉戏院。

也是在这一年，广州的《武林》杂志，在金庸《射雕英雄传》连载结束后，决定开始连载梁羽生的《江湖三女侠》。卢延光开始为每一回故事精心绘画插图。

不久，天地图书有限公司告诉卢延光，梁羽生要来他家登门拜访。这一消息着实吓了他一跳。当年的卢延光三十七岁，梁羽生已过耳顺之年，两人的辈分与年龄相差较大，再加上家境甚为一般，卢延光感觉实在难以迎驾，但终是没有推辞掉。

卢延光当时住在广州老城区德兴路一栋老房子的二楼，房间逼仄，楼道无灯，白日亦是漆黑，木扶手都烂掉了。

梁羽生来时，卢延光急中生智，买来一盏油灯，在微弱的灯火下，一步一步搀着梁羽生上楼。

黑暗中的烛火，照亮了路，也照亮了这对忘年交的友谊。

梁羽生和卢延光言谈甚欢，决定在卢延光家里吃饭。这也让卢延光甚是为难，只能让妻子炒了几个家常菜，跑到附近买了一只路边鸡待客。席间，卢延光因为年轻，不善言辞，梁羽生则谈笑风生，调动气氛，让卢延光甚是感动。

卢延光回忆："他的知识很渊博，对艺术也很热爱、熟知，让我受益匪浅。"他在梁羽生身上，深切体会到"文如其人"并非虚言。

饭后，卢延光又掌起油灯，小心翼翼地护送梁羽生下楼。

时光那么现代，但灯火掩映，却又那么古典。二人相携而行，步履相从，仿佛濡染了一卷古画。

接下来的几年时间里，卢延光多次与梁羽生在广州、香港两地相聚，莫逆于心，诸多暖人感人的细节让他每一思之，恍若昨日。与此同时，卢延光陆续为梁羽生十部武侠小说创作了三百余幅插图。

四

2015年，网上"梁羽生家园"论坛将梁羽生生前未结集出版之《武林三绝》众筹印制，以飨众位"梁迷"。因此书不在梁羽生公开出版作品之内，为能和其他的作品搭配，经友人赵跃利先生介绍，由我邀约熟识画家绘制书中人物。孰料我友长于毛笔写意，线条粗犷，颇类《水浒》人物，众多"梁迷"无法接受。事已至此，既答允解决插画之事，时间紧迫，只能率尔操觚，亲自捉刀，多方借鉴武侠人物形象，最终绘成五位主人公肖像，印制在众筹书籍上，以全众多"梁迷"之心愿，此亦为缘法也。

综观卢延光为梁氏小说所绘插图，之所以能被众多的"梁迷"接受，在于画作线条明快，人物面目俊秀，恰与小说中"才子佳人"的形象相符。我所作之插图亦采用了这种白描技法，大类卢氏，是以能为"梁迷"接受。

梁羽生亦说："线条运用的巧妙，我觉得是延光兄画作的特色之一。他用线条不但勾勒出人物的形象，甚至连衣饰的特点也都表现出来。例如《江湖三女侠》第三十三回的插图，加上的那许多线条，就表现出了女侠冯瑛那衣衫飘飘的美感。或许，我也可以这样说，他是非常善于用线条来表现'动感'的画家。"

卢延光在绘画中，异常认真谨慎。1983年，书法家、篆刻家张贻来先生移居香港，任职天地图书有限公司编辑。他为卢延光绘制的每幅画，都认真写上插图提要、场景、时代、人物性格、外貌特征、服饰等，细致无疑。有些古物件、古场景，他怕卢延光年轻不懂，还亲自画了示意图。（"天地版"梁羽生小说全集，封底书名篆刻，皆为张贻来先生治印。）

卢延光说："我力求在插画艺术上多变和刷新自己，我想，一个艺术家只有在不断地否定自己中才有所进步的，世间事物概莫能外。"其认真严肃之创作态度，颇得梁羽生的信任与赞赏。

1991年，《卢延光武侠插图集》结集出版，梁羽生为之手写文稿作序。文中言及："我写武侠小说写了三十年，为我做过插图的名画家不少。论合作的历史，延光兄是最新的一位。论年龄，他也是最年轻的一位。但若问我最喜欢哪一位画家的插图（过去常常有人这样问我，我答不出来），我现在是可以毫不迟疑地回答了，是延光兄的插图。我这样说，并非认为他已是'后来居上'，而是我总觉得他的画最有才气。"梁羽生对卢延光的推崇与赞赏，由此可见一斑。

论及卢延光为梁羽生小说绘制插图最多者，当数《江湖三女侠》。先有《武林》杂志连载插图一百二十张，后有"天地版"图书插图三十八张，共为一百五十八张插图，如此体量，在武侠小说出版的历史上，亦为罕见！

中国的侠与士，大得我之心怀。士，讲活法，侠，讲死法，这与是否通晓武术并无多大关系。梁氏小说，多是名士型的侠客，为后辈留下了游目骋怀之精神想象。鲁迅笔下的宴之敖是原侠,鲁迅亦是;梁羽生笔下的纳兰容若是隐侠,梁羽生亦是。

《冰川天女传》结尾,唐晓澜与提摩达多比试攀登珠峰,绝世武功在珠峰微小雪崩面前微不足道,绝代高手面对大自然的可怕和壮美,唯有极度战栗。无与伦比的天地大美,给人是恐惧,亦是赞叹。

《七剑下天山》中叱咤风云的绝世高手凌未风,此刻面对珠峰亦不能前行,慨然留字:

甲申之秋,余三赴藏边,欲穷珠峰之险,至此受阻,力竭精疲,寸步难进,几丧我生,嗟呼,今始知人力有时而穷,天险绝难飞度也!余虽出师门以来,挟剑漫游,天下无所抗手,自以为世间无艰难险阻之事,孰知坐井观天,今乃俯首珠峰,为岭上白云所笑矣!呜呼,胜人易,胜天难,此事诚足令天下英雄抚剑长叹者也!

吕四娘、唐晓澜、冯瑛在"天人绝界"向前三步,虽不能胜天,却也超越前人,留下对珠峰的诗意赞美。每忆起此段情节,总令我心荡神摇。

作为新派武侠小说的开创者,梁羽生晚年隐居悉尼,后来,别人在提到澳大利亚的时候,我总会想起有一位叫作梁羽生的老人家,在那里淡淡地生活。

我曾写过一首《七律》,怀念梁羽生先生:

先生说部迥风尘,对句谈诗亦焕新。
宝剑千金双鬓雪,银筝一柱十年春。
漫将粤调听唐韵,总为燕歌动楚呻。
长忆侠魂随逝水,不堪睹字忽思人。

此时重读,别样唏嘘。

痴人侯公子

一

　　侯磊上门，手中拎着一盒稻香村的点心匣子。我不禁莞尔，心想："不知道是不是'京八件儿'？"

　　按北京人的老礼儿，串门提着点心匣子，是件拿得出手的事儿。当年北京物资紧缺的岁月，也没丢了拿点心匣子当礼送的传统。那时候装点心匣子也有讲儿，甭管买多少样点心，各种点心都得在最上面的浮头露一样儿。售货员装好点心后，用绳子一横二竖地捆好，上面还会打出提手，绑得漂亮，捆得结实。

　　可这传统，当年没丢，现而今却越发少见。上我家做客，拎着点心匣子的，侯磊是第一个。

　　在这个时代，遇到一个肯按老规矩行事的人，我的思绪竟有一刹那断片儿了。

　　两周前，侯磊打电话想要写我，吓我一跳。侯磊说："自从鲁迅文学院一别,又月余没见,我去你那儿聊聊。"

时近白露,天地清肃,京北秋色已生,书房窗外,可望见海拔两千多米的海陀山,山顶微有雪意,寒意渐起。我的心蓦地一热,竟想起张九龄的两句诗:"不辞山路远,踏雪也相过。"

在我眼中,侯磊是个痴人。一盒点心,似可窥一斑。

我和侯磊是朋友。北京孩子的出生地,大致有三处:大院、胡同、郊区。我是郊区,侯磊是胡同,但他的相貌气质不类市井中人,乍睹温婉,少些桀骜,骨子里有清气。

彼此虽同为北京人,但作为城市,北京委实太大,他居城内,我处塞外,中隔绵延群山,八达岭长城横亘其间,相距八十多公里,平日亦不过网络飞鸽、尺素鸿音而已。

每有新奇有趣的古籍,或者写旧人旧事之文,他必会从微信发来与我分享。风物掌故方面,我所知远不及他,只有击节赞叹而已。

侯磊痴于古都风物,他说:"我们处于一个与前人断档的时代,任何东西都是看一眼少一眼,断了就再也续不上。"侯磊笔下的文字干净而温暖,如同北京的秋季,坦荡明亮,透着天淡云闲的雅致。中国人做文学,总想拔高到政治的高度。以他家族的历史,他太有资格谈政治,但他没有,他留恋的是褪去繁华的风韵,留恋的是根植于传统文化的玩意儿。

从这点上说,他是有大智慧之人。犹记《南海十三郎》里两句对白:薛觉先说,我唱的都是大仁大义的曲;十三郎说,我写的都是有情有义的词。作为青年作家的侯磊,唱曲写文,庶几近之。

未识侯磊之前,我先读其文。

二

2015年3月2日,评书大师袁阔成先生仙逝,网上有篇文章《袁阔成谢幕,评书尚待下回》,作者是侯磊。

我之所以关注这篇文章，因我另一小嗜好是说评书，袁阔成先生的女公子袁田先生，是我评书门的代师（评书这行规矩，除了本师，还有"引保代"三位师父）。彼时我设了家书馆，每周说一场书。当时纪念袁先生的文章甚嚣尘上，唯有这篇，一望之下，即知对北京评书的传承下过功夫。

我赞赏作者对评书门户的熟悉，也记住了作者的名字。嗣后我陆续又读了些侯磊文字，竟忍不住惊喜了。他的文字，是民国文人专栏文字的余韵，是从前人笔记中生长出来的枝叶，显示出人与文化的亲和关系。侯磊的笔下，是我曾经经历过的历史和环境，从某种意义上来说，是对色彩斑斓的传统文化内涵的揭示。古老北京是侯磊的书写对象，但它的根须则植于文化的沃土。无论是主观还是客观，这种包括政治、经济、社会、民族、心理……各个层面的文化内涵，是他文字里的形中之"神"、诗中之"韵"、物中之"魂"。

2018年，我到鲁迅文学院进修，同学名单里有侯磊。其实这是我们头次见面，此前，虽然加过微信，但交流并不多。

初次见面，我们俩仿佛有了聊不完的话。我们是作家，但我们都对中国古老传统的文字心生敬畏，他读书重史地人物掌故，我则把力气下在了明清笔记和武侠小说上。他唱昆曲，研习武术，我则说评书，练八卦掌。他的昆曲老师张卫东先生，我的评书师父马岐先生，二老不仅是故友，还有着点亲戚关系，侯磊还为我的师母马静宜写过口述自传。甚至，我们还被同一个人给"坑"过……不管怎么论，我们都算是世交，并且兴趣爱好都那么相近，冥冥中，岂非是缘法？

每见微信一亮："林遥兄，在宿舍吗？"然后就见侯磊迤迤然走来，抱着笔记本电脑，向我展示他新搜罗到的旧书和老照片，上面是一些奇奇怪怪、我闻所未闻的人和事。他对一些偏门书籍如数家珍，让我感叹他的博学。那一刻，他的眸子闪亮，可窥见他的兴奋，这些糅合了时间肌理的旧书，如同古老的技艺一样，有着沉淀下来的无言之美。或许，这正是侯磊不断追寻的："凡时间停留的地方，皆有故事。"

三

在北京的大都市化进程中，原来北京城的面目越发不清晰。现代都市人不论愿意与否，皆要厕身于林立高楼中时，唯有侯磊还住在北京城的胡同内，住在被他称作"破瓦寒窑"的祖宅中。

清末民初，侯磊的曾祖父在北京城开着照相馆和酒楼。这个地方，在今天的中南海，丰泽园的西边，离春藕斋不远，当年楼高二层，画栋雕梁。从某种意义上说，侯磊的曾祖父还是一个开创者。当年，中国没有拉丝棉花糖机，侯磊的曾祖父从日本引进来，中国才有了棉花糖。一百多年来，棉花糖始终没什么变化。简单的甜味，为无数北京的孩子带来了无数的欢乐。

侯磊的母族则参与并经历了中国近代跌宕起伏的事件。侯磊的太姥爷朱行中是清末的进士兼翰林院庶吉士，做过民国实业部的金事和直隶省实业厅的厅长，讲一口流利的英文，以一笔桐城文章写矿业报告，新中国成立时，负责北方众多煤矿的接收工作，是能源部煤炭组的组长和顾问。姥姥、姥爷都是民国时的大学生，参加过学运，新中国成立前入党，是职业革命家，族中也多与书香世家通婚……好吧，写到这儿，我不说，您也能想到侯磊家有着怎样的故事。

侯磊坐在我的书房，陶炉上煮着普洱，我们啜着茶，聊着天。普洱是云南一位朋友所赠，自种自饮，年产不过千许。茶汤如琥珀，沉沉的，仿佛可以穿透历史的云烟。

从这些家族历史来看，侯磊纵非名门，曾经亦算大户。

我戏称"痴人侯公子"。

古今称谓，沿用无改而含义殊少变化的不多，"公子"是其一。

"公子"之名，最早见于《诗经》，有"振振公子"句。按高阳之说，

"振振"有五解：盛大、仁爱、信义、群飞、得意。若结合公子的风格、行为、形态，诚为极妙的形容词。

任性负气，独往独来，痴于事，极于情，恰是公子作风之一面。是以，我呼侯磊为公子。振振然有所表现，不辱家风，文采风流，算是真公子。

至于其痴，则是他对传统文化和如烟往事的那份执着。

四

太过执着的人都太重情义。侯磊说："2000年，我住的胡同被纵着劈了，北面拆光。整条胡同像是被推子剃了阴阳头。一夜间北京变成了噪声之都，仿佛脚下隐藏着巨鲸或涌动的熔岩，在任何一个喧闹处都会爆发。那噪声爆发在地面上，地表下，也在人的内心。我想变成一条垂耳狗或折耳兔，一出门就自动把耳朵闭起来。"

侯磊的伤感，不仅是拆掉的土木砖石，更是与传统的那份巨大的割裂之痛。就像桌子上的点心匣子，纵然市面又再销售，可又有谁对它还有期待呢？"现在的女孩子，都不吃点心了，油重，还太甜。"侯磊笑着说。可我总觉得那笑是苦涩的。

侯磊的硕士论文写的是民国的掌故学家瞿宣颖，对笔记掌故恋恋不舍。他翻看着我收藏的一些港台文言笔记，突然抬头："写这样文字的人没了！"

是啊，写这些书的人没了，而以后也不会再有人承袭这一脉的文体，就像这点心匣子，我不知是否还有人也会拎着上门。

我拜师时，曾请张卫东先生观礼，他当天不在城里，回了一封信："说书祖师爷是孔子，与读书的祖师爷相同，因此四方人士尊称说书者为'先生'，而不是贱业艺人行列。"我接信后，反复思忖，只想到了"述而不作"四个字。

传统的文脉，内敛而无为，今天的我们，关心的多是自己的前景，急吼吼地想把自己的祈求抛售出来。侯磊随张先生学曲习礼，传承的是夫子正道，两只冷眼，一片热心，读侯磊的小说和文章，除了亲切的北京方言，更可以感受到从老舍到邓友梅一脉相承的余韵。

侯磊笔下的人物都是北京人，但"北京人"与"北京居民"之间却不能完全画等号，它有着不同于单纯户籍的特殊意义。对"老北京"来说，最重要的是生活和思维方式，要和这份独特的北京文化传统相契合。

谈市井，聊饮馔，说江湖，话评书，一部《声色野记》，是侯磊眼中的文化暮色。从胡同里的叫卖到家门口的澡堂，从他幼时浪荡的地坛再到他心中的"瓦尔登湖"——什刹海，一部《北京烟树》，又是侯磊为这个时代所唱的一曲离歌。

侯磊曾经说过一件事。一个冬日，小时候的他，从南锣鼓巷的巷头跑到巷尾，只有他一个孩子在玩儿，渴了就挨门挨户地找水喝，感觉就像是这个世界的"王"。

在我的脑海里，后来常常会出现这样一个画面：

一个孩子长大了，南锣鼓巷也不再是南锣鼓巷。风吹过，衣袂飘拂，他孤身一人，行走在夕阳巷陌中，去寻觅残存的历史遗迹。

我写过一首五律，赠给侯磊，尾联是"痴人侯公子，吹袂向海涯"。我们还没老，只是时代不是曾经的时代了。"田园将芜胡不归？"在精致的利己主义者成为妥协的大多数的时候，痴人侯磊，还在用他的文字，寻找着他心中的北京。在这一刻，人间哭笑又岂寻常呢！

书房一间，勿求广厦

一

1966年，七十一岁的林语堂结束了三十年的国外生活，到台湾定居，在台北阳明山建了一座别墅，作为其安享晚年的场所。这，就是现在台北的林语堂故居。

林语堂的房子是他亲自设计，以中国四合院的架构模式，结合西班牙式的设计风格。蓝色的琉璃瓦搭配白色的粉墙，嵌着深紫色的圆角窗棂，意境典雅精致，是一处中西合璧的院落。

最重要的是，林语堂为自己设计了一间书房。对于文人而言，书房对他的意义太过重大，林语堂把自己的巧思尽情倾注在这间书房上。他希望自己书房的窗前有数竿篁竹，夏日则要天高气爽，万里一碧如海……别墅盖好后，林语堂把自己的四千多册藏书全部搬进了书房。这些书柜依墙而立，长达十几米。作家的人生一半在看书，另一半在写书。这个角落既是面子也是里子，可以出世也可以入世，算是人生中非常特别的一个地方。

中国文化具有悠久的重文、重史的特征。读书的风气绵绵不绝，便是书房产生的基础。久而久之，书房形成了清静的环境，具备相关的用品，独立的功能和格局。

毛泽东住在中南海颐年堂里面的一个院子，叫菊香书屋。他逝世后，保存在菊香书屋的书，有九万多册。1966年，毛泽东离开居住了十七年的菊香书屋，搬到临中南海西湖畔游泳池旁的一栋普通平房居住。开始是因为毛泽东爱游泳，经常在游泳池边看书、会见客人甚至办公，房子正好让他休息。时间一长，毛泽东干脆在这里住了下来，直到后来把这里变成居所。他的客厅也兼书房，环壁而立的简易书架和层层叠叠的书籍，令人叹为观止。

早在汉代，文学家张衡就曾称自己的书房可"弹五弦之妙指，咏周孔之图书，挥翰墨以奋藻，陈三皇之轨模"。如果留意《长物志》等著作的相关内容，不难发现，在中国传统文化中，书房本身就是一个具备艺术体验、阅读写作与图书收藏等多元功能的空间。

书房之于读书人，如同闺阁千金的闺房，不足为外人道。从某种意义而言，书房是比卧室更能暴露自我的地方，放眼望去，读的书是你的品味，摆放的物件是你的情趣。你是什么样的人，信仰什么又喜爱什么，半个灵魂都泄露在书房当中。

对于很多很多读书人而言，书房不求豪华，也不在意面积大小，有了书房的规模，就有了于日常中沉思静悟、安顿心灵的所在。明代归有光的书房"项脊轩"以"小"出名："室仅方丈，可容一人居。"即使皇家书房，也并非以大为好。清乾隆皇帝位于故宫养心殿内的书房"三希堂"，仅八平方米，但因收藏了王羲之的《快雪时晴帖》、王献之的《中秋帖》和王珣的《伯远帖》而名留千古。

虽然他们不追求豪华和宽敞，但对环境颇为在意。归有光的"项脊轩"是一间百年老屋，门朝北，还漏雨，但他并不介意，却对周边环境丝毫不将就。他亲自动手，在庭院内栽植兰、桂、竹、木，将书房外部环境改造得十分幽雅："三五之夜，明月半墙，桂影斑驳，风移影动，珊珊可爱。"同样，刘禹锡的"陋室"外也是"苔痕上阶绿，草色入帘青"。

二

文人书房最早究竟出现在何时，没有专门的史料记载，但书房最重要的功能之一——藏书，则是由来已久。

这里牵涉到中国书籍的变化问题。商周时期，都是甲骨书和钟鼎书，文字不多，藏书估计是没有的。自春秋以后，以"册"为主要形式，包括竹木简、帛书、纸书开始出现，使藏书变成了可能，但多半是公立的图书馆，比如老子就做过"守藏室之史"。"藏室"就是周王室的图书馆。书籍能够被大量复制，得益于造纸术和雕版印刷的发明，中国书籍的功能及保存方式发生了很大的变化。书籍不再只是妥善保管的东西，成为可以随时阅读的生活用品。

春秋时期，诸子百家大兴私人讲学之风，白天是课堂，晚上就成了读书的地方，应该是书房的雏形。汉代的司马迁，满怀孤愤，在家中读书，写出了"史家之绝唱，无韵之离骚"的《史记》。司马迁的"工作室"，也可说是中国文人书房形成的标志。因此，亦推测汉代是书斋兴起的时期。

当然，这些皆无明证，书房究竟起始于何时，没有文字可考，但从中国建筑史和园林史中，可以搜检一些文字。

中国文人的书房似乎从诞生开始，便和园林建筑相伴而生。

最初是帝王造园，但喜爱山水园林并非统治者专属，魏晋时期，诞生了中国的士人文化，在寄情山水的思想推动下，中国文人对山水自然的态度从欣赏客体转变为欣赏主题。

生于东晋末年世家的谢灵运具有资金和土地的条件，在山林茂密处建造了"始宁墅"，第一个将山水、文人、园林融为一体。想来作为文学史上著名的山水诗人，他必定会在"始宁墅"中为自己留下一处读书的空间。从魏晋南北朝开始，文人园林，或者说山水园林，成为中国文人寄情山水的承载体。

文人园林与其他园林，或者其他国家的园林的不同之处，在于文人既是园林的使用者，也是园林的设计施工参与者。

通过文人对园林的设计，可以看到书房在园林中的重要位置。

唐代的园林建造史录中，有"唐代诗人白居易暮年因洛阳杨氏旧宅建造宅园，宅广十七亩，房屋约占面积三分之一，水占面积五分之一，竹占面积九分之一，而园中以岛、树、桥、道相间，池中有三岛，中岛建亭，一桥相通，环池开路；置西溪、小滩、石泉及东楼、池西楼、书楼、台、琴厅、涧亭等，整个园的布局以水竹为主"的详细描述。

这里所记的"书楼"，应是后世书房的滥觞。

隋唐时期，文人都热衷于营建居所园林，王维有"辋川别业"，杜佑有"城郊居"，杜甫有"江外草堂"，白居易有"庐山草堂"……根据文献资料的记述，这些所谓别业、草堂，大都是文人用心营造的居住场所，也是自然环境优美的"习静之所"，即修心养身、吟诗读书的地方。

在一些古代的绘画中，为我们提供了古人读书外部条件的佐证。五代卫贤的《高士图》描绘了一处宁静而优越的古代别馆，环境悠然，风竹林泉之中，展现了一幅书斋与园林完美结合的图画，从而也提供了古代比较形象的"书房"场景。

画中讲述的是东汉梁鸿、孟光夫妇相敬如宾、举案齐眉的故事：丈夫端坐在榻上，伏案潜读；室外苍劲的古树、嶙峋的奇石、舒展的景色环抱着书斋的四周，形成了一座独立而优美的庭院。

再如，传为五代后蜀时期的《黄筌勘书图》，山林深处，草屋帷幕，建筑中有围榻、书案、坐凳，书架上堆满了一扎扎的竹简，俨然是一处专供求学的林间书屋。

两宋时期的绘画，所见文人书房更为确切，其功能和作用也更加清晰。赵伯骕的《风檐展卷》图，画面中竟是一幅园林与书屋的全景写照。

"草堂"和"书楼",还不是今人心目中完全意义上的独立书房,一般它们还兼作其他日常生活的活动空间。直到在明代园林和明清时期的建筑平面布局图,我们才寻找到房屋按功能分配使用的情形和书房较具体的记录。

明代唐寅绘《双鉴行窝图》,其中绘有多间茅屋,中间的一间设有屏、书架、矮桌,左右房屋各有碗架炊具和床及帘幕。同样在文徵明的《真赏斋图卷》园林风景画卷中,也清楚地看到厅堂、书房、厨房的分类。两幅画中远山近石、古树湖泊,一派人文园林的景象。

刘敦桢的《中国古代建筑史》中说:

在明清时期江南地区的大型传统建筑中,往往在中央的纵轴上建造门厅、轿厅、大厅及住房;在左右两侧的纵轴线上布置书房、次要住房和厨房、杂屋等。而在客厅和书房前,每每凿池叠石,种花植树,分别构成一个独立幽静的庭院。

今人对独立书房的概念,肇始自明代,并随着明清时期文人园林的繁荣昌盛,隐逸在园林中的书房也发展到了历史高峰。

三

林语堂从自己的书房向外望去,是开阔的丛林,可以远眺台北。有人说,林语堂从这里望出去可以见到观音山,而观音山的后面,就是他念着的故乡漳州。

林语堂的房子静静包围在隐隐绿意中,透过光线与风景成为"林与堂"("林与堂"是林语堂在《生活的艺术》中对这所房子的戏称)。按他所说:"宅中有园,园中有屋,屋中有院,院中有树,树上有天,天上有月,不亦快哉!"

仿佛约定俗成,文人的书房总要深藏在园林的深处。室内空间不宜高深，其前要有平阔的庭院，以使光线明亮，适于读书，窗下要引水成池，蓄养金鱼，围植碧草，让屋中的人可以养眼清心。书房内自然是遍布书橱与古玩架，并设书案与画案、琴桌。为了陈设上的简洁，须在书房之侧另设小小茶室，将茶具尤其是炉、炭等杂物储放于此，供主人与朋友一起品茗长谈。

明代的计成，在《园冶·书房基》中对书房的建设有了具体要求：

书房之基，立于园林者，无拘内外，择偏僻处，随便通园，令游人莫知有此。内构斋馆房室，借外景，自然幽雅，深得山林之趣。如另筑，先相基形：方、圆、长、扁、广、阔、曲、狭，势如前厅堂基，余半间中，自然深奥。或楼或屋，或廊或榭，按基形式，临机应变而立。

在这里，书房的设置和环境已经完美地结合在了一起。

张岱在《陶庵梦忆》中曾对自己的书房"不二斋"有这样的记述：

不二斋，高梧三丈，翠樾千重。城西稍空，蜡梅补之，但有绿天，暑气不到。后窗墙高于槛，方竹数竿，潇潇洒洒，郑子昭"满耳秋声"横披一幅。天光下射，望空视之，晶沁如玻璃、云母，坐者恒在清凉世界。图书四壁，充栋连床；鼎彝尊罍，不移而具。余于左设石床竹几，帷之纱幕，以障蚊虻，绿暗侵纱，照面成碧。

夏日，建兰、茉莉，芗泽浸人，沁入衣裾。重阳前后，移菊北窗下，菊盆五层，高下列之，颜色空明，天光晶映，如沉秋水。冬则梧叶落，蜡梅开，暖日晒窗，红炉毾㲪。以昆山石种水仙，列阶趾。春时，四壁下皆山兰，槛前芍药半亩，多有异本。

余解衣盘礴，寒暑未尝轻出，思之如在隔世。

这样的书房，任谁都要羡慕。其实，古代文人的书房基本都遵循着这样相似的路数，有钱的文人可能在建筑面积、屋内装饰上投入更多，没钱的文人，虽然只有一席之地，也要极尽巧思。

1946年，台静农应许寿裳之邀来到台湾，在台大中文系任教，在自己的住所中专门腾出一间屋子做书房。书房谈不上豪华宽敞，总共只有六席大（榻榻米席尺寸，宽九十厘米、长一百八十厘米为一席）。给书房取名叫"歇脚庵"，他解释说："因为抗战以来，到处为家，暂时居处，便有歇脚之感。"台静农的本意是在这个书房临时歇歇脚，可没想到的是，他这一歇，就歇了整整四十年。

无论是在古代还是现代，书房的布置不在于精致、不在于华丽，而在于表达自己内心的情趣。

当代作家贾平凹的书房，其实很不像书房，因为他并不是坐拥书城。他书房里摆放着杂七杂八的玩意儿，甚至比书还多。贾平凹之意并非在收藏，他在《玩物铭》文中说："我在我的书房里塞满这些玩物，便旨在创造一个心绪愉快的环境，而让我少一点俗气，多一点艺术灵感。"一个汉罐，是他托人从老农手里无偿淘来的，当时不知道它的珍贵，后来才弄清楚竟然是汉代的物件儿，所以宝贝似的放在他的书架上。一个是绥州拓片，是他在绥德古城文化馆的展室里看到的明代残碑，便拓片而成，带回置于书房。一个是铜镜，是他一次回老家偶然从邻居处购得，挂在书房的东墙上。其余还有砚台、酒壶、壁画、老子讲经石、古琵琶等。其中"古琵琶"实非琵琶，而是一块朽榆木根，是他外出游玩时捡回来的，说是对其叩击有声，遂名之曰琵琶，又叫它无弦琴。

贾平凹还喜欢收藏动物模样的一些奇石、怪木等，加上各种兽头角骨，结果屋子里成了动物世界：龙虎狮豹、牛羊猪狗、鱼虫鹰狐。他还将一些石头、木头看成佛，名之曰"树佛""石佛"。

"一看到这些，就给了我力量，给了我欢愉，劳累和烦恼随之消失。"贾平凹如是说。

书斋无论大小，承载的是读书人对于世界和学问的思考，文化就在这一座座书斋间汩汩不绝地流淌着。

文人的书房最是心房。

四

按中国文人待客的习惯，较为尊贵的客人或者初次拜访的客人，主人会在正堂里相见，但他真正的好友则会来到书房。所以，与正堂"整堂"家具对称摆设不同，书斋中的布置最忌讳的就是成套与对称，坐具与几案都要高低错落，各有不同的艺术化造型，这样，大家可以随意不拘束。

明代高濂《遵生八笺》中对当时文人书房家具和陈设有这样的描写：

斋中长桌一，古砚一，旧古铜水注一，旧窑笔格一，斑竹笔筒一，旧窑笔洗一，糊斗一，水中丞一，铜石镇纸一。左置榻床一，榻下滚凳一，床头小几一，上置古铜花尊或哥窑定瓶一，花时则插花盈瓶，以集香气，闲时置蒲石于上，收朝露以清目。或置鼎炉一，用烧印篆清香。冬置暖砚炉上。壁间挂古琴一，中置几，如吴中云林几式最佳。壁间悬画一，书室中画惟二品，山水为上，花木次，鸟兽人物不与也。上奉乌斯藏佛一，或倭漆龛，或花梨木龛居之。否则用小石盆一，几置炉一，花瓶一，匙箸瓶一，香盒一。壁间当可处悬壁瓶，四时插花，坐列吴兴笋凳六，禅椅一，拂尘、搔背、棕帚各一。竹铁如意一。右列书格一，上置周易备览书，书室中所当置者：画卷各若干轴，用以充架。

从这段文字中，能够看到明代文人书房里摆放有书桌、椅子、床榻、书架（或书箱、书橱）、床头小几、壁桌、凳子及冬季取暖的几架炉等，十分丰富多样。

明清小说中的木版插图，亦可看到当时江南文人书屋中家具的品种和陈设的变化：在书房中间摆放书桌、椅子；侧旁放置床榻、书架，榻前置有脚踏、小几；靠墙壁放置壁桌，另有不设固定位置的各式凳子；冬季取暖的几架炉，摆放于桌旁或榻前；墙壁上悬挂古琴、长剑、书画、壁瓶等。安置书桌和扶手椅常是读书活动的中心区域；书橱较高大，则靠墙放置最为稳定；而书房中的小榻又与卧室中的不同，其功能主要是供主人小憩和休息的。江南书房陈设布局，一般层次分明，疏朗有致，中心位置突出，书卷气息诱人。

朱家溍先生遗著《明清室内陈设史料选辑》(正式出版后易名为《明清室内陈设》)，后有附录"介祉堂藏书画器物目录"。介祉堂是朱家溍先生的故家，原为僧格林沁王府主体建筑"中所"的后院，在乾隆年间绘制的《京城全图》上已经存在。室内陈设器物都是明清两代精品，陈设格式保持着旧面貌，可以代表清代宅第的室内陈设，其中"碧梧翠竹"前院西五楹的北次间是书房，陈设如下：

北次间樟木雕梅鹊栏杆罩内，窗下设：紫檀雕云蝠开光卷足大书案。

案上设：宜兴白沙胎料彩画山水笔筒。黑漆座，筒内插檀香管貂毫笔二支，紫毫四支；均窑瓷洗。紫檀座铜镏金水勺；端子石刻杜诗砚，背刻王烟客题，附紫檀天地盖；雍正仿宋官窑三峰笔架，紫檀座；宣德款青花瓷印盒；刻竹醉归图臂搁；紫檀嵌玉镇纸。

案下设：紫檀束腰夔纹脚踏。

案前设：紫檀雕番莲卷叶纹绣墩。

案后设：雕云芝漆椅。

后檐墙上挂：泥金画山水屏一对。仿澄心堂石青笺，楠木框。墙下设：紫檀方几。左右设：紫檀三屏背藤面椅一对，附玉色绫垫套。

书房用具陈设是书房文明的载体，既是文人案头的珍藏，也是他们思想物化的体现，这些器物表现出主人的审美情趣、学识修养和文化品位。许多文玩器具，蕴含着人文精神和书室清香。明代屠隆在《文具雅编》中记述了40多种文具用品，品种众多，题材广泛，并不乏制作名家和特有产地。

五

中国的古今文人大都有为自己书房冠名的习惯，已故的史学家、文物鉴定家史树青先生说过："斋号是一种文化现象，且历史悠久，品位高雅，寓意精深，可称是历代文人的一种雅嗜。"

这类斋馆堂号往往由主人亲书，或请名家题赠，再雕于木，镌于石，嵌于门楣，悬于壁间。对于斋号，主人会借铭、诗、赋、文、联、画等形式进行阐释。元代画家王冕第一次使用花乳石，篆刻文人印，使篆刻艺术在秦汉玺印的基础上脱胎新生，文人自己刻制的书斋印，钤在自己的书画文章署名处。可谓：印小天地宽，方寸知千秋，大大丰富了书房内涵，成为书房发展必不可少的标志。

"书房"其实是现代的叫法，古代文人对书房的题名更为雅致，常取室、庵、亭、轩、堂、馆、斋、园、阁、楼、庐、庄、村、洞、龛、屋、窗、舫、栖、处、院、巢、居、舍、圃、廊、宦、苑、台、小筑、山房、书屋、草堂、书舍、精舍、村舍、山庄等尾字命名，以此表达主人的志向、情趣和品格。

"斋"是古人书房最常用的字之一。

"斋"为何会成为古人书房最常用的字之一？许慎《说文解字》称："斋，戒洁也。"这和经常提到的"斋戒"意出本源。其言下之意，书房乃清心寡欲，正是古人读书时所追求和要达到的最高境界——清静雅致，避尘绝俗，修身养性。

文人的斋号更多地反映出作为主人的性情。明代文学家李东阳因怀念家乡长沙的岳麓山，筑书斋名"怀麓堂"。徐渭因无法忘情于幼年手植的一株青藤，书房起名为"青藤书屋"。丰子恺取名时在佛祖的供桌前抓阄，结果两次都是"缘"字，于是书房名字便是"缘缘堂"，并由弘一法师题写横额。他在西南到处避难，无论住在哪儿，都称为"缘缘堂"。

南宋词人辛弃疾自号稼轩居士，"稼轩"就是他的斋号。稼者，种谷也。他认为农耕才能稳定人心，巩固江山，故以稼为名。现代历史学家、教育家陈垣的"励耘书屋"，他自己说："吾先人在湘潭办茶，先父名田，号励耘。"意在继承父辈遗志，要求自己做学问要像耕田锄草一样，辛勤耕耘。冯玉祥书房号"抗倭楼"，明确表示抗日到底的决心。

与文学表现形式相近，斋号也有雅有俗。俗的近乎直白，如唐代陈子昂的"读书台"、薛涛的"吟诗楼"、白居易的"庐山草堂"、北宋司马光的"读书堂"，都不事雕琢。雅的则从诗文而生，如北宋欧阳修的"非非堂"，语出《荀子·修身》"是是、非非谓之知，非是、是非谓之愚"；明代王世贞的"尔雅楼"，语出《汉书·儒林传序》"文章尔雅，训辞深厚"之句；清末黄遵宪的"人境庐"，取自晋代陶渊明"结庐在人境，而无车马喧"的诗意。

近代的文化人也多从典籍中取名。梁启超的"饮冰室"，源于《庄子·人间世》"今吾朝受命而夕饮冰，我其内热欤？"；黄炎培的"非有斋"，亦取义于《庄子》"吾身非吾有也"。

谭嗣同的"莽苍苍斋"在北京宣武门外浏阳会馆内，即原宣武区北半截胡同41号。当年谭嗣同住在五间西房的北套间，取"莽苍苍"为名。"莽苍苍"意为苍茫高远，一望无际。汉代王充在《论衡·变动》中形容郊野景色迷茫空旷时写道："况天去人高远，其气莽苍无端末乎？"谭嗣同以"莽苍苍"名其书房，显示了他慷慨豪迈的性格。在这里他写下了许多诗文、信札，把自己的诗作编辑成集，定名为《莽苍苍斋诗》。

莽苍苍斋还是维新派志士经常聚会的场所。戊戌变法失败后，谭嗣同就在莽苍苍斋被捕，以自己的鲜血为后继者开路。毛泽东的政治秘书田家英，因为倾慕谭嗣同为人，将自己的书房取名为"小莽苍苍斋"，以示逊让前贤。在这里，田家英参与了《毛泽东选集》一到四卷的编辑，撰写了九百多条注释。

书房是文人安身立命的所在，是文人为静读、研修构筑的自我天地，联结着文人的内心世界。不读无益之书，何以遣有涯之生？

对于读书人而言，平生愿得书房一间，勿求广厦千万。

丝路南国有于阗

一

1900年10月，一队旅人从西方出现在塔克拉玛干沙漠绿洲的边缘。

旅人的带队者是英国人，名字叫马克·奥里尔·斯坦因。在后人对他的评价中，他被称为考古学家、艺术史家、语言学家、地理学家和探险家等。与他同行的，有受印度测绘局派遣协助斯坦因绘制地图的测量员拉姆·辛格，厨师贾斯旺特·辛格，充当"跑腿"的迪克·阿洪。斯坦因的目的很明确，他要对连接西域和印度的商路进行考古探险。

此刻，沙漠中的绿洲终于隐隐约约出现在这队疲惫不堪的旅人面前。所有的人都情不自禁地长长嘘了口气。

斯坦因当时还不知道，这个绿洲就是他即将进入的和阗。

和阗，古名于阗，清代改为和阗，1959年改和阗为和田。这里历史悠久，公元前60年，西汉政府在西域设立西域都护府，将和田纳入中国版图。在此之后，中原历代政府励精图治，对和田多有管辖。

和田地区位于新疆维吾尔自治区南部，塔克拉玛干沙漠南缘，昆仑山的北麓。境内，东与巴音郭楞蒙古族自治州的且末县交界，南与西藏自治区的阿里地区相邻，西南与印度、巴基斯坦控制的克什米尔为邻，西与喀什地区的叶城、巴楚、麦盖提县相连，北入塔克拉玛干沙漠腹地与阿克苏地区的阿瓦提县、阿克苏市、沙雅县接壤。

这里是古代中国内地与印度的中转站，从这里翻越昆仑山，就可以到达印度河。古于阗王国是驰名天下的"瑶玉之所在"。中国出产玉石的地方不少，但"凡玉，贵重者皆出于阗"。

于阗是古代丝绸之路南道上名扬中外的重要国家，是镶嵌在这条绵延万里的贸易之路上的璀璨明珠。

1901年4月，斯坦因来到了库拉坎斯曼沙漠中。这里沙丘茫茫，人迹罕至。这里有耸立的土塔，还有一座坍塌的大佛塔，所以当地人给它取了一个名字——热瓦克。在维吾尔语中，"热瓦克"的意思是楼阁。

斯坦因在这里组织民工开始发掘。塔克拉玛干沙漠的春天，是暴风季节。有时一场沙暴，会给探险队带来灭顶之灾。一连几天，热瓦克遗址周围大风不止，到处黄沙弥漫，天空一片昏暗。人睁不开眼睛，嘴中、耳中、鼻孔中被灌了不少沙子，人人感到呼吸困难，气闷难忍。冷热不定，很多人得了疟疾。所幸，斯坦因带有奎宁，控制住了病情。

突然，传来"哐"的一声。一个民工的砍土曼，砍到了东西。

"停！"斯坦因大叫一声。他蹲下来，用手刨了几下沙子，一尊砍破的佛像露了出来。

斯坦因激动地站起来，指着挖开的沙沟，说："有雕塑，小心挖。"

很快，院墙上装饰的一排雕塑，从沙子中露了出来。接着，斯坦因又发现，院墙两面，全是巨大的泥灰雕塑。这些雕塑，有佛陀，有菩萨，个个表情丰富，栩栩如生。斯坦因数了一下，仅东南墙和西南墙下挖出的大型雕塑，就有九十一尊，最高的佛像，达两米五以上。此外，还有大量的小型雕塑。

重要的是，这些雕塑太精美了。一些雕塑的艺术价值之高，令斯坦因瞠目结舌。

斯坦因发现的遗址，今天仍然耸立在沙漠中。我站在热瓦克佛寺遗址前，如果不是有人一指，我几乎就会忽略过这个黄土包似的佛塔。

据推测，热瓦克佛寺始建于汉晋，沿用至唐代，是佛教艺术兴盛时期的遗存。据说玄奘西行取经回国时，曾在这里讲经达一月之久。佛塔基座主体有两层，系犍陀罗风格的覆钵式建筑，寺内佛像有魏晋时代的彩绘。

斯坦因当年也被深深震撼。他看到了与印度相似的佛像，看到了典型的犍陀罗艺术风格的建筑和东方壁画，看到了中西方文明在这里的碰撞、交融和创新。他写道："这个废墟的巨大考古学价值不在于佛塔本身，而在于佛寺院墙上装饰着的一系列丰富多彩的雕塑像。"于是，斯坦因毫不客气地盗掘了大量精美绝伦的佛像，留下了没法带走的一少部分。面对这座文明"楼阁"里呈现的五彩斑斓、丰富美妙的壁画，他原本想将这些雕塑全部都拿走。没想到，用麦草泥建起来的雕塑异常牢固，让他无法割取和运走。然而，热瓦克佛寺也从此变得伤痕累累。

二

同行的和田朋友向我建议，如果要了解于阗的佛教历史，小佛寺不可不看。

从和田出发，往东驱车一百二十余公里，便来到策勒县达玛沟乡。友人口中的小佛寺，已经是遗址博物馆，坐落在乡政府东南约七公里的托普鲁克墩沙丘中。

托普鲁克墩，维吾尔语意为"许多土堆"。站在沙丘上眺望，圆顶的博物馆建筑呈现土黄色，与周围广袤的大漠浑然一体。天气晴朗，单调的色泽反射出的阳光让我睁不开眼。博物馆周围顽强地生长着芦苇、红柳、骆驼刺，映衬得整片建筑分外寂寥。

小佛寺的发现，充满了偶然性。

2000年3月的一个傍晚，新疆和田地区策勒县达玛沟乡托普鲁克墩村，一个放羊的牧童准备在沙包露宿。当他整理场地时，突然发现了一个佛头。牧童非常惊讶和害怕，赶紧将情况做了上报。随后，当地文物部门到现场调查。2002年10月，中国社会科学院考古研究所新疆考古队队长巫新华博士，带队对遗址进行了技术性挽救，以及保护性挖掘和整理。

巫新华博士在他发表的考古报告中称：

托普鲁克墩佛寺是全世界目前所发现的最小的古代佛寺；是中国在塔克拉玛干沙漠地区迄今所发现佛寺中保存最为完整、佛寺壁画保存面积最大、壁画及佛像保存状况最好的古代佛寺；也是塔克拉玛干地区唯一一处保存完好的佛堂建筑形式的古代佛寺建筑。

佛寺坐北朝南，规模很小，整体呈方形，由木骨泥墙构筑而成，其中东、西、北墙残存高度约一点三米，南墙只残存有木骨，估计是进出佛寺的门。整个佛寺南北长二点二五米、东西宽两米，面积只有四点五平方米。

我步入馆内，转过照壁。淡淡的柔和光线，衬托出一种神秘与肃穆。在博物馆中央的位置，就是荒漠中的小佛寺。佛寺中有一尊莲花座佛像，身披朱红色通肩袈裟，结跏趺坐。佛像的头部、双手已失，却依然可以感受"既丽且庄""不即不离"的高贵典雅。佛像颈脖以下部位保存完整，衣纹简洁洗练，形象富有内涵。两壁绘有生动的大乘佛教壁画。

从佛像的制作技法判断，这是南北朝时的遗迹，距今一千五百年至一千八百年。站在寺前，不免使人产生一种时空穿越之感。这是迄今为止世界上发现的最小佛寺，建筑、雕塑、壁画三者完美结合。

考古队员随后又在小佛寺附近发现了二号和三号佛寺遗址，并在遗址内发掘出许多精美壁画和佛头。这些发现印证了玄奘在《大唐西域记》中关于古于阗国的记载。

在这些珍贵的文物中，最令人惊讶的是那一幅幅精妙绝伦的壁画。

壁画中，千手观音蕴含智慧的眼睛灵动照人，手托带有老鼠图案的法器，体现出古于阗国"鼠王崇拜"的痕迹。还有古于阗国守护神毗沙门天的画像，其身上、头部有层层浓彩光环，头戴圆珠花冠，圆珠内有太阳鸟……这种"铁线描、重设色"的绘画方法，圆润柔丽、富有韵律和动感的人物形象，不同于中原画风，显然也不是出于凡夫俗子之手。

那么究竟是谁的神来之笔呢？据专家推测，可能出于初唐西域于阗画家尉迟乙僧之手。

尉迟乙僧父子是于阗画派的代表人物。于阗画派独创性地将中国线描技法与印度凹凸法融合一体，其中线描技法以"屈铁盘丝"般的坚韧勾勒物象的形态，凹凸法则用不同色彩的深浅晕染出物象的立体感，可谓兼中印两国美术技法之长。

于阗画派在唐初将这种西域绘画新技法传入长安，不仅刺激了中国传统绘画艺术的发展，而且对朝鲜半岛乃至日本美术的发展也产生了重要影响。元代汤垕说高丽佛画"其源皆出于唐尉迟乙僧"，日本奈良时代建筑的法隆寺内的壁画也有于阗画风的影响。

小佛寺遗址向西约五百米，是一条南北走向的冲沟，宽约三十米，由泉水汇集而成，水量虽不大，但常年不竭，当地人称为达玛沟。达玛沟，正确的汉语译名应是"达摩沟"，意为"佛法汇集之地"。西汉时，这里曾是西域绿洲小国蒳摩的中心区域，其后为于阗国所并。20世纪初以来，达玛沟北部是和田地区发现佛教遗迹分布最为广泛之地。在这一地区，陆续发现了大量魏晋至唐代的佛教遗迹，出土了大量可印证于阗乃至西域南部历史的珍贵文物。

托普鲁克墩佛寺的发现对了解古代佛国于阗开启了一扇新窗，让我们通过它走向消失的于阗佛国，探寻古代于阗曾经的辉煌文明。

三

在距今三千年左右，塔克拉玛干沙漠南缘的于阗建立国家。在西汉时期（距今约两千年），尉迟家族称王，统领于阗。佛教传入于阗的具体时间，学术界尚无定论，但大致在公元前后。因尉迟家族虔诚信仰并极力弘扬，在境内大力修建佛院、塑造佛像、绘制壁画，佛教在于阗拥有至高无上的地位。同时，大批的大乘佛教典籍从于阗广布到中原，成为中原大乘佛教的策源地。无论是晋代高僧法显的《佛国记》，还是玄奘名扬天下的《大唐西域记》，以及藏文本的《于阗授国记》，对于阗佛国都着墨甚多。

佛教传入于阗，一般认为传播路线有两条。一条经塔里木盆地南缘，从迦湿弥罗（今克什米尔），经葱岭、莎车传入于阗，这是官道。另一条小道是从迦湿弥罗经子合（即朱俱波，今叶城）、乌纥、皮山进入于阗。

于阗是西域最早建立佛教文化的中心区域，原本盛行小乘佛教，到4—5世纪盛行大乘佛教。凡传入中国的佛教经典，十之八九都要经过这里。"佛"字是于阗语演变而来的，"阿弥陀佛"是于阗语对梵语的音译。

佛教在汉地深入传播后，中原信徒不满已有的佛典，纷纷西行求法。其时，于阗以佛国"小西天"著称于东西方各国。作为西域佛教的中心和佛教东传中土的中转站，西行求法的僧人去的"西天"很多时候就是于阗。

佛国于阗的香火持续了千年。从8世纪中叶开始，喀喇汗王朝和于阗王国进行了旷日持久的宗教战争，战火燃遍西域，兵燹绵延不断。1006年，于阗被喀喇汗王朝所灭。于阗曾经的辉煌国都连同无数寺院，消失在人们的视野中，能保留下来的大多是满目疮痍的断壁残垣。这对研究古代于阗佛教及佛教艺术留下了诸多遗憾。

于阗对中国佛教文化的影响有多大？著名的敦煌藏经洞，曾出土了数以万计的上自东晋初下至北宋中期的经卷、文册，成为中国近代学术史上轰动一时的重大发现。其中，有一批相当完整的于阗文佛典，许多是于阗王尉迟输罗和尉迟达磨时写成的。为什么藏经洞封闭近千年之久而无人知晓？可以大胆推测：也许是因为于阗国王与沙州（今敦煌）曹氏有密切的姻亲关系。来自于阗的僧侣在敦煌有专门的寺院，并负责保管经文，在北宋时期的于阗战争发生后，他们将经文藏好，与众多敦煌的僧人一起，奔赴抗击入侵的前线，全部牺牲，再也没有人能够回来启封，遂留下了这个千古之谜。

如今大批处于荒漠之中的佛教遗址在和田地区陆续被发现，让人唏嘘不已。这些佛教遗址的周边，当年应该都有河流、湿地、树林和城池、村落、农田，不难想象，那是一派怎样生机盎然的绿色秘境。

祥云佛国的文明中断了。到了15世纪至16世纪，陆路的丝绸之路也逐渐被海上丝绸之路替代，和田上空飘洒的梵呗之声也被伊斯兰教的礼拜所取代。

往事越千年，唯有文化和艺术的遗存令人震撼，动魄惊魂。

四

离开小佛寺，转向前往策勒县达玛沟乡往北的九十公里处，这里已是塔克拉玛干沙漠深处。在这儿有一座废弃于唐代的重要佛教遗址梁榭城。当然，它另有一个著名的名字，叫丹丹乌里克。

古老的建筑物在沙漠中半露半掩，残垣断壁四处可见。强劲的风沙和流动的沙丘，至今仍是丹丹乌里克遗址面临的主要威胁。在这片被沙丘埋没的废墟中，仍可从中分辨出一排排木桩或房屋框架，这里曾出土佛像、壁画、陶器、古代文书、钱币、雕刻等大量文物。

斯坦因在和田地区，最初发掘的不是热瓦克，他进入的第一个遗址是丹丹乌里克。

1900年12月7日，时令已进入寒冷的冬季。经过充分准备的斯坦因离开和阗，朝丹丹乌里克腹地进发。行进到第四天时，向导报告：遗址方向迷失了！

得到这一消息，一旁的迪克忍不住说："我早说过我们走的方向偏北了，可你们不相信我。"

斯坦因不耐烦地挥手打断了迪克的话："现在别埋怨了，还是尽快确定方向要紧。"

在一个有过三十年漫游经历的叫吐尔迪的山民带领下，一行人进入了一个随处可见到死树残骸的地带。死树枝裸露在阳光下，就像一具枯死的人的骨骼一样干硬，色泽斑白地竖立在那里，看上去狞厉而惊心动魄。当大家目瞪口呆地望着这些干枯的树的残骸时，吐尔迪眼睛里渐渐就露出了惊喜，他说："这些树中有野白杨、红柳或其他树种，它们证明着这里曾经是古代农耕地区。我们现在走的方向是对的。"

几天后，斯坦因一行终于进入了丹丹乌里克遗址。发掘开始了。

在这里，斯坦因获得了大量浮雕、文书之后，他发现了几幅价值连城的唐代木版画和壁画。这几幅画就是后来轰动世界美术界，在解释上引起争论的《鼠神图》、《传丝公主》、《波斯菩萨》和《龙女图》。

《传丝公主》木版画上画的是一个古代贵妇，她的头上戴着高高的帽子，帽子里似乎藏着什么东西，在她的两边都跪着侍女，左边的侍女正在用左手指着贵妇的帽子。画的一端有个篮子，装着满满的类似葡萄的东西，而画面的另一端是一个多面形的物体。那么画中究竟描绘的是怎样的场景，又有什么样的含义呢？

翻开玄奘的《大唐西域记》，我们似乎能够触碰到历史的一丝痕迹。

唐贞观十八年（644），取经归来的玄奘抵达于阗。在于阗停留期间，玄奘上书给大唐皇帝，因当初他"冒越宪章，私往天竺"，需要唐廷批准他回国。

玄奘在于阗日夜为僧俗讲经。八个月后，他接到大唐天子敕令，允许他东归。玄奘辞别于阗王，带领经队从于阗都城出发回国。经队向东南行五六里，经过一座"麻射"伽蓝。当地人告诉玄奘，寺庙内有几株苦桑，是利用"东国"公主带来的种子繁育出来的。正是它们的成功种植，才让于阗国掌握了桑蚕养殖技术，从而掌握了生产丝绸的诀窍。

丝绸，长期以来都是东西贸易中最珍贵的商品，也是国家最高的商业机密。玄奘听闻"东国"的国王为了保住机密，长期下令边关严查死守，不许桑蚕种流出国门。盼桑蚕种心切的于阗国王，心生一计，派使臣前往"东国"求婚，并向公主转达了于阗没有"丝绵桑蚕之种"因而希望能带来一些以便制作漂亮衣裳给公主穿之意。

"东国"公主求到桑蚕种后，藏在帽子里，才使得珍贵的桑蚕种得以进入于阗。为了纪念此事，于阗国在首先试种桑蚕种的地方，修建了"麻射"寺庙，同时规定保护桑蚕，禁止一切"伤杀"。

玄奘把这个故事记录在他的《大唐西域记》中，恰好印证了《传丝公主》木版画上的内容，画上公主帽子里藏的即是桑蚕种，篮子里装的则根本不是葡萄，而是蚕茧，另一端的多面形的物体应该就是纺车。

虽然玄奘没有交代这个故事发生的时代，以及这个所谓"东国"究竟是不是指中原王朝。但可以肯定的是，于阗人掌握丝绸生产技术的过程，一定是非常曲折坎坷，以至于在张骞通西域七百多年后，仍然流传着这样的传说。

于阗人在掌握这项技术后，很快将其发扬光大，这里生产的丝织品甚至开始返销中原地区。根据专家对出土的于阗文书的解读，6世纪至8世纪，于阗形成了桑树连荫、机杼不绝的盛景。

今日在维吾尔族中流行的艾德莱丝绸，被列为国家级非物质文化遗产，誉为"丝绸之路上的活化石"，其诞生似可上溯到这个纺织业发达的时代。

我们通常将张骞在公元前2世纪出使西域后开辟的中外贸易大通道称为丝绸之路。丝绸之路开辟后，《后汉书·西域传》中说："驰命走驿，不绝于时月。商胡贩客，日款于塞下。"正是沿着这条道路，中国的丝绸源源不断地运往西方，成为罗马帝国贵族的时髦衣料，西方各国的奇珍异宝也陆续流入中原。

历史上，丝绸之路上的一些路段因地理环境和政治的变动而经常发生变化，也有新开辟的路段出现，但若经南道往来，于阗则是必经之地。

中原王朝能够把丝绸销往这些国家，就是因为掌握着养蚕技术，谁知于阗人却掌握了丝绸纺织技术，成为名扬西域的"绢都"，为其后来的贸易往来奠定了基础。

五

1901年4月，斯坦因又进入和田东北的沙漠中，这里就是位于今洛浦县西北十七公里处的阿克斯皮力古城遗址。

在这里，斯坦因只挖了几英尺，就挖出了一堆佛陀雕像残片。他断定这是一处寺庙遗址，但让他遗憾的是，这里除了雕塑碎片，还是雕塑碎片，于是斯坦因选择了放弃发掘。

结果1929年黄文弼教授在这里考古，在城墙脚下发现了汉佉二体钱（又名和田马钱），有力地证明了中西两种商业、文化在古代和田的交融。这种钱币为无孔、无廓的饼状，两面有文字：其中一面中央为一圆圈，圈内是一匹行走的马像，圈外环绕二十字佉卢文；另一面中央为花纹，外边是一周"重廿四铢铜钱"六字的汉文篆体。钱币上的花纹和铭文的铸造手法采用的是打压法，而不是中原地区主要使用的范铸法。打压铸造源自古希腊。据专家考证，有些和田马钱是在原贵霜帝国（中亚古国）钱币上直接打压而成，这种铸造方式显然是深受西方文化影响的贵霜帝国钱币的翻版。

迎着风沙，我来到了玉龙喀什河西岸的买力克阿瓦提古城遗址，这里西侧沙山环立，冈峦起伏，南面昆仑山脉影影绰绰，高入云端，东面玉龙喀什河蜿蜒曲折。古城建于西汉初年，5世纪法显到于阗时，这里曾有"僧侣数万"，著名的伽蓝就有十四所。

1977年，在买力克阿瓦提古城曾发现窖藏在陶缸内重约四十五公斤的汉代五铢钱。汉代五铢钱始铸于汉武帝元狩五年（前118），是中国历史上数量最多、流通时间最久的货币之一。除了汉代五铢钱，魏晋南北时代的剪轮钱和唐代的开元通宝也曾大量发现。

　　这些钱币，不仅证明了当年东西方贸易在这里的交会，也深刻反映出当时于阗深受东西方文化熏染的特点。

　　和田地区所发现的佛寺遗址大部分集中在3世纪至10世纪之间。佛寺建筑的形制与我们熟悉的中原地区的佛寺形制大为不同，最显著的特征是呈现出独特的"回"字形布局、木骨泥墙的结构。这种"回"字形佛寺是深受犍陀罗佛寺风格影响的结果。

　　除佛寺建筑之外，这里日常生活中的建筑，也随处可见不同文化交融所带来的影响。汉代以后，和田的城市平面有圆有方。圆形城郭是中亚和印度地区希腊化城邦的特点，而方形、长方形城郭的出现则说明中原汉王朝城市建设上的"崇方"观念已远播西域。尼雅遗址出土过斗拱，斗拱为中原建筑最显著的特征之一，而建筑上的卷草纹样和八瓣莲花，又分别是来自波斯、罗马装饰纹样的母题以及印度莲花与希腊的一种水草叶的混合体。

　　公元前1世纪后的一千年中，于阗王国属于大汉和大唐联邦体系的一员，成为联结南方藏域文明、西南方印度文明、西方波斯和古罗马文明、东方中原文明的十字路口。

　　《新五代史》卷七十四记载，大宝于阗国的政治设施、辖地、物俗和唐时仿佛，设宰相掌管政务，模仿中原纪年方法，典章制度亦多仿效中原王朝。其境沿袭唐代的建置，仍"析十州"，在今于田、策勒一带称甘州，西为安军州即今和田县境、于阗都城的所在地。

　　于阗，这个沙漠中的绿洲，曾几何时，商旅云集，热闹非凡。

六

丝路贸易，在唐代达到高潮。8世纪安史之乱后，吐蕃占据河陇，切断了西域地区与唐中央朝廷的联系。丝路受阻，中西交通陷于低谷。后吐蕃势衰，甘州回鹘与西夏又相继崛起，控扼丝路东段，影响了横跨欧亚的长途贸易。在丝路贸易进入低谷之时，南道于阗，却因地利，绽放出最后的余晖。

9世纪后，吐蕃内部纷争，日渐衰弱。唐宣宗大中二年（848），沙州张议潮率众推翻吐蕃统治，收复伊州。于阗国尉迟政权乘势赶走吐蕃势力，恢复统治地位，进入大宝于阗国的辉煌时期。

10世纪成书的波斯地理著作《世界境域志》中，称"于阗地处两河之间……居民之产品绝大部分为生丝。于阗王养尊处优……其国胜兵七万，于阗诸河出产玉石"。

这段记载即指于阗王李圣天（912—966年在位）事。李圣天，本名尉迟僧乌波，在他长达五十余年的统治期间，国势鼎盛，外无强邻侵扰，国内社会稳定，国力充实，食粮宽裕，大量生产丝、毛、棉等纺织品。

正如当时路过昆仑北麓的阿拉伯诗人米撒儿所介绍，于阗"制度正善"，人民安居乐业。从于阗国和沙州诸地以至中原频繁往来的经贸关系中，我们可以窥出"境控西陲"的绿洲古国的盛况。

在于阗的贸易商品中，除纺织品外，玉石、马匹、香料为出口大宗。

于阗自古产美玉，曾以"金玉国"闻名于世。至迟在商周时期，玉石已开始进入中原。西汉元狩四年（前119），张骞第二次出使西域，汉使者就曾到于阗探察产玉地，"汉使穷河源，河源出于阗，其山多玉石，采来"。汉使采集了大量于阗美玉，满载而归，"玉门关"这个名字，随后就不断出现于史籍并流传至今。

汉唐期间，于阗主要以玉石作为贸易资源，贡献给中原皇室及王公大臣，作为礼器以及少数人的装饰品，严禁民间买卖，唐末五代才逐渐流入民间市场。至10世纪，即北宋建立前后，于阗玉石仍是贵重商品，在丝路贸易中占有重要地位，并成为于阗经贸收入中的特种资源。

北宋时期，外患频仍，战事不断。与之前的中原王朝相比，北宋失去燕云十六州的北方屏障，同时也失去养马之地，马匹成为困扰北宋军事的长期问题。北宋天圣十年（1032），西夏元昊即位，占领河西走廊，与宋军不断发生冲突，北宋对马匹的需求更加迫切。

于阗是濒临沙漠的农耕区域，没有广阔的草原，缺乏大量饲养马匹的条件，但广阔的中亚地区历来以良马著称，如伊犁的天马、大宛的汗血马都曾驰名中外，所以中亚国家通过于阗，不断将马匹贡献北宋朝廷。

《宣和画谱》记载："骐骥院御马，如西域于阗所贡好头赤、锦膊骢之类，写貌至多。"宋著名画家李公麟（1049—1106）曾将元祐元年（1086）十二月十六日于阗国进献的凤头骢（五尺四寸，八岁）、锦膊骢（四尺六寸，八岁）、好头赤、照夜白、满川花等五匹御马绘制成图，供人们鉴赏。

于阗国进献御马不止一次，元祐四年（1089）以及政和年间都有记载，政和年间贡骏马四匹，其一高六尺五寸，另一高六尺二寸，余二皆五尺九寸。按当时收购战马价，"视等第给直"。马自四尺七寸至五尺二寸，分为六等。这次于阗进献的四匹马，均超过常马身价。《宋会要辑稿·蕃夷四》载：（元丰八年）十一月十二日因进马赐钱百有二十万。十二月六日特赐进奉人钱百万。可见宋廷除偿马价外，还要赐进奉人钱，补偿非常丰厚。

香料是含有多种芳香成分的天然物质，具有挥发性，用于医疗卫生及配制香料食品，盛产于阿拉伯半岛、波斯湾、东非及南亚等地。北宋时期，文化昌盛，其中香料的使用已成为宋代文化的一个重要侧面。姚宽《西溪丛话》认为"行香起于后魏及江左齐、梁间"，至宋几乎全国皆有此习俗。

两宋时期，统治阶层对佛、道二教极力提倡，而焚香是宗教活动中最常见的一种方式。除此之外，宋朝对香料的使用，还包括香汤沐浴、香水浴佛，用香料制作佛像、念珠、神像等。统治阶层有熏香习俗，香料在医药方面的应用也有很大发展。沈括的《梦溪笔谈》以及《苏沈内翰良方》等书中，都有许多相关记载。

宋代因此成为香料贸易传入中原的顶峰。当时香料供需主要来自域外，一条水路，一条陆路。陆路就是著名的丝绸之路。而于阗作为丝路重镇，凭借优越的地理位置，扼东西咽喉，在香料贸易上游刃有余。

《宋史》中对于阗和中原宋王朝乳香贸易记载很多。《宋会要辑稿·蕃夷四·于阗》记载：熙宁五年（1072）十月三日，客省言"于阗国进奉使罗阿厮难撒温等有乳香三万一千余斤，为钱四万四千余贯，乞减价三千贯，卖于官库，从之"。

元丰元年（1078）十二月二十五日，诏熙河路经略司指挥："熙州自今于阗国入贡，惟赍国王表及方物，听赴阙，毋过五十人驴马头口，准此。余物解发，止令熙州、秦州交泊，差人主管买卖，婉顺开谕。除乳香以无用不许进奉及挟带上京并诸处货易外，其余物并依常进贡博卖。"

元丰三年（1080）三月二十六日，诏："于阗国进奉使所卖乳香偿以现钱；其乳香所过官吏失察，令转运司劾罪。"

元丰三年（1080）十月九日，熙州奏："于阗国进奉搬次至南川寨，称有乳香杂物等十万余斤，以有违朝旨未敢解发。诏：乳香约回。"

由上可知，通过于阗中转的乳香贸易数额异常巨大，动辄数万斤或十余万斤。路程数万里，长途转运实非易事，有大批商贩从事于此，为图厚利，趋之若鹜，通过丝路南道于阗的贸易，一度繁盛。万里迢迢运到汴京的乳香，价格自然不菲，每斤约合一千四百余文，相当于一匹绢价。

于阗不产乳香，皆由西方运来，作为宋朝专卖的特殊商品，为增加财税收入，曾起过巨大作用，"宋之经费，茶盐矾之外，惟香之为利博，故以官为市"。

大量的香料进入中原，不但远远超过民间需求，甚至塞满了官库，但是新货仍源源不断地运来。为此，宋朝皇帝不得不下了禁令。但历代长期施行的贸易非一纸命令所能禁断，所以元丰三年（1080）于阗使进奉乳香，宋廷不得不慎重处置，一方面为使于阗商人不受损失，仍偿以现金，另一方面又治"所过官吏失察"之罪。

伴随着海上丝绸之路的兴起，于阗和中原的贸易终于逐渐衰退。但谁也不可否认，于阗和中原的贸易往来，在千年古丝道上留下了特色鲜明、浓墨重彩的一笔，不仅促使了丝绸之路的繁荣，也促进了新疆与内地经济文化的广泛交流。

站在丹丹乌里克遗址，回溯古于阗国千年沧桑，正如斯坦因在考察丹丹乌里克遗址后写道："在那辽阔无垠的平原里，我仿佛是在注视着地底下一个巨大的城市的万家灯火，这难道会是没有生命又没有人类存在的可怕的沙漠吗？我知道，我以后将永远也不能再看到这壮丽迷人的景色了。"

"无数铃声遥过碛，应驮白练到安西。"大漠驼铃凄楚，如一曲牧歌，鸣响在长达万里、时逾千年的丝绸古道的上空。

西北望胡杨

一

中国西北各地，多有胡杨树种分布，却唯有塔里木河两岸和额济纳的成片胡杨林最为世人瞩目。特别是额济纳的胡杨林，色彩斑斓，起伏绵延，气派雄浑，虽历经劫难，依旧昂然雄踞。

我到额济纳时，还不是深秋，京城暑意未散，而额济纳已颇有凉意了。

早就听说胡杨活着千年不死，死后千年不倒，倒后千年不朽。在一个叫"东方红"的地方，我看到了一片死亡的胡杨，在高大的沙丘上，它们枯死的残骸依然或站，或跪，或卧，形态狰狞怪异，就像人类战争后的尸体，令人触目惊心。身处其中，觉得自己宛若沙尘。生物在自然面前总是弱小的，胡杨最终成为"标本"，化身为与自然抗争的写照。

人们珍惜胡杨林，是因为胡杨的存在本身就是一个奇迹。胡杨是随着青藏高原隆起而出现的一个树种，后来在新疆和甘肃第三纪古新世地层中部发现的胡杨化石就证明了这一点，算起来至少也有六千五百万年的历史。

　　胡杨生存在荒漠地区，有着特殊原因。青藏高原隆起成形后，强烈地改变了大气环流，致使中国的西北地区从此在干旱的内陆西风气流的控制下，降雨减少而蒸发量上升，地质地貌发生变化，生物生存条件逐步丧失。然而，正是在这样恶劣的自然环境下，胡杨巧妙地躲过物种淘汰的厄运，顽强地生存下来。

　　胡杨对抗恶劣自然环境的方法很特别，它能把自己的根深深扎入地下数米到十几米，同时在地面之下也能把根平行伸向远方，寻找那有限的生命之源，不仅顽强地活着，还通过地面根须不断地传承自己的子孙后代。为了适应环境，胡杨幼树嫩枝上的叶片狭长如柳，而成年树枝条上的叶片却圆润如杨。就这样，胡杨忍受着数不清的严寒酷暑冰霜冷雨的摧残，以高大的身躯结成队、连成排，与人类相伴，抵抗大漠风沙，人们由此也称胡杨为"英雄树"和"沙漠的脊梁"。

　　在额济纳，胡杨是最早的居民。它以浓浓的绿荫，抵御风沙，庇护这里的土地。它见证了世间的沧海桑田，直到现在，仍在向人们描绘着古代丝绸之路走过的开拓者身影，述说着叮咚驼队穿戈壁、越流沙，奏响的生命乐曲，哭诉着王朝争斗给这块土地带来的撕心裂肺的疼痛。

　　明朝初年，在胡杨簇拥的黑城发生过一场战争，那场战争人为地使河水改道，潜水断流，水位下降，致使黑城的胡杨树和附近的胡杨林干枯倒伏，冤魂至今不散。当然，也正因没有了胡杨林的庇护，黑城在大火过后，沦为废墟，成了风沙肆虐之地，留给人们永远凭吊。

　　历史上的额济纳，曾经拥有七十多万亩胡杨林，是阻止巴丹吉林沙漠向北扩展的重要屏障，但是后来随着气候变迁和黑河中上游人们乱砍滥伐和盲目增加灌溉面积等原因，致使发源自祁连山的黑河断流期延长，最高达到年均两百多天，于是黑河水再也无力流到额济纳，流到居延海，从而导致这里的生态急剧恶化，戈壁沙漠增加了四百六十多平方公里，胡杨林面积也缩减到三十多万亩。就这样，额济纳成了我国北方沙尘暴频发的主要发源地之一，让京津一带的人们提到额济纳就为之色变。

一位当地人告诉我，这片"东方红"的胡杨是20世纪六七十年代死亡的。由于黑河上游农区大面积农田灌溉，黑河断流，再加上人为的乱牧滥耕，采挖甘草，胡杨林区的生态遭到严重的破坏。近几年，额济纳天气怪异，沙尘暴越来越频繁。额济纳一年当中多半年时间在刮风，真可谓一年一场风，从春刮到冬。有沙漠地质公园之称的额济纳，它的生态非常脆弱，这里是沙尘暴的策源地。

为什么马头琴的弹拨总是呜咽？它倾诉着人类深重的灾难史和自然史。

胡杨也有生命，在残酷的大自然面前，人们本应与胡杨携手并肩，抵御风沙的侵袭，减少侵袭的危害，可是人类的贪欲使人们变得那么冷酷，以至不惜戕害另一种生命，毁坏自己的家园。

也许失去了才会唤醒一种保护意识和行动，十几年前，为了解决额济纳地区的生态等问题，国家专门成立了黑河流域管理局，并紧急启动了黑河干流水量跨省区统一调度工作，这才使额济纳的胡杨林看到了希望。黑城曾倒伏的枯树上，再次出现一抹新绿，让人无比怜惜。

胡杨是坚强的，这是因为它有坚强的意志。胡杨更是美丽的，这来自它那颗美丽的心。胡杨的要求并不高，只要人们知道善待，它就会给以盛情回报，于是随着水源涵养的能力提高，额济纳的胡杨又挺起了胸膛，以它高大的身躯站立在河道两旁，站立在戈壁荒滩。

二

额济纳古称居延国，因居延海而出名。"额济纳"是古西夏党项羌族语，意为"黑水"，自元朝以来，由"亦集乃"转音而成。历史上，额济纳的全称是额济纳土尔扈特旗。这里地处内蒙古西北部，与阿拉善盟府所在地巴彦浩特相距六百七十公里，东邻阿拉善右旗，西靠甘肃省肃北县，南与金塔县、玉门市相连，北与蒙古国接壤。

早年看过一部电影《东归英雄传》，讲的是1771年，从中国迁徙到伏尔加河下游生活了近两百年的蒙古族土尔扈特部，由于不堪忍受沙俄的种族灭绝政策，在其首领渥巴锡汗的率领下，历经数年准备，举部东归故土的故事。据说渥巴锡汗回来后，额济纳一带被乾隆皇帝赐封为其游牧地。不知是否也是这个月份，额济纳金色的胡杨热烈而辉煌。土尔扈特人英勇的东归，完成了人类史上一部壮美的神话，谱写了一曲不朽的史诗。额济纳成为土尔扈特部落神圣的精神家园和归宿。

额济纳的历史是厚重的。古时，这里天苍苍，野茫茫，森林蔽日，水草丰美。黑河一路北上，源源不断给巴丹吉林沙漠输送血液，使这里成了一处人间天堂。这里曾异常繁华，百姓安居乐业，男人身挎弯刀，女人面罩轻纱，寺庙里香火鼎盛，僧人商旅自由往来。

黑城是额济纳的名片。在茫茫的大漠上，突兀矗起一座城，你的心定然比见到一湖水还精神。因为城是人居之地、屯兵之所。至于为什么谓黑而不称白，人说是因为之前黑水河流经这里，城临水而筑得名。

据资料记载，黑城始建于9世纪的西夏时期。1226年，成吉思汗第四次南征攻破黑城。1286年，元世祖在此设亦集乃路总管府，使这里成为中原到漠北的交通枢纽。马可·波罗就是沿着这条古道，走进了东方的天堂。1372年，明朝征西将军冯胜曾攻破黑城，尔后黑城便在尘封的历史里沉睡了近七百余年。1886年，俄国学者波塔宁在额济纳考察时发现黑城。1908年4月，俄国探险家科兹洛夫在这里掘得大量西夏文物，其中包括珍贵的汉文、夏文对照的《番汉合时掌中珠》及《音同》《文海》等古籍。

黑城东西长四百三十四米，南北宽三百八十四米，周围约一千六百米，最高达十米，东西两面开设城门，并加筑有瓮城。步入城中，在那细沙侵围的古城遗址的西北角土垒上，端坐着两座十二米高的覆钵式白塔。

白塔由土坯垒就，守望沧桑，定格着当年黑城人的精神丰碑。城内的官署、府第、仓廒、佛寺、民居和街道遗迹仍依稀可辨。

我木然地看着矗立于黄沙中的简介牌，想象着当年"居住在黑水城一带的固定人口约有七八千人"该如何生活，应该不是如今的凋敝场景，否则，忽必烈不会在此设官衙通衢，乾隆皇帝也不会赐予土尔扈特部落在此繁衍。

故事和传说毕竟不一样。传说一定是故事，故事却未必是传说。前者的虚构有时偏离了方向，往往打上时代的烙印，糅入作家个人的感情色彩。我闯进这方幻境，躲在大漠中的胡杨林，也会给世人讲述现代版的传说。

今日的额济纳是一座漂亮的城市。走在街上，给人的感觉是处处整洁、明亮、环保、文明，连公共厕所也专门有人整天打扫，里面很干净，也从不收费，难能可贵。

近几年额济纳着实打造了许多王牌景点，如黑城遗址、居延海、策克口岸、塔王府、神树、怪树林、一道桥胡杨景区等。历史是一面镜子，让人游玩、观赏，也对人在警示：大自然是美丽的，也是脆弱的。自古以来，人类创造了文明，也制造了一次次灭绝性的战争和灾难。闻名世界的巴比伦文明和楼兰王国一夜间神秘消失就是明显的例证。文明的延续始终需要人类的良知。

我来得有点早。每年仲秋前后，才是观赏胡杨的最佳时节，额济纳的胡杨似乎听了指令，一夜间变黄，热热烈烈，满目金碧辉煌，如诗如画，令游人流连忘返。额济纳的大街小巷游人如织，从早上五点到夜里十点，热闹非凡。饭馆、商店、旅店、风情园都塞满了人。

敬畏苍天，热爱大地，日出日落。生活在额济纳的蒙古人，他们爱唱歌，也爱喝酒，酒和歌是盛开在他们心灵深处的花朵。

三

从达来库布镇的东、南、北三面望去，是一望无际的胡杨林。浓绿的叶子，被轻风吹过，哗哗作响，好像在诉说复苏后的欢乐。我知道，再过一个月，随着凉风吹过，这里的胡杨林便在不知不觉中由浓绿变浅黄，继而又变成杏黄了。那时候，站在高处远望，金秋的胡杨高高低低，如潮如汐，斑斑斓斓地向远方漫去，如同金色的海洋。

从达镇到策克口岸的路上，浓密的胡杨林深处有一棵被称为"神树"的千年胡杨，树高二十三米，树身需六七个人手拉手才能合围，堪称胡杨树之王。附近几十米之内，还分布着粗壮不一的数棵胡杨树，形成典型的生态模型，也就是人们说的"母子树"。这些胡杨，树冠相连，遮天盖日，远远望去颇为壮观，成为额济纳胡杨林最有代表性的景观。

三百年前，土尔扈特人初抵额济纳。他们看到这棵高大的胡杨巍然耸立挺拔，枝繁叶茂，于是怀着崇敬的心情尊其为"神树"，以此祈求年年风调雨顺，人畜兴旺。

守护神树的是两位脸上布满皱纹的老人，他们是土尔扈特部落的后人。蒙语中，"额济纳"含有家乡的意思，所以当地土尔扈特人把黑河叫作额济纳河，把草原叫作额济纳草原。我看到这两位老人的时候，他们只是静静地坐在那里，脸上露出一副虔诚。我没有说话，只是默默地在他们身旁坐了下来，默默地体会着一种古老的气息，体会着时空流逝的沧桑。

若说额济纳是位美丽的蒙古族姑娘，那么为她输血的就是黑河。黑河是内蒙古西部最大的内陆河，位于河西走廊中部，发源于祁连山南部山区，分东西两支：东支为干流，上游分东西两汊，汇于黄藏寺折向北流称为甘州河，至莺落峡进入河西走廊，始称黑河；西支源于陶勒寺，上游称陶勒河，也有东西两汊，于朱龙庙附近汇合，称北大河或临水河。

黑河进入额济纳后，由于这一带地势平阔，落差小，河流缓弱，所以又被当地人称为弱水。

弱水啊弱水，大禹治水即从弱水开始，先后疏通了黄河、长江、汉水、济水的水道，使雍水归入渭水，豫水归入洛水，渭水、洛水流入黄河，化解了这一带的水患。随后，他又完成了疏通"九河"的工程。他"铸九鼎"，"定九州"，按照行政区划加强对各氏族部落的管理，并且使"人物高下，各得其所"。

中国佛教禅宗始祖达摩自印度东来时来到弱水之畔，见有底无帮的弱水波涛汹涌，浩浩荡荡。他折下一片苇叶作舟，飘然渡过弱水，嗟叹不已："弱水三千，我当只取一瓢饮。"从此弱水声名大振，成为佛家神往之水，也成为凡夫俗子沐浴心灵的甘霖。

我也可取一瓢畅饮吧？我想，三千弱水，犹如茫茫人海，总有属于自己的一瓢。一瓢纯净的弱水，映照着昔日的青春活力，映衬着今日的婀娜多姿。在点滴生活中，我们学会了珍惜一切来之不易的东西，天涯芳草，如云绿树，才是额济纳的永远追求。

我想起黑城废墟附近那一片死去的胡杨，想起那枯死千年的树干一端的枝杈上，长出的一丛郁郁葱葱的胡杨叶。那丛新叶嫩嫩的，透着灵气，在这荒滩戈壁上，给人一种惊心动魄的极致之美。

额济纳的胡杨从远古走来，它的生长与凤凰、与鲜血紧密相连。它有不屈的傲骨，又有美艳的身影。当你从巴丹吉林大沙漠走来，就会看见，这里的春夏是一片绿色，深秋是一片金黄，冬天是一片艳红。

额济纳的历史是真实的，它把传说写在胡杨和大漠上。千百年的岁月流转，历史化为曾经的心跳，风情则装点了今日的传说。

履痕卷子

海棠花溪：风已暖，春未眠

京城北部有一座元大都遗址公园，市井间皆呼为土城公园。土城公园有一个海棠花开满两岸的地方，叫作海棠花溪。这是因为横穿公园的小月河畔种植了西府海棠、垂丝海棠等诸多品种的三千余株海棠树。友人邀我到土城去看花，说春天来的时候，这一带的海棠将盛开如放烟火，这一元代城垣将佩戴多彩的美丽。

那该是怎样的一片海棠树林呀，望也望不到边，看也看不到头，我想。

已经是四月，长城外的空气依然冷峻，京城的风却已暖，纷纷柳絮飘过。我倏然憬悟，想来是去看海棠花的时候了。

去时天光已不早，待近得土城时，光影转为浓艳。花的香，在空气中弥漫，大老远就能闻到。转过弯，我看到了小月河，也看到了满树的海棠花。花开得熙熙攘攘，你笑我乐，从下往上，你争我抢。早先风光了的花瓣，争先隐退，微风一吹，纷纷扬扬，扑在面上，犹如初冬微雪细下，不过那是冷意，现在是熙暖。浅绿的叶子羞于露面，藏在花丛里，成了点缀，叶子用细长衬托花的繁丽。

这花开得正盛，来早了，还未开好，来晚了已经开败。每棵树都炫耀自己的鼎盛年华，每一朵花都在微风中枝头上说出自己的喜悦。"喷云吹雾花无数，一条锦绣游人路。"是的，这是一条花路，一道花溪，水上路上都是花，可谓花天花地。

可这些说法都不行，不足以说出这花的动态。"四厢花影怒于潮"，还是"花潮"好。古人的诗真有见地，善于说出要害，说出了花的气势。

想起了龚定庵《西郊落花歌》中说海棠落花的句子"如钱塘夜潮澎湃，如昆阳战晨披靡，如八万四千天女洗脸罢，齐向此地倾胭脂"，真是有几分样子。

海棠花是矜持的。桃花开罢，杏花凋零，这时海棠花才姗姗登场。褐红色的枝条上，开始绽出少许的嫩芽，毛茸茸分不清颜色，发白，透青，渐绿。河倾月落、绯霞初绽的每个晨曦，水串玉珠的清甜汩汩相孚，海棠在乍暖还寒的初春里日渐丰盈。当轻灵的水珠荡尽凡尘，娇柔的身躯也动情地颤动着被爱的喜悦。楚腰纤细的枝叶间有绿芒璀璨，点点滴翠的盈盈跳动，竟肆意地飞溅起满身七彩斑斓的霞光。

在芽尖儿泛绿的时候，原本青涩的梦华丽地绽放！花说开就开，追逐七彩的阳光、聆听风月的情怀，娇媚的海棠悄然袅娜着身躯，盛开在春风里，成为京城春光中意外的震撼。

水袖般的柔枝嫩条，舞动满树婀娜，万千风情正自一朵朵抛洒开来，嫣红了窈窕的身姿。狂蜂追逐，浪蝶戏飞，初绽的海棠或将绿袖半掩，或把蓁首低垂，顾盼流转间，尽是烟行媚视的羞怯。

海棠花最初是红粉色的蓓蕾，慢慢变成了桃红色，初盛时几乎全变成了粉色，浓而密，花团锦簇。氤氲的香雾在眼底弥漫，看着迎来送往的金乌、玉兔交辉而错的片刻，人间岁月也被无情地更迭。

看似凡俗的点点胭红，分明就溢满了艳到极致的妖娆，抹去了过往娇憨的粉嫩，此刻云鬓花颜的海棠，在小月河的无边春色中，颦笑间无不勾引起处处红尘。像是回眸间媚眼如丝的女郎，又恍若浅笑时气若幽兰的仙姿，不需花魁牡丹的雍容加身，也不羡玫瑰仙子的天姿容颜，媚尽众生地摇曳在俗世中，不经意迷乱了春日里几许多情的视线。内敛而又奔放的海棠，在大胆地怒放着醉人的气息！

花势最盛的时候，花又变得雪白，然后在微风飘过都会浸满着香甜的晨曦，携着姹紫嫣红的旋律，让生命的轨迹在刹那间戛然而止，随风而逝！

海棠花的美，教人心碎。逝去的花瓣，仍然义无反顾地扑向小月河，铺满小月河的两岸和河面，继续去装扮一个如诗如画的花溪。

春天永远是短暂的，每次见到飞絮，便知春天已经渐行渐远。

今年不同，漫天飞来飞去流连回顾的，还有不忍离去的海棠花。海棠花溪，春未走远。

中国美术馆：观画

在老舍文学院读书期间，安排作家们去中国美术馆欣赏美术作品。中国美术馆副馆长安远远现身说法，给我们做了细致的美术知识普及。

我不懂绘画之艺，却爱观画。因禀赋所囿，多看国画，嗣后沉溺于摄影，溯源而上，一度醉心西画。岁至中年，情怀如廊下之秋，似悟出了几分疏影横窗的玄机，竟又偏爱传统风骨的国画。

既有此偏爱之心，应学点画理，看画时才可分辨真乾坤。但我性格疏懒，总觉得心之所爱，何须讲理？而我所言之传统、风骨，更非画之技巧，而是画的意识了。

我常常想，书画之好恶，恐怕也难有定法，若眼看心喜，便是佳作。小儿年幼时，我离家远游，小儿涂鸦画片一张，我收到后爱不释手，再难放下，虽名家之作亦不能及。我若鄙薄其人，即使书画尽皆追捧，我也不会惬意奉承。我相信人讲人缘，书画也讲缘。

每当张大千生日，台静农总会画一小幅梅花送他，张大千很高兴，说："你的梅花好啊。"张大千最后一次生日，台静农画了幅繁枝，求简不得，多打了圈圈，张大千竟说："这是冬心啊！"

按中国传统评价，仿佛字画非要有源头有师承不可。笔墨艺术练练基本功，临摹前人，当是有用，不过最终还是要写出自己的精神个性才好。

我欣赏书画之作，常常带着主观的感情去看，尽量不让一些知识介入判断。六朝诗文绘画皆不自然，却凄美之至。芙蓉出水虽自然，终非艺术，人工雕琢方为艺术。

我之私见，艺术的最高境界当是人工中见自然。英国华兹华斯吟咏的温德米尔湖一派自然，想来开天辟地之初即是如此，与艺术何干，与人类何干？无骈体文，则无唐宋八家。韩愈之文美"采于山，美可茹，钓于水，鲜可食"，字字自然，却对仗工整，避无可避。然则时下之人，空言继承传统，读书不进，妄求自然，惨然无色，寂然无声，天塌地裂不知名状，伤春悲秋无以形容，万千生灵涂炭竟换不来半篇有病呻吟的作品，其声喑哑，何况呻吟！

安远远说，艺术是门槛最低的高贵行为，与艺术作品的相遇，都是历史的奇遇和不可思议的缘分。

中国美术馆予我印象深刻的是六层"珍宝馆"中刘海粟20世纪50年代所作的《黄山云海》，波磔嶙峋，孤标粲粲，洵为神品。想起一故事，有东莞人卖席，顾客嫌席子太短不合身长。席贩说：是给活人睡还是给死人睡？客答：当然是给活人睡！席贩说：既是活人，难道不会蜷着身子睡吗？客哑然。席子如此，传统如此。写者如此，观者亦复如此。书画可贵者意，所要者识，意与识会，才是文化认同：明檐蛛网，斜阳烟柳，即使断肠处，也得风流。

芦庄村：现实和清醒

寓居钟磬山庄，马路对面就是芦庄村，餐后到村里转转，成了每天的习惯。听村里人说，这几年村里变化最大。现实生活的变化，往往会带来人的变化，所谓"越来越现实了"！可喜的是，我并没有在芦庄村人身上看到这样的"现实"。

现实似乎应该意味着一种清醒，可不幸的是，越现实的人反而越不再清醒了。

平凡的人群，每日里有挣扎地活，有恣睢地活，也有麻木不仁地活。快节奏的生活，繁重的工作，空虚的精神世界，复杂的社会关系，一成不变的生活圈子……渐渐模糊了生命，找不到信念支持，一切都显得如此的索然无味。

在一个夜不能寐的夜晚，一片静谧中，人们已停止了半生的思维意识，伴随着心跳的旋律再次跃动，或许是一生仅有的一次困惑："我是怎样走到今天的？"在这段历程中，究竟我给予了多少，又索取了多少，究竟欠下了多少应该偿还却永远无法还清的心债？

一片茫然，何人答我？

扪心自问，方始惊觉，过去的居然就这样过去了，心中竟然留不下一个，哪怕是模糊的影子。

更可怕的是，更多的人连问的勇气和意识也消逝无踪了。

碌碌无为的人们不清醒，亦不过如此，后果也无非是继续迷惘而挣扎地活下去，充其量也就是挥霍了自己。

然而，当这种不清醒存在于那些主宰了他人命运的人身上，一切开始变得惊心动魄。

成功使人忘本，奢华使人堕落，其根本就是他们再也意识不到自己是沧海一粟，并非生来就翱翔于云间，再也看不到自己攀爬的脚印，更看不到扶着他上路的一双双长茧的手。

"我今天的成功是通过我的努力……"

不错，但却忽略了很重要的一点，那就是群体的帮助。

17世纪的英国玄学派诗人约翰·多恩做教士时曾有一段非常著名的布道："没有谁是个独立的岛屿；每个人都是大陆的一片土，整体的一部分。大海如把一个土块冲走，欧洲就小了一块，就像海峡缺了一块，就像你朋友或自己的田庄缺了一块一样。每个人的死等于减去了我的一部分，因为我是包括在人类之中的，因此不必派人打听丧钟为谁而敲，它是为你敲的。"

据说这番话感染过整个伦敦，有个英国诗人受此启发还写了一首名篇《再致玛格丽特》，而20世纪的文学大家海明威也写了一部名为《丧钟为谁而鸣？》。

而这些人不再关心丧钟是为谁敲的，因为这再也与他们无关，他们存心在忘记，并且非常勇于忘记。

当回忆被岁月的埃尘掩盖后，他就可以否认这个事实，不再偿还。

如此，他就可以真正地高高在上，随心所欲，将与人间相连的血脉割断，那么一切杀戮和剥削再也不是一个种族的事了。

背叛了灵魂，选择了忘记，置身于悬浮空中，飘飘然地活着，等待着一份沉淀，伴着空虚走向尽头，因为没有清醒就永没有着陆的一天。

芦庄村的秋天，也是果实挂满枝头的日子，累累的果实垂首大地，它在向哺育它的阳光雨露鞠躬道谢。

我钦慕它的清醒，它的实在。

石林：又见阿诗玛

少时读书，云南总是给我美丽和神秘的感觉，去云南曾经是一种幻想。一路编织美梦，孰料下飞机时却是午夜。出昆明机场，滞重的暮色满眼。人流纷涌，戴绣花头帕着对襟彩衣的女子在视线里轻巧地越过，翩若惊鸿般施施然远去。导游对我们喊：阿诗玛、阿黑哥。在阿诗玛的故乡，这是当地人对女子和男子统一的尊称。在阿诗玛、阿黑哥的呼唤声里像梦里无数场景的翻转，顺着撒尼人美丽传说的召引，我走向石林。

去石林的日子是个晴天，车出昆明向东南，下车停靠，已置身昆明一百多公里外的路南彝族自治县。云南石林地质公园，那个传说里阿诗玛香魂一脉化身石刻的地方，那个被冠以喀斯特地理迷宫的石头森林，几亿年来从浅海到陆地再到参差林立的石峰，一座在缓慢溶蚀运动着的石头城堡，此刻在眼前只嵯峨峭立，似一幅铮然骨削的画，悄然静默。

随着人流前行，穿过绿树夹道的小径，眼前石峰忽然屏障般耸峙，刀削斧劈插地而起，中段嵌一长方形白石，红色隶书"石林"二字卓然其上。放眼望去，天地明亮，游人的五色花伞化为鲜亮的颜色，石头森林在阳光下苍苍墨色，在日光下越发显得明亮。曾见过图片中的石林，往往呈现烟灰白，也是明媚秀丽的石林，有着遗然世外的素净和孤高心性。

随行的导游姓卢，是一位"水傣"姑娘，也就是汉族和傣族的混血，她告诉我说，大石林是阿黑哥，小石林是阿诗玛。

这话不错。登上望峰亭，大石林气势雄浑，石海苍茫似千军万马飞禽走兽。石峰石柱直指苍穹，像阿黑哥的俊秀矫健；石笋石钟乳圆润敦厚，如阿黑哥的善良纯朴；石头剑峰环合壁立，怀抱中湖泊依洄，似一面情深挚笃的铜镜，满怀柔情把千仞峰林的俊逸身姿铭刻心间。剑峰两侧各有一个天然石洞，后人附会了一段神奇传说。能歌善舞的撒尼姑娘阿诗玛和智慧勇敢的撒尼小伙阿黑哥相爱。财主热布巴拉的儿子阿支趁阿黑哥去远方牧羊时，劫走了阿诗玛。阿黑哥闻讯，心急如焚地赶去营救。途中大山挡路，阿黑哥挥拳打通石窗，抬脚踏出石门。传说中的人物已化作一缕悠悠怀想，只留守了意会中的石窗石门，风过一遭雁飞一回，那段千年不改的柔情和坚贞，任时光辗转徐徐抚摸，日日夜夜直到永远。如果有永远。

阿诗玛石峰在小石林。小石林是一幅秀丽多姿的图画，石峰变突兀为舒缓，平地连绵镶花着翠，像一座仪态万千的园林，搜罗来精致的山石垒砌了满园。仰起头便看见了阿诗玛。那身背竹篓颀长绰约的倩影，那缠绕着撒尼女子美好愿望的花包头，那轮廓秀美微微侧向前方的脸颊，在晦暗的空中像一轮虹影，折射出夺人心魄的光芒。她站立了多少年？她在仰望谁？她在思念谁？热布巴拉父子看到阿黑救走了阿诗玛，于是在他们必经的十二崖子脚下扒开小河的岩石。山洪暴发，肆虐的洪水把阿诗玛卷进漩涡不见踪影。阿黑挣扎着上岸后，找啊找啊找，找到大河变小河，找到黑夜变白天，可阿诗玛已化作十二崖子上的一尊石像。她背着竹篓孑然站立，忧郁孤独地仰望苍穹，像诘问，又似凄诉，更是绵绵无绝期的等待。等到海已枯、地已平、石又生，阿黑哥啊，他在哪里？

阿诗玛石峰前，数十亩开阔的草坪绿茵如碧。撒尼人是彝族的旁支，每年夏历六月二十四，他们在此欢度火把节，摔跤比武，篝火连天，通宵达旦。传说里久远的那个节日，火把映红了天，阿诗玛和阿黑哥是火把节上一对耀眼的金翅雀。他们歌舞传情，美目盼兮，互诉衷肠。那一段美妙而凄艳的爱情用流淌在人世间的余烬温暖着这些冰冷的石头，石头森林因故事的苍凉而愈显低回深沉。

阿诗玛的故事我曾在一本长篇叙事诗《阿诗玛》中读到过。那本书曾经在一个图书馆存放了三十余年，我借阅时却还是第一位，整本书陈旧得如同这段故事一样。

如今身在石林，遂回想起那本书，不由得把阿诗玛久久凝望。我想起那年的清晨，因为这段故事，我伏在桌上用钢笔在白纸上临摹，桌上一只烟盒，烟盒上一个美丽的女子，花包头和彩绣服装明艳生动，旁边是"阿诗玛"三个灿亮的烫金字。那是春天，我画得很美，画面上梦幻般脱俗的女子装饰了那一整天的美妙心情。

武夷山：流盼的眼波

如果你问我，见过沧海之水，还有什么水能越过"曾经沧海难为水"

的坎儿，我只能对你说，去看武夷九曲溪。

如果你非得问我，看过巫山云雨，还有什么山能拟同"除却巫山不是云"的神韵，我只有对你说，去走走武夷三十六峰。

武夷山，是一个空气里木樨花馥郁飘香的世界。碧水丹山，溪水九曲回肠十八弯，山峰刚柔相济风骨瘦。

暮夏时节，我走入山水深处，一如走进张大千笔下的水墨丹青图。

抵达武夷山的前几日，一场夜雨，打湿了一山的蓑衣，有清泉滴不尽的瀑布，流注入九曲溪中，宛然是武夷山流盼的眼波。

戴一顶竹编的斗笠，披一件细棕织就的蓑衣，放长排于九曲，沿着溪流漂去，对着武夷放歌。你听，水流淙淙，浅底鱼音，滩岸石吟。你看，浪花如雪，碧水似玉，更有那站成石头的姑娘望穿秋水，眼眸的深处是蒹葭苍苍，拂风轻摇。

一叶竹筏一叶萍，棹着欢喜却平静的旋律，曾经沧海令人以为惊涛骇浪已达至人生极境，而今重又偷得浮生仙居，却幡然还有回头的一方空明。

一曲青溪一曲歌，踏着轻快又恬淡的节拍，除却巫山之后以为就此空白了余生的精彩，但却讶异地发现，其实只需一个纯朴的传说，一缕绕在山腰的云裳霓带，一句悱恻的誓言，就会重新打开幽禁心灵的锁。

我随着九曲漂流望峰，随着十八弯的荡气回肠，品味一种山水入画的细腻味道。恍然之中，再没有更好的山能与水如此相映成趣了，也没有更好的水会缠绕着山相依成伴了，这种味道的名字就叫"相思"。这山里有红豆发几枝，这水里有镜里朱颜瘦，当有的意境竟然是齐全了，就是你想不出的诗意也尽有了。

就这样被武夷山深深地折服，折服我的不是山水，是山水婉约洒脱的灵性，是山水静静流露出的情致，是那不经意地寻觅里得到整个世界的惊叹。

暮夜，和衣躺在床头，凝望着屋舍的椽子，感觉置身世外，山水很静,静得听得见我的思想从尘世里返璞的呼吸,而窗外就是一片丹霞般的连绵山峰遥遥相望,正对的是三位并肩而立的仙姑,婀娜楚楚,早已经站成了永恒的风景。

若有雨的夜最好安眠,我想快快合眼,祈盼有仙姑给我讲更多的传说,入睡,美梦,成真。

睡梦中,人闲桂花落,落了一地的雨,注满了一溪的水,润湿了一山的松,氤氲弥漫的气息统统散发自碧水丹山的墨迹里了。

错过了沧海,除却了巫山,总会怀有遗憾。可是如果人生真的要有一次寻访山水的经历,错过了昨昔就别再轻易错过今朝。今朝,山峰风华正敛,水流纤尘不染,抚岩石被岁月翻阅过一页页的沧桑旧痕,叹云雾造化了青莲醉芙般的山水神秀。

行走武夷山,回归于一幅年代久远的山溪行吟图。

海南:博鳌与潜水

有位诗人曾经写过这样一句诗:"山河无处不秀色,只须人思多情咏!"这是一种由心而生的境界。

海南的印象,在很多人心中就是蓝天大海的代名词,或者也只有那夕阳西下,椰影婆娑的剪影与之匹配。当太阳将最后一刻的美丽洒向人间的时候,在海南的某一角,金色布满整个画面,金色的海面,金色的沙滩,就连那不小心掠过画面的海鸥也被镀上一层金色。感觉上,海南只是一种背影,你知道当它转身会有怎样的风情呢?

举目望去,海南到处都是美的,或是海景的壮美,或是椰林的豪放,或是一花一草一树一木的秀丽,或是小街小巷的朴实。碧海浩渺,青山叠翠。大海与沙滩是它的特产,纯情的海,亚龙湾洁白细腻的沙,任何地方都复制不了。站在海边,海风逐着海浪向你扑过来,清新的味道与清凉的感觉,让人即使在烈日下也绝没有退缩之意;抓一把细沙然后放它缓缓流过手心，那样的触感犹如自己拉住一只有着细腻并温柔皮肤的手。看着它，心中充盈着一种为美丽而无法言喻的感动。

海南予我印象深刻的地方有两处，其中之一是博鳌。

关于博鳌有着奇异的传说：昔日南海龙王敖钦的女儿诞下一子，名唤鳌。此子诞生时，龙翔凤舞，百鸟齐鸣，海天一色金光。鳌长相奇异：龙头、龟背、麒麟尾。观音点化其为鳌龙。鳌留下的原身化作了东屿岛，卸下的莲花宝座即现在的莲花墩。观音乘鳌而去，留下身后这片美丽而神奇的宝地，世人称作博鳌。唐代怀仁和尚云："伏鳌者圣，得鳌者贤。"

博鳌是海南琼海市的海边小镇，也是万泉、九曲、龙滚三江汇合之处，是著名的万泉河入海口所在地。博鳌的独特在于江、河、湖、海、温泉、沙滩、岛屿和丘陵等自然景观在这里完整体现，并且集椰林、沙滩、奇石、温泉、田园等资源精华于一身。东部的一条狭长的沙洲"玉带滩"把河水和海水分开，一边是烟波浩渺的南海，一边是平静如镜的万泉河。

据说博鳌的水资源起源于丛林密布的五指山，那里的清溪汇入万泉河，河水绕过丛林巨石，贯穿琼海市，最终在东岸流入南海。在入海前，万泉河先后与龙滚河及九曲江汇合。万泉河出海口景色迷人，葱葱郁郁的茂林、引人入胜的小岛及水清沙细的沙滩互相辉映。

刚到博鳌会址的入口时，这里已经有众多的游人了，我心里很好奇，这里是因博鳌亚洲论坛而著名，为什么会有那么多的人来此？一路走来，谜团自解。

我从未见过有一个地方能像这里这样美丽，它置身于山麓、岛屿之中，独占了山水精华。不仅因为著名的博鳌亚洲论坛选在了这里而让人向往，更是那纯粹的绿色生态、干净得让人难以置信的环境，还有一眼望不到边际的高尔夫球场，与大海、椰林、沙滩、古朴的民居相映成趣。

海南予我印象深刻的第二个地方，就是海底。

"在海的远处，水是那么蓝，像最美丽的矢车菊花瓣，同时又是那么清，像最明亮的玻璃。然而它是很深很深，深得任何铁锚都达不到底。"

对海底世界的期待可以追溯到童年，小时候看安徒生的童话《海的女儿》，那些关于海底世界的描述无限地丰富了我的想象。随着年龄的增长，许许多多彩色的梦想渐渐沉淀，直至沉入心底。

当我穿上潜水服，坐上游艇开始潜水之旅时，那个梦又在我的心底苏醒，梦中的小人鱼摇摆着灵动的鱼尾在海底舞蹈。

潜水基地是搭建在大海中央的浮码头，随着海浪不停地晃动。周围的海面上，只见黑压压一片：数十名潜水教练浮在水面，一个个晒成了包公脸，看上去颇为壮观。

背上沉重的潜水设备，我跳入水中。沉重的负累一到水里便被神奇地化解——海洋用她宽阔的胸怀包容了一切。

蓝色清凉的海水亲密地拥挤在我的身旁，远处群山叠翠。人与自然和谐地融为一体，我在大海中随波逐流，像一根飘摇的水草。

教练替我戴上了面罩和氧气管，讲解了水下呼吸的要领后，便带着我向海水深处下潜。海水缓缓漫过头顶，凉意弥漫了全身，离水面越来越远，除了自己沉重的呼吸声，我听不到任何声音，心中竟掠过一丝慌乱。

透过面罩，我看到一个个小水母，圆圆的裙边一张一合，在水中自由地舞蹈。心中的慌乱顿时烟消云散。我伸出手，让这些通体透明的小精灵，在我的手掌上做短暂的停留。

水底世界渐渐在我眼中清晰：形态各异的珊瑚礁旁，潜伏着浑身长满刺的海胆，一群身着黄白相间彩衣的小鱼儿，在礁石间灵活地嬉戏玩耍。

海底世界是如此生机勃勃，看过《海底总动员》，我相信鱼的世界其实是充满情趣的。

当我从海底浮出水面，阳光斜斜地射下来，水面波光粼粼，似有无数条小银鱼在水间跳跃。一片蔚蓝色、生机勃勃、看不到边的大海，这大概就是海南留给我最鲜明的印象了。

丽江：时光遗落的琥珀

从大理到丽江，海拔一路高了上去，大丽公路仿佛一条灰白的云梯，正把我们渡向碧空里白云的裙边。两侧山势渐陡，枝干挺拔的桉树在坡上次第地散落开来，椭圆形淡绿色的叶子在窗外醒目地掠过。高原气息扑面而来，天蓝得狂野澄明，黄土地充满雄性的厚重古朴，灰褐的山峦裸露着坚硬的岩石，白云在山体上投下大朵大朵焦黑的阴影。阳光很烈，纳西人的民居在高原的阳光下泛出古意，门前廊下悬挂着成串的玉米和辣椒，炽烈怀旧的颜色像把陈年往事静静追抚。在邈远神秘的高原情怀里，丽江像一枚被时光遗落在尘世的琥珀，在我的臆想中充满了诱惑。

香格里拉大道，把我们引入琥珀的心脏。

眼前是无法描绘的纯净高远。这座迫近白云蓝天的高原古城，一定是远离尘俗通往天堂的驿站；它的前世，一定是千百年前从时光沉睡的脸庞悄然滑落的湛蓝泪珠，最原始的古朴洁净、最纯粹的美丽圣洁都被遗忘在人间。玉龙雪山在前方苍苍横卧，银白素裹的山体在阳光下熠熠生辉，山尖在白云的拥吻下，缥缈深邃若隐若现。在雪山的庇护下，丽江古城又像休憩在臂弯的千年新娘，一朝梦醒，浪漫已成隔世的经典。

丽江纳西族自治县是一个以纳西族为主体的多民族聚居地。古老的纳西族以自己独有的文化让丽江散发了神秘悠远的芳香。丽江古城又叫大研镇，1997年，古城因充满生命力的玉河水系、风格统一的建筑群体、亲和宜人的空间环境以及独具风格的民族艺术被列入世界文化遗产名录。古城入口，水车悠闲转动。水是缠绕古城的脉系，从玉龙雪山汩汩而下的雪水一分为三、三分为九，条条水路在古城区纵横交错。关上西河闸门，倒逆的雪水涌上街区，丽江人就用这种方式冲洗街道。五花石街面清亮整洁，垂杨婆娑，花影斑驳，游鱼点点，脚步和杂音熨帖着古城的幽然闲散，却把闲散衬得更加幽然几分。

四方街保留了茶马古道商贸驿站的最初形态，一排排红墙木楼的客栈从四条主街鳞次而去，穿街过巷辐射成若干条繁华又古朴的街市。大研镇是中国历史文化名城中唯一没有城墙的古城，据说丽江世袭统治者姓木，因忌讳筑城后围木成"困"，便创意了这种开放的古城格局。站在四方街，商铺繁忙游人摩肩，仿佛时空轮回，恍惚又闻马蹄踏踏铃声叮当，依稀又见两队马帮在此会聚，驮走了茶叶和盐巴，运来了山货和皮革，他们穿梭往来走马贸易的历史开辟了茶马古道的神秘商旅，也造就了丽江当年盛大的商业繁荣。

在古城观赏纳西老宅。老宅雕梁画栋翘角飞檐，两层的土木结构已坚固了三百多年。三坊一照壁，四合五天井，走马转角楼是纳西民居的特色。镶花嵌柱的木椽、木门、木栏杆泛出古旧温暖的色调，从楼上的廊子间垂下两串红椒几径青藤，阳光从天井漏进，老宅便幽幽地着上了光泽，像古陶上擦洗不去的釉彩。

在木王府，纳西族的姑娘沏上雪山毫针，开口说话，爽朗幽默中张扬着原始的粗犷。端起一杯茶，双手抱握呼噜噜吸入，那分寸那姿态不是女人品茶，分明是男人抓起海碗在喝酒。女人当家男人赋闲是丽江最具民族特色的生活习俗，宰猪杀羊锄地拉车织麻卖布，纳西女人样样精通；纳西男人琴棋书画烟酒茶，陶冶性情唇舌论道，对艺术的领略情趣盎然造诣日深。

关于纳西男女的地位分工，有一段饶有风趣的传闻：到四方街赶早市，女人背着竹篓风风火火来去匆匆，竹篓里烟雾缭绕，纳西人明白，竹篓里坐着抽烟的男人，那是纳西女人背在篓里捎带赶集的自家汉子。母系社会的遗脉，或多或少濡染着纳西人的习惯和传统。来时在临近丽江的路边，一个撑伞的纳西男子背上系一个棉布兜，棉布兜里是熟睡的婴儿，他向不远处的农田凝望，农田里是戴头帕穿彩服正在秋收的纳西女人。纳西女人的服饰宽腰大袖羊皮披肩，黑白蓝三色图案组成弯月星辰，纳西女人给自己的服饰取了个美丽智慧的名字：披星戴月。披星耕耘戴月织布，披星戴月守望超然世外的安宁。

丽江，在女人的辛劳里古朴凝重，在男人的品味里飘逸出尘。时光睡着了，丽江便遗落在人间，轻轻唱起世外远古的歌谣。

雍和宫：各有菩提心

第一次去雍和宫，是陪友人祈福许心愿，此前我对雍和宫充满了好奇。

雍和宫本是雍正皇帝登基前的王府，后来成了北京最著名的喇嘛教黄教寺院，香火旺盛，在市内非别处可比。我对它最初的印象，来自武侠小说。侠客飞天遁地的争斗中，雍和宫成为其中的一个场景。

一缕阳光刚刚划破灰色的天空，正是小雪初晴后，抬眼凝望，感觉只是陈旧的院落、几排老房子。我马上纠正自己的错觉：就在一百多年前，这里还是仅次于故宫的地方；红墙黄琉璃，那原本是紫禁城的规格。平民百姓不过住在低矮的小院里，遥遥地窥望着这个曾走出两代帝王的福地。现在的人只能从飞檐、画梁、红墙的余艳中，找回对几世往昔的崇敬了。

建在皇城里的寺庙，自然不会太庄严太超脱。而我欣赏的，就是它那股子金瓦琉璃跋扈恣睢的傲气，大大方方地告诉你，这不是求施舍渡苦行的避难所，是让你参拜、让你朝圣、让你躬身跪伏虔诚祷告的宫殿。它甚至没有设置善缘箱，真是一掷千金的乌衣子弟，不像是两袖清风的穷酸和尚。

走进大门，院子两侧有钟鼓楼，面前是天王殿。大肚弥勒在正中舒舒服服地坐着，笑容温和可亲。转过影壁，发现那里还有护法韦驮。向后经过院子就到了主殿，里面供奉着燃灯佛、如来佛、弥勒佛，分别代表着过去、现在和未来的时光流转，以示无时不有佛。

雍和宫的香火极盛，多是外地游客。馥郁的香火四面缭绕，喧哗的人流如闹市商埠。有虔诚的香客跪在蒲团上喃喃祷告，仔细一看却不对，他们双手合十，大念"阿弥陀佛"。要知道喇嘛朝拜的姿势是"五体投地"

的，这些香客心中念的可不是活佛，而是如来或观音。国人就有这点幽默，大概他们认为神仙总是一样的，不必拘泥于太多形式。

万福阁里供奉的迈达拉佛，全用白檀香木雕成，已经记入吉尼斯世界纪录，高十八米，算上埋在地下的部分总高二十六米。它衣饰华丽，宝相庄严，又居高临下，气势如虹，右手下压，左手捏一法诀，双目圆睁，凛然不可侵犯。

历来"大"的东西都是最难的：大的字、大幅的画、巨大的雕塑……最难控制比例。自然长出这棵硕大的树木已经很神奇，偏有能工又赋予它灵性。我一时间说不清敬仰的是什么：是宗教，是工艺，还是那份混混沌沌的安详？

友人买了两件护身符，要去开光。在开光室，刚巧一拨仪式刚完，几个新进来的人在旁边等，念经的喇嘛说要到人多了一起进行，然后几步就出了门，倒是给了我们犹豫的时间。仪式如此简约，同我想象中的相差甚远。出门的时候我看着友人手中已经开光的小物件，心里总觉得好像缺了点什么。

记得一位四处巡讲的佛教禅师说：佛和众人其实是师徒的关系，只是后来被人们发挥和神化了。而老师和学生的关系，本来就可以有很多种的。宗教的核心，本来是什么呢？它给人显示一种精神的判断，认同，便是同道；否认，可以选择旁观。就像是对待不同类别的学者，不一定信仰，却一定要给予充分的尊重。

佛的本意是不是真的都在鼎承？就如演化下来的各种烦琐仪式、大把投入香炉的藏香，还有那模仿大人跪在垫子上嬉闹的孩子……是不是明了所为的是什么？

耳中听闻鼓声中近乎呢喃的读经，一时间竟不能清晰地勾画出心中所得，雍和宫的影像在脑海中浮起，左思右想，不觉又添一丝烦恼，或者，各有其菩提之心吧。

阳关独唱

一

深秋时节到达敦煌,最想去看的是阳关。

阳关在哪里?它还是那么荒凉、那么令人感伤吗?人们爱说一叶知秋,在我的想象中,秋之凉意,却抵不过独立阳关上的寒冷,因为你所面对的是一望无际的残漠荒坡、古冢坟茔,以及生命的寂寥!

阳关故址在敦煌城西七十五公里处,地势十分平坦,汽车任意驰骋,毫无阻碍,难怪人们常把"阳关道"比喻为光明大道。走在去阳关的路上,"阳关三叠"悲戚的旋律一直在我耳边萦绕。阳关,我多想如同岑参一样仗剑骑马,披一肩猎猎风沙,马蹄敲一路古典的浪漫,去叩响你森严的铁门,捕捉一缕古西域的诗情啊……

沿途四周景色瞬息万变,极目天涯,云山浩渺,天高云净,大漠苍茫,平沙千里。荒无人烟的戈壁滩与蓝天冷峻地对峙着,偶尔有红柳、芨芨草、骆驼刺等沙生植物零星地点缀在远处,把广袤的戈壁滩映衬得更为荒凉，仿佛驾一叶扁舟，行进在平静的海洋里。车轮飞转，发出沙沙的声响，远方地平线，隐隐约约出现了锯齿形的一线屏障。那屏障原是一条林带。汽车驶进林带，就好像突然从沙漠里闯进了绿色的海洋。这水渠交错、万木争春的景象，仿佛是江南可爱的水乡。

难道阳关只停留在古人的诗韵里吗？"渭城朝雨浥轻尘，客舍青青柳色新。劝君更尽一杯酒，西出阳关无故人。"古往今来，吟咏阳关的诗篇很多。王维还有"不识阳关路，新从定远侯"。张祜有"不堪昨夜先垂泪，西出阳关第一声"。杜甫也有诗云："弱水应天地，阳关已近天。"白居易也曾放歌："相逢且莫推辞醉，听唱阳关第四声。"

阳关三面沙丘，沙梁环抱，与玉门关遥相呼应，自汉魏以来就是通往西域诸国最西边防上的重要关隘，是古丝绸之路南道的必经关口，也是西出敦煌、通西域南道的门户，在军事上有极为重要的地位。因其在玉门关以南，故名阳关。阳关与玉门关成掎角之势，扼踞要地，虎视眈眈，或迎来送往一批又一批使者、商贾、旅人、僧侣，或高举烽燧，抵御入侵之敌。玄奘从印度取经归国，就是从天山南麓西入阳关回到长安的。一直到宋朝以后，由于海上丝绸之路的兴起，两关才见衰败。想想出了阳关之后就是漫漫的戈壁滩和沙漠，在古时的交通条件下，再次相见确实是不容易的。

我想象得出：春意朦胧的时节，客舍杨柳青青，烟笼灞水。在这怨风愁雨的凄凉景色里，设酒送友远行，渭水一别，天各一方，难聚易别，依依不舍，斟上满满一杯酒，也斟满朋友的一片深情厚谊。泪水伴着酒液，咽进肚里，酸甜苦辣涌满心头。因为"西出阳关"，再也难遇到"故人"了，怎能不咏歌嗟叹啊！

阳关情结，成了古人离愁别恨的象征，成了悲凉凄怆的意象。

二

汽车穿过禾田，钻出林带，我目不转睛看着路旁，眼前的沙丘更加雄伟了，沙垄相牵，沙山相逐。一切都是苍茫的，苍茫的天，苍茫的地，苍茫的意象，使人浑身长满苍茫的意识。

沙梁险峻陡峭如削，蜿蜒如游龙，莽莽苍苍，气宇磅礴。慷慨的阳光在眼前铺开十月的梦幻，起伏跌宕的沙丘谱就一曲无声的奏鸣。

翻过沙梁，前面沙谷里忽然出现断续的遗址：夯土砌成的墙基排列有序而清晰，可以看到，附近有一段高不过二尺的零星城堡墙基。向导说："这就是阳关故址！"

千载之下，阳关关城早已荡然无存，仅存一座被称为阳关耳目的汉代烽燧遗址，耸立在墩墩山上，让后人凭吊。

这就是阳关吗？这是王维的阳关吗？这就是唐诗宋词中的阳关吗？那雄伟的垣呢？那飞檐翘瓴的关楼呢？那荷戟而立的士卒呢？那雉堞上的残阳落晖呢？那垛峰的清霜冷月呢？那杀气雄边的悲壮和惨烈呢？

许多学者认为，阳关关城是被洪水冲毁的。此刻，残垣无语，断壁不言，漠天漠地间，一代名关只剩下一个空洞洞的历史概念了！

站在墩墩山下，面前就是丝绸古道，举目四顾，天苍苍，野茫茫，且不说没有故人，连飞鸟走兽也难觅踪影，西去的人怎能不感到一阵阵揪心的凄凉？这是独行者的天地，孤独的心伴着孤独的身影，在落日余晖里艰难跋涉，这是他们命运的注释，是他们生命意志的炼狱，是他们精神和灵魂的流放之所。人类精神的一部分就是西出阳关的人抒写的。这些敢于走出阳关，走进西部的人，实际是以生命做抵押的。且不说征旅戍卒，而那些文化使者、商贾僧侣，又有几人生还故里，名载青史？他们的肉体陷于沙漠恶风，而精神却飞扬于风沙之外，铸成他们生命的不朽。

阳关的南北方向，各有烽燧数座，每座间隔五里，它们排列在一条线上，给阳关插上双翼，一直延伸到离阳关约七十里的玉门关。这些烽燧中间有长城相连，与玉门关东西走向的长城、烽燧、亭障，形成丁字形，构成了坚固的军事防御工事，保卫着敦煌。

那一座座烽燧被风剥沙蚀，残高不过四五米，有的化为一丘坟冢似的土堆。两千多年前，这一座座烽燧烟墩，曾经生动而威武地上演过一场场揭天盖地的战争：如雨的马蹄，如雷的呐喊，如注的热血。兵甲森森，战马萧萧，旌旗遮日。戍边将士的铁甲在阳光下闪闪烁烁，呐喊声里，马革裹尸的悲壮，从这里升腾。

登上墩墩山，阳关周围的景物尽览眼底：东边是南湖乡的农田、树林，绿意葱葱，而西面便是满目黄沙，再过去就是祁连山脉尾部的大戈壁滩，在这满目荒沙中，有这巴掌大的一块绿洲。这的确令人惊异，是造物主有意的点缀，还是宇宙之神无意间落在人间的翡翠？这黄与绿构成极大的反差，而且那绿色战战兢兢、瑟瑟缩缩，似乎一不小心就被这无边无际的黄沙连骨头带肉吞噬殆尽了。

这片碧波荡漾的湖泊，今日称为黄水坝水库。有人说，这就是古籍记载的"渥洼池"。不管其名为何，正是这碧波创造了阳关千古传奇和写不完的诗篇。"守关就是守水。"在无边的沙海中，阳关绿洲像一片树叶，而渥洼池则像树叶上的一滴露珠，对于大漠上长途跋涉的人来说，看到阳关就看到了一线生机。

想想吧，从西域经过塔克拉玛干大沙漠东行的人们，经过长途跋涉来到这里，若得不到水源的补充，休想再进入敦煌绿洲，而由东西去的人如果在这里得不到水源，更加无法穿过塔克拉玛干大沙漠！水是生命之源。没有这片水，"阳关"这个名字也不会出现在中国历史中，而《阳关三叠》更不会唱到今天。

站在这里，想象这里曾雄关巍峨、商队络绎，"使者相望于道"；想象这里曾绿树成荫、碧水环流，神马驰骋于野。阳光酷烈，沙海如蒸，旷漠阔天之下，只有这片历史的残骸，被风化着，湮灭着。我能听见时间的脚步践踏发出的吱吱声；我能听见历史在脚下呻吟的哭泣声。

三

史籍所载，阳关虽然到了唐代还在使用，但已受风沙侵蚀，成为荒漠边关的代称。来自西南塔克拉玛干大沙漠的风沙，不断侵袭，逼着人们向东撤退，给后人留下了"阳关隐去"之说。宋辽之后，人们离开阳关。元代以后，阳关已不复存在，只剩下残垣断壁、黄沙覆埋了的一片瓦砾。

阳关，原本不过是一道关卡、一道屏障。哲学家站在这儿，找到了答案，于是宣称，即使人生从同一起点出发，却有不同的道路。"你走你的阳关道，我过我的独木桥"，抽象的对立概念，如此生动地写在阳关之下。

诗人站在这儿，与朋友依依不舍，然而天地间没有不散的宴席，只是"西出阳关无故人"，伤感充满着城外的小河。我希望那时那刻，夕阳中的驿道，最好是彩霞满天。然而，在阳关道上留下足印的哲学家与诗人最初并不是哲学家与诗人，他们原本就是跋涉着的民夫。对更多的人来说，这阳关古道无异于是一道生死关，归乡的路成了夜晚奢侈的梦，像阳关上的那弯月，清冷而高远。他们之中更多的是没有太多的选择，是被强押而来，在这条原本传播文明的古道，冲冲杀杀……于是，这些走过生死之劫的将军和士兵，也成了哲学家与诗人，他们留下的点滴感慨，震撼着无数人的心灵。那漫天飞舞的黄沙，纷纷扬起的，其实正是一个个鲜活的生命。站在阳关，我们面对的是一个空旷而沉寂的世界，如果有谁肯驻足凝听，就会发觉历史在熔岩下奔突、沉默，仅是我们这些后来者屏住的呼吸。阳关，不再是一道关卡、一道屏障，而是烙在我们心上永远的痛。

倘若阳关不被风沙湮没，孤城一座，登上楼头，驰目西望，黄沙连天，鸟无影，兽无踪，天地间是一片可怕的空旷，这西部竟是死亡的象征，能不泪洒灞桥，依依相别吗？此去经年，何日相见？怕是老朋友的尸骨也难寻觅！诗人言之"无故人"，实在有点潇洒轻松了。

山下南面有一片望不到头的大沙滩，当地人称之为古董滩。这里流沙茫茫，一道道错落起伏的沙丘从东到西，自然排列成二十余座大沙梁。沙梁之间，为砾石平地。汉唐陶片，铁砖瓦块，俯拾皆是。如果看到颜色乌黑、质地细腻、坚硬如石的砖块，千万莫要小瞧它。昔日有名的阳关砚，就是用这种铁砖磨制的。因为它曾是阳关城墙上的砖块，便称之为阳关砖。用它做的砚台，便叫阳关砚。用阳关砚磨墨写字十分方便，其特点是冬不结冰，夏不缩水。

没有了残垣断壁，没有了驼铃声声，今天的阳关一带，已是柳绿花红、林茂粮丰，成为敦煌市最大的葡萄基地。新修的长长亭廊外，只剩下围栏中的戈壁滩，在风沙中诉说着丝绸古道上曾经的悲欢故事，只剩下铁黑色的出土城砖，昭示了曾经的似铁雄关。

在黄沙莽莽的尽头，残阳用它最后的热力抹红了蔚蓝的天际。阳关烽燧固执地挺立在天际线上，用苍凉和粗犷的轮廓，述说着曾经的繁荣与衰败。这里正像余秋雨所说：阳关坍弛了，坍弛在一个民族的精神疆域中。它终成废墟，终成荒原。身后，沙坟如潮，身前，寒峰如浪。谁也不能想象，这儿，一千多年之前，曾经验证过人生的壮美，艺术情怀的宏广。

"何必'劝君更饮一杯酒'，这样的苦酒何须进，且把它还给古诗人！什么'西出阳关无故人'这样的诗句不必吟，且请把它埋进荒沙百尺深！"这是郭小川的诗句吧。

我会想念阳关，永久地想念。

沙中清泉

在西域行走，我仿佛能够听到从远古时空中传来的絮语。

这片空旷而荒凉的土地，太寂寥，太厚实，太沉重。它埋葬了多少金戈铁马的故事，埋葬了多少闺阁中的梦里人，又埋葬了多少商队的驼铃？埋葬了古今多少疑问？当我在去月牙泉的路上，看见红柳丛里飘出的一缕孤烟时，我真的嗅到了一种大地的远古气息。那是从远古飘来的炊烟。可能是汉军的一次野外炊事，也可能是匈奴骑兵烤羊肉留下的一堆灰烬重新点燃，它引诱我奔向敦煌的鸣沙山和月牙泉。

坐在车上，我满脑子里都是月牙泉。那水色蔚蓝的一湾泉，仿佛像一面月牙形的镜子。那个镜子要照什么？我不知道。它或许是照历史的，或许是照现实的，或许什么也不照。只是让你来感动的。我不管它是照什么的，我只觉得它很美很美。田震有一首关于月牙泉的歌唱得好：

就在天的那边，很远很远，
有美丽的月牙泉。

它是天的镜子，沙漠的眼，
星星沐浴的乐园。
从那年我月牙泉边走过，
从此以后魂儿绕梦牵。
也许你们不懂得这种爱恋，
除非也去那里看看。
看那，看那，月牙泉，
想那，念那，月牙泉。
每当太阳落向，西边的山，
天边映出月牙泉。
每当驼铃声声，掠过耳边，
仿佛又回月牙泉。
我的心里藏着忧郁无限，
月牙泉是否依然。
如今每个地方都在改变，
她是否也换了容颜。

这首歌唱到了我的心上，它让我和月牙泉之间有了一种难舍难割的缠绵情结。每次听这首歌，我都有一种想哭的感觉。我不知道自己为什么会莫名其妙地感动，不知道自己为谁而伤心。是为月牙泉吗？不知道。

车在河西古道上穿行，这是个下午，灰蓝色的天空里，衬着秋日的林木，金黄一片。黄泥筑就的村庄和云朵一样的杂树林一闪而过。偶尔，不太宽的马路上，会迎面碰见一辆赶着毛驴车的河西汉子，很木讷，憨憨的，我想听一曲甘肃花儿，但始终没人唱。汉长城的残垣断壁隐约可见，有一条河，可能是季节河吧，从祁连山的方向流了过来，在戈壁流成了一道美丽的风景。

在车上，我仿佛看见在一个夕阳西下、红霞满天的傍晚，唐朝的王维率领几名佩剑执刀的僚属驱车来到了这条河西古道，一行归雁啼鸣着掠过长空，浩荡无边的大漠深处，一缕孤烟笔直地悬在关隘的空际，蜿蜒曲折的黄河，辉映着逐渐西沉的一轮红日，横贯沙漠，滚滚东去。这雄浑壮美的塞外景象引起了王维的惊叹，他立刻以诗人和画家的慧眼捕捉住了以简练线条组合构成的山川之美，写下了气势恢宏、千古壮观的诗篇：

单车欲问边，属国过居延。
征蓬出汉塞，归雁入胡天。
大漠孤烟直，长河落日圆。
萧关逢候骑，都护在燕然。

咀嚼着古人今人的诗歌，我走入了鸣沙山。

跨进"月牙泉"的山门，我突然想起了清人黄万春所撰关于月牙泉的楹联：一湾水曲似月宫，仙境涤尘心，顿起烟霞泉石念；五色沙堆成山岳，晴天传奇响，恍闻丝竹管弦声。

鸣沙山和月牙泉是河西大地上奇妙地孪生在一起的天然奇观。我没有选择骑着骆驼上山，我更愿意在沙山上攀爬，远远去眺望骑骆驼的人们。早听这里的人们说过，鸣沙山又叫神沙山，由五色沙积累而成。我穿着橘色的防沙鞋套，在沙山上行走，每一步都很困难，拔起脚时，我听见沙砾颓落，轰鸣作响，犹如金鼓齐鸣，又似雷声滚动。

站在沙梁上，我远远地看见在沙山的怀抱中，卧着一弯轻浅的泉，它水色蔚蓝，渊渟澄澈，映月无尘，形如偃月。就像一位酣睡的纯情少女，清澈见底的月牙泉躺在沙山的床上睡着了。

是啊，这里太粗糙、太阳刚了，山是没有树木的山，岩石也坚硬如铁。风是酷烈的风，总是卷沙走石，没有一丝一缕的柔情与温润，连这里的太阳也是白炽和干燥的。因此，这是需要一些阴柔的人文气息的。于是，月牙泉来了，像飞天一样袅袅娜娜，握一把柔情，踩一朵祥云，轻轻地从天上飞下，然后就安安静静地卧在这里，任夜风嘶吼，飞沙拍窗，只把少女般的柔情和清纯留给深爱着的大地。

我蹑手蹑脚地走进月牙泉，看见泉边水草丛生，芦苇摇曳，垂柳婆娑，水光树影，相映成趣。清嘉庆十八年（1813），敦煌知县朱凤翔以《鸣沙山》为题写道：

隆隆白昼轻雷鸣，阿香呼起驱车行。
又闻殷殷奋地出，渔阳掺急声难平。
惊风吹沙沙作雨，古潭老鱼立波舞。
掀簸山谷轰喧阗，游人忽欲凌飞仙。
须臾沙澜转静寂，山容对我仍怡然。
……

月牙泉，冥冥之中，仿佛有神灵在保佑这片沙漠里的圣水，四面流沙绵历古今，却从没湮没这一湾清泉。戈壁沙漠里长年无雨，阳光的年蒸发量超过降雨量几十倍，然而月牙泉终年不涸，这难道不是地理上的一大奇观？难怪有"地脉接昆仑，源通星宿海"的神话传说存世。

神奇的泉水里，自有许多神奇的传说。有人说，汉武帝时，大将军李广利西征大宛国，取得天马而回。大军行至鸣沙山下，天气燥热，兵马酷渴，李将军以刀刺山，有泉涌出，形成月牙泉。又有人说，月牙泉是汉时的渥洼池。汉元鼎年间，天马生于池中，南阳新野人暴利长将其献于汉武帝，汉武帝挥笔写下《天马之歌》，至今留有"汉渥洼泉"石碑一座。

这种种神奇的传说，不过寄托人们的希望和幻想，其实这是一种自然的地理现象。在月牙泉的东北角上，天然形成了一个开阔的通道，它的存在，使月牙泉得以地处沙漠之中却不被黄沙掩埋。白天月牙泉周围高耸的沙丘向下塌落，一到晚上，高原上由于温差悬殊而形成的特有风道向里劲吹，绕着三面环抱的沙丘，造成一股强大的风流向上盘旋，把白天塌下来的沙又重新卷上去，如此往复，年复一年，使月牙泉得以千古存在。

都说泉中生产铁背鱼和七星草，我却没有见到。管理员说："铁背鱼晚上才出来，你现在看不到。"我是一个固执的人，就问他："那七星草呢？"他又笑了，说："让人挖完了。那草能治病。"我略微感到有点遗憾，没见到铁背鱼和七星草。

远望阳光下金黄色的沙山，许许多多赞美月牙泉的诗词便回荡在耳畔：

晴空万里蔚蓝天，美绝人寰月牙泉。
金沙四面山环抱，一池清水绿涟漪。
一弯如月弦初上，半壁澄波镜比明。
风卷飞沙终不到，渊含止水正相生。
……

愿这沙中的清泉永远这样清纯、美丽，亘古不易。

天人绝构莫高窟

（一）

  钻天杨、白蜡、苹果树和梨树，还有依风的垂柳，已是深秋，浓浓的金黄色泽，簇拥着九层阁和长长断崖上繁星闪烁般的座座佛窟。源自祁连雪山的大泉河静静流过，河的另一边散布着舍利塔。九层阁的对面，一座巨大的铜佛屹立在三危山顶的莲台。它仪态庄重，神情安详。它谜一样的目光看向远处，鸣沙山正把自己金色的山脊曲线映进西方湛蓝、空旷的天幕。

  从远处第一眼看去，莫高窟恍如仙境。

  比起云冈石窟和龙门石窟来，莫高窟有着一种舒展的美。云冈和龙门的石窟本身和它们的塑像呈现一派辉煌的宫廷景象，宏伟而精致。莫高窟的不少艺术造型则显得漫不经心，自在自如。

  莫高窟是中国一千年的生命，而在我的意识里，这生命创造了许多的辉煌，承载了丰厚的文明。我走过那条已经干涸的小河上的木桥，来到了莫高窟的正门。我发现每一个洞窟都被安了一道黑色的大门，门上挂着铁锁，只有领我们进景区的导游可以打开。现代人用了最简易的方式，抵挡来自大漠的风沙对洞窟中塑像和绘画的侵蚀。

莫高窟的艺术古老而又年轻，它既是一首有形的宗教诗篇，又是一部形象的历史画卷。从斧凿之声响起的第一天起，莫高窟就以兼容并蓄的恢宏气度，吸取和融合了当时欧亚大陆所有人类文明的精华。在这里，每一尊塑像的背后都有一段美丽的传说，每一窟的洞壁和洞顶上都绘有精美绝伦的绘画，每一幅绘画都有一段感人的故事，每一段故事都有深奥的佛教哲理。先民们在这里男耕女织、渔猎桑麻、铸造冶炼，在这里饮宴歌舞、衣食住行、市井百态，乃至征战杀伐、驻节出使、扬帆航海。

我们同历史的距离，从没有像走进洞窟后那样近。这里仿佛有一种久远的魔力，不管你怎样看，看多久，都会有点遗憾。洞窟敞开的，是千年的艺术和学术的岁月，让你倾尽一生、转世轮回也不能透彻明了的专业，一个风尘客，花一天半日来看，莫高窟恐怕会哂笑。进入莫高窟，到看罢时已不知人间何世。艺术一旦加上历史，对人就是一种挑战。

整个莫高窟就像一个极大型的展览馆，几经修葺的莫高窟已具现代感，一窟又一窟，依次编号，号门上锁，很奇特的亲切感。

眼前的一切，似乎都非隋唐北魏的本貌，只余热风烈日，萧萧杨树，还是当年的风姿，我想，在这座时间的密封舱里，除了画家们看到中国美术千年嬗变的渊源和走向外，历史学家、考古学家、民俗学家、社会学家、建筑学家、音乐史专家，几乎所有领域的人们，都能寻到自己的珍宝，找到独特的体悟和惊喜。洞中气象万千的生命姿态，为我们解读历史提供了最确凿的答案和证据。从这个意义上来说，莫高窟百科全书般的文化价值和历史意义是无法估计的。

二

　　我没有太仔细地听导游的解说，对这些洞窟的研究资料我读过不少，要想知道每一窟的内容和来龙去脉并不困难，来一趟不易，我不想把注意力集中在导游诵读式的声音上，我更愿意一个人走到边上或拖在后面，多看几眼那些塑像和壁画，多琢磨琢磨那些佛的目光和飞天的意味。

　　我是无神论者，但是面对这些洞窟，实在不能不浮起一种虔诚之感。徘徊于彩绘斑斓、雕塑明丽的洞窟，恍若进入神话的阎浮世界。我始终记得第四十五窟的菩萨像。这个洞窟开凿于盛唐，彩塑的菩萨体态婀娜、丰盈健美，肌肤莹润细腻，面相年轻。即使在昏暗的光线里，即使在一千二百多年过后，我依旧能感觉到它肌肤的弹性。它恬静慈祥的神情、开放的胸襟和腰胯轻薄的罗裙，都传达着盛唐时代的气质。

　　早期石窟中飞天的男性特征明显，这和我平常的印象不同。诗人林染在《东方的美神》一诗中曾写到过它：

有时弹奏着琵琶
纤指拨出波浪和静谧的潭水
和弦的雷声轰击愚昧的邪恶

　　在我的脑海中，飞天皆是奔向佛国的美女，她们不生双翼，却身随祥云。她们有窈窕的身姿，有飘扬的大巾和拖得很长的罗裙，有高耸的发髻和樱桃小口。她们就应该是青春少女，身穿蝉翼的纱。她们就应该是端庄的菩萨，面带宽容的笑，以唐朝的飘带缠绕着她，手姿优美，眼睛望着更远的地方。西部高原上的风吹过来，飘带如絮，她们迎风奏乐，挥洒一种女性自在的神情。

　　我环顾窟壁和穹顶，千千万万的飞天，你愈看愈活，一个个千姿百态，凌空飞翔。一刹那间，自己也仿佛两腋生风，随飞天而飘舞。

哦，还有反弹琵琶，在一一一、一五六及一七二窟都能见到，或许在其他《观无量寿经变》的大场面里，都有这场舞乐。第一五六窟的琵琶反弹，画了背面，左手持琴柄，右手施拨而弹。有学者认为，反弹琵琶只是一个姿势，不能拨出音色。然而看到这个背面持琴而弹的写真，原来横着琴身以拨弹奏成为可能。

第六十一窟，虽建于五代残局，但规模宏伟，主尊该是文殊菩萨，惜原像已毁，仅剩墙上青狮的尾巴，令人怀思无限。

主尊佛像虽毁，壁画可观。窟主是曹元忠及其夫人翟氏。曹元忠为第四任归义军节度使。曹元忠之父曹议金娶了回鹘公主，其子延禄又娶了于阗国公主李氏，而曹元忠之姐亦嫁作于阗国的皇后。于是，北壁门洞两侧有女供养像四十九身，在此列作五代显赫辉煌的仪仗，浩浩荡荡，带着一家的名位身份，礼敬菩萨。

两位公主脸上贴花为饰，这是西域的娇媚、残唐的花黄。发饰花冠，露珠与珍珠映作群星成簇，有序装饰在头顶，那袖真长，随便挥一下，就是唐之遗风。皇后、公主，当然国色，媚人眼目，就连最后那一位无名的配角，也会一笑而倾国倾城。

我在第一五八窟里待得最久。这里是最著名的涅槃窟。侧卧的释迦牟尼睁着双眼，既不是在沉睡，也不是若有所思。袈裟上的褶皱仿佛刚刚静止。其实这不是释迦牟尼，这是释迦牟尼教化众生、化缘已尽的一种状态，这也是人类所梦想的超越生死的境界。

我试图去发现那已经消失了的一抹时光，像夏夜的星河，在靛蓝里生生息息。已知生命只有生死两态，但我面前的这个侧卧之人创造出了非生非死的第三态，涅槃或者永恒。也许这不是理想，而已经是一种存在，就像我们感官所能捕捉到的，它是在我们认可的时空里开辟出的第四维度的生命存在方式。

石窟里光线还好，整个石窟呈一口棺材的样子，佛和众生都是金色。

离开的时候，我看了佛的脚，脚趾脚板所沾的恒河流域的泥土，已经被塔克拉玛干的沙漠洗净。

三

从洞窟中出来，我停下来站在石崖二层、三层的走廊上眺望。我爱这些走廊，它给了我一点浪漫。随便看，随便走，向南视线可以抵达石窟的尽头乃至山脊、蓝天，向东一路可以看见树枝投在石窟门上的影子和山崖上方被阳光照耀得如同海盐一样雪白的沙漠。走走停停，莫高窟景区不许拍照，有的人也偶有偷拍，我的思绪不时沉迷在石窟岩壁的树荫里，不时又停留在门额粗糙的沙砾上，是什么年代什么力量造就这砂岩？是什么年代什么东西让经过这片绿洲的人停下了脚步？

我很想去体味第一个在这大泉河畔驻足者的心情，不管他是翻南山过去，还是穿沙漠和戈壁而来。在传说中，这个人是苦行僧乐尊和尚。他或许不是一个人，或许是一个驼队。他不一定是这个驼队的头领，但却一定是这个驼队的精神领袖。他是创造莫高窟的第一人，就像斯坦因是研究莫高窟的第一人一样。却不知是像我一样在深秋的一个早上，还是像斯坦因一样在初春的一个午后。传说乐尊和尚路过三危山，看见"状有千佛"的"宝光"，脚步便停在了这片绿洲。也许是感官的，也许是心灵的。不是要在这鸣沙山崖留下不朽的佛像，而是要用佛像临摹"宝光"。细想下去，这真是一个近乎孩提之梦的冲动。

乐尊不是一个抽象的形象，他是一个像我们一样的血肉之躯，他本来在某个家族的遗传链里，但因为做了和尚，这链条便断了。这个伟大的早晨或者午后，一定也躺在历史长河的某个节点，有一点褶皱，有一点磨损，但墨迹依稀可辨，比如前秦建元二年（366）九月二十三日。

这样的冥想是快乐的，能把你带往一个充满质量的莫高窟。

从九重天前面的出口出来，看见已经响午的天空更蓝了，落在地上的阴影愈加清晰，衬得树叶更显金黄。对面的三危山变得很矮，仅如土夯的长城。

突然想起1907年斯坦因看见的莫高窟的景象。颓废、颓废、颓废。从斯坦因拍摄的照片上看见，久远的时间风化、剥离出的整体荒芜。沙崖崩裂，窟门坍塌，流沙堆积，底层的石窟被掩埋。那是一种濒临灭绝的悲剧美。

余秋雨的《道士塔》写过王圆箓，让王道士有了更多人的关注，游人们纷纷打听去寻找这座塔。我没有加入这个行列。我见过王道士的照片，也是斯坦因拍摄的。王道士站在屋檐下的石凳上，阳光如我眼前一样好，贴在王道士背后柱头上的那一片如同金箔。王道士穿着长衫，戴着伊斯兰无檐帽，面对太阳有点睁不开眼。当年发现藏经洞的第十七号窟还保留着木廊，我两次进出藏经洞，光线昏暗什么也看不见，可是在1907年5月的斯坦因眼里，却是一个足以令人战栗的宝库。翻阅斯坦因的《发现藏经洞》，可以看到他是多么地热爱那些宝藏，从王道士手中获取宝藏的过程充满了心理较量。这个较量里有对莫高窟艺术尊重和王道士人格的承认。斯坦因用牛车把他认为最重要、最精彩的经卷、绢画和幢幡运回了伦敦，用当时最先进的科技手段进行了处理。我不愿意原谅斯坦因，可我也知道王道士是没有能力保护这些宝藏的，包括当时的政府也没有这个能力，看看那些从莫高窟运往兰州的宝藏的命运就能了解，大量经卷、画卷成了沿途官员哄抢、赚钱的宝贝，斯坦因1913年再来时，在许多地方官手头都曾买到过。

一切也许正如诗人海子所说：

敦煌是千年以前
起了大火的森林
在陌生的山谷
是最后的桑林——我交换

食盐和粮食的地方

我筑下岩洞,在死亡之前,画上你

最后一个美男子的形象

为了一只母松鼠

为了一只母蜜蜂

为了让她们在春天再次怀孕

莫高窟的美,有浓得化不开的悲情,有涅槃重生的痛苦希望,一如掠过敦煌的风沙,在渐渐远去的驼铃声中发出的阵阵悲鸣,虽已远去,声音却萦绕心头,久久不散。

春风不度玉门关

一

西出敦煌城，荒芜的沙丘和懒散的戈壁很容易迷惑人的眼睛，天地间似乎只有一个太阳还有些许生气。从地理位置上说，再往西越过玉门，可能会一脚踏进没有绿洲的死亡之海。在通往玉门关的戈壁滩上行走，道路并不平坦，坎坷颇多，草场上偶尔徘徊着几匹失去野性的瘦马，已完全没有了昔日天苍苍野茫茫，万马驰骋竞逐青云的气概，零星草木也渐显稀落，一种又见沙漠的失落感，反倒像风吹草低般跌宕有致。

认识玉门关最早是在诗词里，铺天盖地的唐诗宋词，几乎把天下的名山大川边塞雄关都压得不堪重负。人世沧桑，岁月嬗递，有的随着历史而湮灭，有的却随着诗词的流传而名垂千古。

唐人薛用弱的《集异记》中记载着一则故事：王之涣、高适、王昌龄三人至旗亭饮酒，遇梨园伶人唱曲宴乐，三人便私下约定以伶人演唱各人所作诗篇的情形定诗名高下。第一首唱的是王昌龄"寒雨连江夜入吴，平明送客楚山孤"之句，紧接其后乃是高适"开箧泪沾臆，见君前日书"，第三唱的又是王昌龄"奉帚平明金殿开，且将团扇共徘徊"。王之涣自以得名甚久，便指着第四名歌伎言："此子所唱，如非我诗，吾即终身不敢与子争衡矣。"此女果然一开口便唱道："黄河远上白云间，一片孤城万仞山。羌笛何须怨杨柳，春风不度玉门关。"由此可见，这首《凉州词》在当时已经唱遍天下了。

唐诗向来气魄极大，若没有"春风不度玉门关""秋风吹不尽，总是玉关情""长风几万里，吹度玉门关"这些千古绝唱，怕是玉门关早已湮灭在历史黄沙中了。今天玉门关的名字却鲜亮地活着，活在唐诗里，活在宋词里，活在莘莘学子琅琅的诵读声里，活在白发苍苍老教授的讲义夹里。时间难以磨蚀，风沙难以销匿，却激起人们对它更多的怀念和向往。

畅想中，车已停下，前方孤零零的一座小城突兀在眼前。人们告诉我，这座名曰"小方盘城"的遗址，就是当年的玉门关。我不免有些惊诧，眼前只是一片废墟，黄土墙垣的残骸。趋步向前，午后的太阳深情地抚摸着累累伤痕的墙体，几株胡杨在距离沙石冈上的关址一箭之遥，停止了脚步，状若一个又一个被风沙剥光衣服的感叹号。两级精致的小础石上立了一方碑石，镌刻了清秀鲜活的"玉门关"三字。四堵浑厚的大墙被风尘和历史剥蚀得只剩下了年轮。一个将要倾颓的三角形墙洞券砌在那里，下面裸铺着碎石与沙砾。

纵目天地，北面远山一抹，如梦如幻，缥缈天际，山南侧为疏勒河下游。近而远，古而今，我忽然明白，这里无论从哪个角度望去，都是一行气势雄浑的边塞诗，是一曲无头无尾凄婉悲凉的绝唱。天风浩荡，大漠苍茫，这起伏跌宕的旋律，震撼古今，有一种惊心动魄的威慑力量。它融入山脉，融入天地。远处的一座座烽燧，隐隐约约的轮廓，随着长城一字排开，像巨鲸浮出海面的脊梁。

阳光耀眼，空气氤氲，骤然间，我产生了一二分的恍惚：满载丝绸和石榴、葡萄、玉石的驼队从墙洞里缓缓走过，其间隐约飘荡着乌孙公主的轻纱和夷狄戎蛮部落众说纷纭的杂色语言……

如此凋敝的戈壁腹地，历史怎么就独留下这座方形小城堡名垂青史呢？

二

赭色的长城遗迹断断续续在视线里与沙漠浑然一体。也许两千多年前这里还是稻粱遍野，牛马无数，曾几何时，漠漠黄沙将这边关蚕食得面目全非。从历史上看，隋唐之后，玉门关就是这样渺茫和荒凉，孑然矗立在大漠的长烟里，不以物喜，不以己悲。如果时间再向后倒退九百年，回到秦汉时代，那么玉门关又会是什么样子呢？

"汉列亭障至玉门矣。"这是史料中关于玉门与战争相关联的最早记载。所谓"亭障"就是古长城，也就是说玉门是长城的终点。汉室江山四百载，分出一半的金戈杀伐，送给了单于和内乱，另一半则铿铿锵锵洒落在了玉门关前。铁马冰河，羯鼓胡音，大漠边声，春风不度。铁青了面孔的玉门关，也就成了祁连山乃至河套平原的一道铜墙铁壁，犷悍地庇护着关东一川烟雨和汉室的百计民生。

北欧古代有一则神话传说，讲的是"提尔之剑"。谁得到这把神剑，就能战则必胜，横行天下。此剑后来落在匈奴王阿提拉手中，号为"上帝之鞭"，纵横欧陆，几无对手，直至征伐厌倦，在匈牙利定居下来。

然而在汉初之时，匈奴人尚未"征伐厌倦"，频频进犯汉地。刘邦"威加海内"，却只能坐看"白登之围"。文景之治，周亚夫的快马轻骑只能在细柳营的茫茫雪原上轻灵出没。直到汉武帝刘彻即位，在此后五十余年中，其犀利的眸光始终没有离开过玉门关。

建元三年（前138），汉武帝派遣张骞作为使节去遥远的西域游说大月氏联手抗匈。张骞穿越河西走廊后，一定也想过从麾旌招展、军士恢宏的仪仗里昂首跨出汉界的显赫气象，但那个时候距离玉门关的筹建还有将近二十年。他只能放弃了这条可能改变他坎坷命运和耿耿气节的捷径，而是绕着小方盘城兜了一个圈子,走向他此后十载颠沛流离和侥幸生还的命运。

张骞的失败,使汉武帝不再等待,一支支汉家骑兵向西掠去,他要把从张骞身上失落的自信和尊严,再从林立的戟戈中斩杀回来,并深深根植于远离汉土的费尔干纳盆地上。元朔二年(前127),大将军卫青出云中以西,沿黄河北岸,与匈奴右贤王战于高阙,然后又沿着河套南下,将匈奴驱逐出河套,夺取了河南大片土地。接着便设置朔方、五原郡,从内地迁徙十万人定居,又将秦长城加固延长,以防御匈奴反扑。元狩二年(前121)春,骠骑将军霍去病率领一万骑兵,沿河西走廊,越焉支山,一直打到葫芦河。夏,霍去病再次率数千铁骑,兵出北地,越居延泽,一直打到新疆天山。此次重创匈奴主力,迫使匈奴浑邪王、休屠王遣使向汉投降。匈奴人泪水涟涟地哀唱道:"失我祁连山,使我六畜不蕃息;失我焉支山,令我妇女无颜色。"此后,匈奴残部在"秋高马肥"的季节,再次进犯汉家边境。时隔二年,元狩四年(前119),汉武帝又派卫青和霍去病率骑兵、步兵几十万人,分道深入大漠南北。卫青出定襄塞外,与匈奴单于大战,双方激战一日,伤亡惨重。夜幕降临,风高天黑,汉军左右两翼包围单于,单于仓皇突围逃遁。霍去病与此同时出代郡,同匈奴左贤王作战,一直打到瀚海(今贝加尔湖)而返。此次战役之后,匈奴迁徙大漠以北,从此"漠南无王庭",才有了北欧"匈奴人定居匈牙利"的传说。

嗣后,汉武帝在河西走廊设武威、张掖、酒泉、敦煌四郡,修建了阳关和玉门关,同时对秦长城加固延伸,修筑城堡、亭障、烽燧,组成了整体防御工事。再以后,赵破奴、李广利和李蔡就像出鞘的青锋,光华四溅处,楼兰故国成了马蹄下的一蓬芨芨草,大宛的冰川、阿姆河的幽谷成为汉武帝用兵的沙场,猎猎舞动的汉旗映衬了玉门关外每一块沙砾和绿洲。

太初二年(前103),李广利征大宛失败,欲从玉门关回师,汉武帝将快马传递来的文书丢入火盆,命捧有宝剑的缇骑,列队在玉门关前。李广利疲惫的马队被宝剑的寒芒阻亘在茫茫盐淖前,"闻道玉门犹被遮,应将性命逐轻车",溟蒙的沙海里再次涌动起汉室将士疲惫而经久不息的厮杀和呐喊。军营的刁斗依旧禀报着寒夜的更时,蓬乱的沙芦草和沙枣刺打扮着喋血的残阳。

三

历代的玉门关关址众说纷纭,不一而足。但汉时的玉门关远要比后来的玉门关向西,再向西……据《大唐西域记》记载,玄奘西游途经瓜州晋昌城,当地人告诉他,北去五十里有一葫芦河,"洄波甚急,上置玉门关,路必由之"。然而那座玉门关早已不是汉时的旧址了。

1907年,英国人斯坦因在小方盘城以北一处烽燧遗址掘得汉简若干,初步断定小方盘城为汉代玉门关所在。1944年,夏鼐、阎文儒也在小方盘城发掘出汉简,有一简墨书"酒泉玉门都尉"字样,"小方盘城即汉代玉门关旧址"遂成论断。

我沿着城墙根平行踯躅,尽管是风和日丽的午后,仍能感受到自北面吐鲁番吹来朔风的炽烈和凌厉。面向混沌的西北,我纵情地呼吸,空气中混杂着从张骞身边掠过的野风、大宛烈马咀嚼后的稗草清香,包容着古安息清真教徒的一声声祈祷,还有大秦金币与波斯银币撞击出的刺耳铜音……我的双脚强烈感受到玉门关恒久的体温。

长城历来是抵御北方游牧民族入侵的战略掩体,同时也是中原与塞外疆域最明显的分水岭。虽然堑山堙谷的长城绵亘到今天已不可同日而语了,颓废的玉门关也无法与山海关、嘉峪关的锦衣华服、咳唾珠玉相媲美。前者只剩下一堆怀古探寻的眼睛,后者却嵌满世俗的咋舌和欣赏。晋北的雁门关也孤独守候在汉唐遗留下的瓦砾之上,赵襄子驾着隆隆的战车跑过去了,王昭君也幽怨地从这里飘然而逝。一缕炊烟,一缕人间烟火,终年在玉门关的发际、眉梢和颈项间缭绕萦回,像一层人情融化后过滤出的液体,均匀地涂抹了它的一肌一肤。

斜阳穿过居西的三角门洞，墙的背阴涂出一片模糊，唯有洒满阳光的墙洞让人心生忌惮。盐湖平沙，玉门白骨，马鞭刀环，征人望乡，残垣断壁间，我凝视它们，它们凝视我。我仿佛沉浸在一种诗意的幻觉里：乘一叶扁舟，像李白一样溯江而行，时而停泊在大唐帝国的码头，时而抛锚在大汉王朝的港湾。朦胧中，我眼前海市蜃楼般地幻化出一座赫赫雄关：城楼轩昂，翼角翚飞，长阶如梯，垛堞绵延。戍卒们的甲戈跳荡着夕阳的余红，战袍上落满尘埃，一张木然如塑的脸，粗糙黝黑、线条绷紧，布满悲怆和凄凉。突兀的肌腱偾起雄性的勇猛，一种原始的美，一种原始的生命力。

秋风飒飒，野云乱渡，雁阵横空。一个兵卒迎风展开一页信笺，双手激动地颤抖着，壮士读得泪水潸然而下，打湿了信笺……

寒星霜月，夜色迷蒙，孤月一轮。漠漠旷野，沉寂无声。蓦然夜色里传来一阵凄婉的笛声，是《折杨柳》，还是《凉州词》？中原白发母亲泪，闺中妇人怨。山路遥遥。水路遥遥。风路遥遥。雨路遥遥。何处觅故乡？大山隔绝。戈壁隔绝。荒漠隔绝。断鸿声里，听胡笳悲切。

寒风扑面，我从梦中惊醒。我抬眼望望残垣，奇异地想，这些残痕，似喑哑的琴弦，是否拂去尘埃，轻轻一弹，就会奏响一片浩浩荡荡的历史回声？我用手指轻触，历史默然，故事干瘪，传奇枯萎，玉门关不再有炊烟升起，偶尔浮起的轻雾，不过是大漠流沙如魅一样在游走。玉门关永远比不上它东面的大小关隘活得多姿多彩。然而玉门关却在自己贫薄的废墟上，泼墨草书着大汉民族鸟瞰天下、威慑四海的泱泱历史和盛世华章。

黄土凝结的巨大墙垣，突兀在蓝天下、旷野间。身前茫茫，身后茫茫，断了驼铃，哑了羌笛，灭了篝火。一片沉重的寂寞，即使时间落在上面也化为无声的尘埃。这残垣，这烽燧，这长城，是历史留下的遗言，还是浮出时间水面的桅杆？日月浮浮沉沉，春秋来来往往，玉门关虽死犹未瞑目，那断戟锈簇仿佛只要擦拭一下，依然闪烁着汉家儿郎的英风浩气！

四

"玉门关城迥且孤，黄沙万里白草枯"是历代玉门关突不破的荒凉景致。千百年来，玉门关外的朔风迫使沙漠的鱼鳞线逐渐倾斜向关内，很显然，玉门关的凋敝也是有其历史渊源。

历史在这里停留，幻化为一种精神，人文的精神，人文的情操。

不死的是唐诗宋词，不灭的是汉唐的盛大气魄，横贯天地，漫溢史书。

风沙撕去了皮，剔净了肉，烈日吸尽了血，只留下一架嶙峋的骨架，这残存的骨架曾支撑过一个巍然庞大的雄关，曾支撑过汉唐时代的尊严，曾支撑过一段用方块字垒起的历史。

在这里除了驰骋过班超、李广的萧萧战马，飞扬过霍嫖姚猎猎旌旗，也游弋过氤氲缠绵云蒸霞蔚的释家经幡，飘扬过细君公主和解忧公主的彩幡锦帜。门开门闭，吐纳着中西文明；锁启锁落，凝聚着沙场的阴云。文明与野蛮在这里厮杀，智慧和愚昧在这里格斗，痛苦和欢乐在这里分娩。

玉门关既是边陲重关，也是古丝绸之路的一个重要驿站。

一匹骆驼从两堆沙丘之间缓缓钻出，接着又一匹又一匹慢条斯理地向玉门方向走来，驼峰间羁绊着沉重的包裹，仿佛驮载着厚重的历史沧桑。包裹上的骑驼人反而渺小成了一只猴子，一只人类从树上过渡到地面时的祖先，那么轻若鸿毛，那么微不足道。胡天飞雪，大漠沙歌，商人漂泊的脚印遍布了西域的每一个城市和乡野，但是在他身后大西北彪悍的黄沙猛烈鞭打着玉门关的墙体，叮咚不绝的驼铃强烈撞击着关城上留有雕翎箭尾的伤痕。这样的驼队曾经从玉门关一直蜿蜒到中亚细亚。可是时间过得那么快，今日能够通过卫星遥感到一只地道的"沙漠之舟"已属侥幸了。

如果把古丝绸之路分为东、中、西三段，这里既是东段的终点，又是中段的起点，由此可以进新疆的伊吾，沿塔克拉玛干大漠北部边缘途经焉者、轮台、龟兹、姑墨、疏勒，越葱岭，至安息，可达古罗马帝国……

时光流逝，玉门关的肃杀之气收敛了，汉武帝睥睨天下的跋扈战书，被无情的风沙模糊了字迹。高空流云，漠风沙影，胡杨傲岸，红柳婆娑成为昔日繁华的玉门关永久的居民。丝绸之路的兴盛，很大程度上加速了玉门关的颠覆和变迁，满眼披铠冠甲的武士走得一个不剩，只留下一墙阴影。我想象不出玉门关鼎盛时期会繁华到什么程度，起码林立的兵营不会是临时搭建的帐篷，起码边关贸易不会拒绝庞大军营饮食起居的必然消费。今天，芨芨草、骆驼刺还有胡杨、红柳，一丛丛、一簇簇生长在这片戈壁滩上，它的幽静、旷远和简朴无华让人倍感凄凉。

　　烈日熔金，云霞缤纷，玉门关在阳光斜照里更显得苍凉、肃穆，虽为废墟，那残缺更令人敬畏。这些深雕汉辙唐辕的戈壁滩上，不再有驱马挥戈、虬髯戟张的厮杀和呐喊。瀚漠白沙的边缘，不再飘拂楼兰姑娘的罗裙绣襦。一代雄关虽已潦倒如此，仍不失威风凛凛的浩然之气，怎么不让人怦然心动？

　　玉门关穿越历史时空，化为傲岸怆然的民族精神，屹立在天旷地阔之中。

风吹戈壁滩

由于时区的差异，敦煌的早晨要比北京更晚见到太阳。晨光熹微里，我从敦煌市出发，沿着古疏勒河谷一直往西，踏上了去往雅丹的行程。

雅丹我是闻名已久，只是一直以为在新疆才有，来敦煌后才知道这里也有雅丹，位于新疆、甘肃交界处，面积甚广，不为外人所知，比不得新疆雅丹的赫赫有名。

汽车在一望无际的戈壁滩上颠簸，除了我们的汽车，四野一片沉寂。11月初的西部戈壁枯黄连着枯黄，唯一能给戈壁滩增添绿色的骆驼刺也已在荒野中沉睡。行驶了一百八十余公里后，汽车进入甘肃河西走廊瓜州县境内，在疏勒河沿岸，我开始在车窗外看到一片片独特的或如城堡，或如山峰，高低参差的土质丘陵，宛如流落于天际的云带，层层叠叠、隐隐重重，缓和了枯寂已久的视觉。

19世纪末，瑞典的探险家斯文·赫定到新疆一带考察，当他从罗布泊前往楼兰的途中，眼前忽然出现了一片大面积的土丘。他问维吾尔族向导这是什么地方，向导告诉他，这是雅尔丹。在维吾尔语中，"雅尔丹"是险峻陡峭的意思。斯文·赫定把这一名称写进了他的书里，以后中国学者再由英语翻译过来，"雅尔丹"就变成了"雅丹"。从此，雅丹成为干燥地区这种风蚀地貌的名称。

20世纪初，斯文·赫定重行此地，并在他的《路经楼兰》一书中留下描述："又两英里，就出现了接近强烈风蚀地貌的迹象。"从赫文博士的描写中我知道，这种风蚀地貌是罗布泊北部最显著的特征。

1973年，著名沙漠学家杨根生教授在敦煌魔鬼城考察时也被其深深震撼，称如此集中连片的雅丹景观还是第一次见到。

20世纪70年代，地质工作者在此地进行一比二十万区域地质调查时，也注意到了这里。

据有关资料记载，我国的雅丹地貌面积约两万多平方公里，主要分布于青海柴达木盆地西北部、疏勒河中下游和新疆罗布泊周围，而敦煌魔鬼城雅丹地貌属于中大型雅丹群，而且风蚀谷狭窄，雅丹造型丰富多彩，高密集型为世界所少见。

雅丹只发育于干旱的湖积平原，湖水干涸，黏性土因干缩裂开，大风如刀沿土丘裂隙切割，使得土丘如柱如伞，似神如怪。

坐在观光车上浏览，视野是一望无际的戈壁荒漠，然后，很突兀地出现了数不清的土丘、垄岗、毡房和土墩。纵横交错、起伏波澜、气象万千，蔚为壮观。长风吹拂，仿佛置身恐怖的魔鬼城。这里便是二百七十多万年前的古罗布泊湖底吗？我陡然生发了一种沧海桑田的惊悸感。

雅丹是让人震撼的。那些不可名状、千奇百怪的土丘真真切切地矗立在眼前，让人感到非常不真实，充满了怪诞的感觉。我踏着沙子小心地走近它，抚摸它身上一道道被风吹成的凹槽。它是粗糙的，但如果从宏观来看，它们又是大自然精雕细刻的杰作，有的像诡异的风蚀蘑菇，有的像卧在沙地的石狮，有的上尖下圆，如同一个个蒙古包。

敦煌雅丹的地形是在长期风蚀过程中，质地较硬的土地变为小山丘，并且在长期的演变中变成了形态各异的样子。这主要是由于沙漠中基岩组成平台的高度不统一，并在两个高度不一的土丘里面，会有一些裂缝，每当遇到大雨天气时，积聚的雨水将裂缝填满，于是接缝或裂缝会变宽，再加上风的侵蚀，逐渐变成了一个个石头柱子以及石头墩子。

风的作用力使其接着变换形态，慢慢形成了形状各不相同的样子。在观赏雅丹地貌时，你会发现这些石柱或者石礅的形象，有些像在街道上的人，有些类似于建筑房屋城堡，还有一些像是正在前行的车马。

气势最宏大的一处，是千万条狭长的风蚀土丘，朝着一个方向延伸而去，那是上天的鬼斧神工造就的千沟万壑。无论从上往下俯视，还是从下往上仰视，都会让你不由自主感到莫名的恐惧，对造物主感到敬畏。

爬上两旁高高土丘，呈现在眼前的又是另一番景象：细沙被风吹出水波一样的纹路，那些沙中的小土丘如同水流中的小岛一样，破开水面，改变着水流的方向。层层叠叠的土丘伸向天际，没有尽头，它们无言地站立在这里，却无时无刻不在诉说着几十万年来沧海桑田的变迁。

那些散布在地表的卵石或砾石，在风沙及相互间的作用下，可以被磨蚀成多个磨光面，而且边棱清晰鲜明，造型奇特，这种石块称为风棱石。风棱石的形成非常奇妙，嵌在泥质物中的卵石，由于泥质物被蚀去而裸露，其上部先受磨蚀，形成光滑面，后来卵石滚动，另一部分又受磨蚀，形成另一光滑面，类似作用多次进行。另外，风棱石也可以是由于风向变化，卵石从多个方向受到磨蚀的结果。特别有趣的是，由于空区的黏滞性弱，风力扬起的沙砾能相互充分、自由地碰撞而发生圆化，即便是细小的颗粒也能圆化。

雅丹以它零星的静穆击中了我，这样的气势直抵美的实质。大自然让气势的土丘们先声夺人。这些土质成分的粉砂、细砂和砂黏土，微不足道孕育了千万年，千万年的风雨让沙土如黄金宫殿般富丽堂皇。刚刚还风和日丽，转眼是飞沙走石，这真是一场浩大的视觉盛宴，风沙吹过，脚下的黑土似海浪滔天，而所有远去的土丘分明是金戈铁马的战舰，在风沙中被模糊遮盖，似乎眼前仅是幻觉。

雅丹高高耸起，犹如大漠之中驻守亿年的苍白老者，在遥首企盼，企盼那梦幻之中的绿洲。这是意志独立的戈壁大漠，是在阳光下沉睡的沙海，在这里，风和沙构筑了经脉和风骨。我能听到遥远的风声，这是戈壁滩上的苍凉。我看到的是一首首不变的禅歌，如的弥漫挡不住骆驼汉子的歌声，久远的禅诵又在我耳边回响。

雅丹的前身是水中的土丘，土丘曾经在水底，其成分上下层面不同，上面的较坚硬，下面的较松软。当风吹蚀的时候，下面的就要比上面的先被侵蚀掉，久而久之，下面被风蚀吹得越来越细，无力支撑上面，这个土丘便会倒塌，化为茫茫沙海中的一堆沙。所以，雅丹地貌最终会消失，正因如此，更显得弥足珍贵。

我的眼睛热了起来，心里产生了巨大的疼痛感。我仿佛看到大风吹过戈壁滩，如同鞭子一样抽打岁月，岁月在雅丹上雕刻沧桑，留下一道一道深深的印痕。

雅丹是静默的，它默默地俯瞰着自己的身姿在岁月的拥抱中一点一点脱落，一点一点变小。我想，它的痛是悠长无奈的，也是欣慰满足的，它脚下散落的风骨，就是它曾经来过的最真实的写照。

这样的景象，看一眼便已刻骨铭心。雅丹是我敦煌行的亮色，一个圆满的句点。

江南酒意

一

什么是江南？一千个人心中就有一千个江南。

我曾于无数个安恬的春日里试图描摹江南的模样，饱蘸了墨却迟迟不肯落笔，以江南而言，只怕天下没有任何一位画师能画出这幅清丽无双的侧影。

久居京北之我，亦是不能。

想象中的江南，定然有二十四桥月明，有巴山夜雨素烛千盏，亦有秦淮河畔流香的酒肆，更有媚艳入骨的吴姬，压酒劝客尝。

然而最想见的，却是这样的女子：眉目如画，梨涡浅浅，无数个微凉的夜里，温一坛上好的绍酒，安静地等待那未归的良人。偶尔听得桃蹊小径里细微的声响，便蓦地抬首，殷勤探视间，眉心眼角皆绽桃花。

是迷于桃花，还是醉于陈酒，总之，沉沉于如水般灵动而鲜活的古老。

可是江南太大，若是偏要选一座城来代表江南，恐怕居江南腹地之绍兴，定不会推辞。

江东名郡古无双，处处青山照玉缸。
会稽天下本无俦，任取苏杭作辈流。

这是唐代元稹的诗句，描绘的是绍兴曾经的繁华无双。

苏州、杭州、扬州若是江南的眉目，那么绍兴定是江南的风骨。

很少有一座城市能像绍兴一样，明明风流，偏又低调。在春秋的刀光剑影里，绍兴人演绎了一出荡气回肠的"卧薪尝胆"故事。晋人衣冠南渡之后，山阴（绍兴）和建康（南京）平分了魏晋的士子风流。隋唐时，晋人遗落的风流，引得唐人争相前往，从当时属于绍兴的萧山出发，过剡溪、上天台、至临海，用步履走出了一条"诗路"。绍兴的鉴湖、新昌的天姥山、上虞的覆卮山、诸暨和嵊州的东白山……一个个地名在《全唐诗》中摇曳生姿。

某个春日，我步入绍兴，想去寻觅那份属于江南的韵味。

然而，初识江南的温润，便遇文友相召，席间三斤陈绍入腹，顿觉逸兴遄飞，浑然忘了前世今生，醉在绍兴酒的醺然中。蒙眬中，我陡然觉得，如果绍兴城还有一座完整的城门，那么城门之上，就该高悬一杆酒幌。这是一座酒城，一处醉乡，一个连风都熏人欲醉的地方。

一千六百多年前永和九年（353）的那场醉，给世人留下两大遗产：其一是世代传诵的不朽文字《兰亭序》，其二是千古流芳的绝世佳酿"绍酒"。当我以朝圣的心境走进兰亭，走进王右军的府第，似乎还能够闻到那股不绝如缕的墨韵酒香。那是从一湾潺潺碧溪当中汩汩流淌出来的绍兴酒香，醇厚绵长，恰似一曲芳醇甘美的歌吟，让世人醉了一千六百多年，至今未醒。

六七千年前，在美索不达米亚的人们啜饮大麦酒（啤酒之前身），古波斯人拉开葡萄种植和酿造的序幕时，在古老的东方，中国长江流域良渚文化和河姆渡文化时期的华夏民族的先民们，开始品饮起一种后来演化为黄酒的酒浆。

中国古越先民们自觉用粮食酿制出第一坛酒时，一脉浓郁的芳香汩汩渗出流淌，一路濡湿了中国的历史。

酒因绍兴而名，绍兴因酒而传。

时光淬炼中，绍酒具有了多重属性：它既是物质的，又是精神的；既是高雅的，又是俚俗的；既属于皇室贵胄，居庙堂之高，令帝王将相、文人雅士莫不喜爱，甚至让李白喊出"古来圣贤皆寂寞，惟有饮者留其名"的强音，酒又属于草根黎民，深入民间寻常百姓家，贩夫走卒也好这一口；它既是酒类商品，又是文化产品……它浸淫于山川溪流青石丛林之间，游走于漫漫岁月长河之中，醇厚绵长的酒香，氤氲至今，袅袅不绝。

二

千百年来，一代又一代的绍酒匠人们通过精心摸索、探究，形成了一套完整的发酵工艺。他们融技术于艺术，以曲药为骨、技艺为魂、鉴湖水为血、糯米为肉，定骨锁魂，融血赋肉，方酿就了绍酒这一绝世佳酿。

小曲，是绍酒之骨。小曲的发明是人类的聪明才智与自然环境、自然条件和谐共生的结果。

每年的六七月份，小桥流水江南总会迎来阴雨连绵、温度高、湿度大的梅雨季节。智慧的祖先窥破"天机"，化腐朽为神奇——他们巧借天时，驭用丰富的微生物，将米粉、辣蓼草等糅合在一起，酿出了神奇的酒药！

诚如日本近代著名微生物学家坂口谨一郎所言："假如中国有五大发明，那第五项一定是小曲。"小曲的发明，是对人类的一大贡献。

水，则是绍酒之血。清代大文豪梁章钜先生在《浪迹续谈》中就曾说过："盖山阴会稽之间，水最宜酒，易地则不能为良，故他府皆有绍兴如法制酿，而水既不同，味即远逊。"

好酒，需好水。泛舟绍兴鉴湖，为你撑着脚划船的"船头脑"，一边啜饮着怀中的绍酒，另一边必会告诉你，酿酒取水的佳处，便是鉴湖的三曲水。三曲，分别在型塘、湖塘和古卖桥一带。自绍兴酒扬名天下以来，各地多有仿造，一样的糯米一样的酒曲，甚至连经验老到的"酒头脑"都从绍兴本地高薪聘去，但总是稍逊风骚，怎样都酿不出一色一样的味道来。此奥妙就在这仿不去也聘不走的鉴湖三曲水。

旧时绍兴人家有孩子出生，家人皆要酿上好的绍兴酒，请能工巧匠在酒坛上雕绘"天女散花、状元及第""花好月圆，吉祥如意"等美好寓意的图案，泥封窖藏于桂花树下。生女孩，这酒就叫女儿红；生男孩，就叫状元红。待儿女长大大婚之日，拿出来款待宾朋，芳醇甘美，快意人生。

其实，无论女儿红或是状元红，都只为讨个口彩，而并非绍兴酒的品种。譬如花雕者，饰彩绘之酒坛也。酒坛里装的是远年加饭酒，俗称"陈加饭"。匠人们在酒坛外面巧绘上山水、花卉、神仙人物、古老传说等诸多赏心悦目的美丽图案，据其工艺，谓之"雕花"。雕花拗口，不符合国人的习惯称谓，人们遂倒装以"花雕"呼之。久之，花雕渐成加饭酒的代指雅称，不复记取其本名加饭酒矣。

以上三种之名，初时以讹传讹，至今日反成了绍兴酒最著名的三个品种，倒也算是无心插柳之举了。

考诸工艺，绍酒最基础的品种，名"元红"，是先将糯米蒸制成饭，添加鉴湖水、酒曲后酿制而成。在元红酒的配料基础上，加大糯米的比例，则口味更醇厚，是为"加饭"。加饭酒，是现今绍兴酒的主打品种。若是在加饭酒的基础上再添加糯米的投入，便成"双加饭"。此外，用已酿成的黄酒代替鉴湖水酿酒，酿得的酒称为"善酿"；将成酒后残剩的酒糟精酿成白酒，则名"糟烧"。若再用糟烧来代替鉴湖水投入酿酒，酿成的便是黄酒中最最芳醇浓烈的品种"香雪"。元红、加饭、善酿、香雪，是绍酒的传统品种。《调鼎集》卷八称："求其味甘、色清、气香、力醇之上品，唯陈绍兴酒为第一。"

绍酒讲究的就是一个"陈"字，越陈越香醇，故绍兴人惯称黄酒为"老酒"。喝酒不叫喝酒，而曰"吃酒"，显然是已视老酒为饭食一般，是三餐必需，论吃而不论喝了。

老酒在绍兴人心目中的不可或缺，不仅仅体现在生活上，更体现在精神与传统上。待客要有酒，女儿出嫁要有"女儿红"，学有所成要有"状元红"，绍兴人的餐桌上，更是少不得酒。又有哪个绍兴人，不是从襁褓中时，就被大人抱在桌边，以筷头蘸酒点在嘴里，逗弄长大的呢？

三

古之传说，大禹治水来至绍兴城南的会稽山，夜以继日，不眠不休。某日，有名为仪狄之人献来一觥特制的糯米浆汁，芳香可口，大禹饮后竟沉沉睡去，醒后大怒，视其为误事之物，严令仪狄不许再制。那觥糯米浆，便是最原始的酒，而仪狄也就成了酿酒的始祖。

春秋战国时，吴越一役，越国兵败。越王勾践忍辱负重，卧薪尝胆，经十年生聚十年教训，终壮大国力打败吴国，洗雪国耻。出征前，百姓敬献佳酿，勾践命人将酒尽倾河中，与沿河将士共饮壮行酒。酒，古语称醪，该河因此得名"投醪河"，千年流醉，至今流淌。

宋代时诗人陆游与妻子唐婉伉俪情深，然唐婉始终难以见容于婆母。封建时代，一对恩爱的鸳鸯被无情棒打成啼血杜鹃。多年后，陆游归游沈园，巧遇已改嫁的前妻。唐婉在征得丈夫赵士程的同意下，摆酒款待陆游。二人执酒在手，两两相望，无语凝噎。不久，唐婉郁郁而终。"红酥手，黄滕酒，满城春色宫墙柳。"看似无限旖旎的一幅图景，却是诗人心中一生的隐痛。陆游晚年栖居鉴湖快阁，日里泛舟垂钓："船头一壶酒，船尾一卷书。钓得紫鳜鱼，旋洗白莲藕。"诗酒二物，成为他的常伴知音。陆游自号"放翁"，颇有借酒行狂之意。"云千重，水千重，人在千重云水中。桥如虹,水如空,一叶悠然烟雨中。"是时的陆游,在湖上吃酒观书,已是千帆看尽的豁然心境了。

时光流转到鲁迅笔下,绍酒的地位越发举足轻重。孔乙己在咸亨酒店欠下十九个大钱的酒账,今时今日反为它招得客似云来。"小店名气大,老酒醉人多。"只是不知今天咸亨酒店的财务,为孔乙己消掉那笔欠账没有。若没有,怕那老夫子又要酸酸地掉书袋:"你知道茴香豆的茴字,有几种写法吗?"至于鲁迅先生"破帽遮颜过闹市,漏船载酒泛中游",在那风云激荡、沉郁哀伤的乱世,这是自嘲,但更是一种人格上的自尊。老酒绵软适口,却又后劲十足的特质,便是所有绍兴人奔流在血管中的禀性。

从空桑偶得到风格定型,再到名扬天下,绍酒从岁月深处走来,一路奔腾而下,融入历代匠人的智慧文明与创造,融入先民与自然的博弈与抗争,汇入商业文明的洪流,创造了绍酒"行天下""甲天下"的辉煌。

绍兴酒,在水墨古城里流淌着两千五百年的神韵。

我猜,古时的贤人定然是恋极了绍酒绵柔细致下傲然的风骨,才愿意共赴一场如山松风月般清明的一塌糊涂。

绍酒如述之不尽的君子之骨,萦绕着女子如水般清澈的柔情,成就了惊才绝艳的妆容。

我伸出手,想要握一缕尚暖的春风,然后闭上眼,感受杏花烟雨里静默的微醺。

正是江南好风景。

落花时节,随着乌篷小船在河道中荡开双桨,涟漪波纹晕开河道两岸的白墙黛瓦,绍酒袅袅婷婷地顺流而下。绍兴、绍兴人、绍兴的名章隽句,始终与老酒同在。绍兴人成就了绍兴酒,也是绍兴酒成就了绍兴人。历久弥坚,越陈越香的,更是这方水土上的别样风骨。

寂寞梨花魂

一

时过清明，客旅宁夏中卫，铺天盖地的宣传推荐，推荐要去看"沙坡头"。遂与宁夏社科院的朋友联系，朋友哂笑："已到中卫，为何不去南长滩，何必去沙坡头。"

南长滩？这是什么样的所在呢？

朋友说："去看梨花吧，现在正是时候，我给你他们村子土书记的电话。"

姓"土"吗？真是怪姓。

不是"土"，是"拓"，这里的读音是"土"。朋友解释。

从中卫市找出租车去南长滩。司机诧异："你们在村子里有亲戚吗？为什么要去那里？"我解释，要去看梨花。司机摇头，说这个村子偏远，道路难行，一来一去，怕要一天的时间。

想起朋友的盛情推荐，执意前往，终于说动了司机。中卫市的出租车不用汽油，而是燃气。车辆的后备厢里，空间普遍狭小，因为装了一个硕大的"气罐"。车上标明，"严禁吸烟"。第二日，我想着车上驮有一个"大煤气罐"，居然有点悲壮。我和司机挤进出租车，赶往这个偏远的村子。

南长滩位于宁夏西部的香山山地，黄河入宁的第一个村庄。香山是祁连山余脉，雄浑壮大，少见草木。已是春季，满山并无丝毫绿色痕迹，袒露出焦枯的灰褐色土石。我第一次见到如此贫瘠的大山，放眼望去，满目灰黄，不见一株树，一片绿叶。山谷里也没有水沟，干涸得如同素描的铅笔画。

附近有煤矿，道路四通八达，载重的货车将道路碾得尘土飞扬。风吹过，扬起的土落在车上，宛如土雨，需要用雨刷刮去。道路看不甚清，虽然紧闭车窗，仍能闻到呛人的尘土味道，心下有了几分悔意。远处裸露的山头看起来都差不多，走了两个小时还没有走出山岭。司机说多年前走过，现在他也有些怀疑。车辆迷失于香山，我们乱闯一气，从一道山谷奔向另一道相似的山谷，惊惶之际，陡然看见一条灰黄的大河无声地横在眼前。一艘停泊在岸边的铁壳渡船，将我们连人带车送往对岸，宁夏中卫市香山乡南长滩村。

黄河自甘肃进入宁夏，在香山中穿行七十公里，这一段被称为黑山峡。南长滩是黑山峡中最大的一块河谷阶地。在这里，黄河优美地拐了一个大弯，形成弧形半岛，像一块翡翠镶嵌在褐色的石头和黄色的河水之间，将整个村落搂在臂弯。

黄河依然为村庄提供灌溉与饮水，但渔业和航运之利已经消失。与此同时，黄河也成为村人与外部世界交往的障碍。这些寄居黄河岸边的人家，因为大山阻隔，出入十分不便，所以始终保持着幽静、醇厚、古朴的耕作和生活方式，成为大河奔流中的一分子。

若说中卫市处于北丝绸之路的要冲，一直吸纳着外来的文明，从而造就其开放、多元的地理性格，近年因举办多项沙漠旅游、丝绸之路长跑等国际活动，在中国西北的版图上，书写下一首首前卫且浪漫的诗行，那么，重山阻隔的南长滩则因为地理之僻，隐蔽成一篇未经世人解读的古文章句。

所谓南，指的是地处黄河之南，长，则是指依河散落的人家在山与水交加的窄长地段排开，滩是众多黄河岸边的村庄地理。千百年来，南长滩静静地躺在黄河的南岸，与众多黄河边的村落一样，依水而生，依水而存。

想要进入这里，仍然离不开古老渡船的接引，也正因此，古村落才得以相对完整地被保护下来，被中国建设部和文化部评为第四批中国历史文化名村。

从吱吱呀呀的划桨声到柴油机声，从古老的羊皮筏子到现代的机动渡船，一筏飞渡，一船飞渡，往来间驮负着千百年来乡民们走向外界的梦想，也构架着这里和外界的联系。千百年来，浑黄的水面上，一次次的渡船，一船船的摆渡，黄河上的故事风情，随着一个个漩涡东流而去，留下的是有些像沈从文笔下湘西那样的南长滩版的风情。那袅袅的炊烟升起，飘散，那悠悠的民歌小调响起，散失。这烟影歌声里，记录着古村多少的沧桑。

牛、羊皮筏子也好，木船、机动渡船也罢，大多的时光里，它们驮负的主角一直是这个小村的村民，因此这里的渡口自然和众多散落在黄河边上无数的小渡口一样，默默地陪伴着这里的山、水、人、事。

南长滩不像张承志笔下的大河家、泰戈尔笔下的古渡口那样因为一纸文字而名动于世，也不像黄河边上的风陵渡、茅津渡，因为厚重的人文历史而被史书收藏，就连它上游几十公里的发裕堡渡口因丝绸之路穿越而知名，它下游的横城古渡因康熙皇帝莅临银川时题诗而知名。南长滩就这样孤寂而静默着，无识无应，长久地喑哑无言。

法国有安格尔和德拉克洛瓦相争，美国有海明威和福克纳、德国有瓦格纳和勃拉姆斯之争，争论让各自国度的文艺星空，闪耀着智慧碰撞后的火花。在看起来严肃的古中国，也有王安石和司马光、苏东坡的文字争鸣，在宋朝的穹庐上留下朵朵的云彩。近代康有为、梁启超和杨度的分歧，留给晚清政坛一份交锋后的答卷。李大钊和胡适的思辨，也给新文化运动的推进播下了种子。然而，南长滩在缺少对应物的情境中，默默地枯守在黄河边。当年范长江完成他的《中国的西北角》时，乘坐皮筏子顺流而下，留下了对黑山峡的文字记录，却没有关于南长滩的只言片语。同样，中国第一个女飞行员林鹏侠乘坐皮筏，漂流而过时，也是匆匆而行。文人也好，筏客也好，商旅也好，一筏飞流，小小村落很少进入他们的视野。

二

步入南长滩，扑面迎来的是铺天盖地的梨花。

清明已过，梨园田埂侧边的凹陷处，梨瓣蓄得可以用手捧起来。浅浅的沟渠蓄积着花瓣，像淌着一渠白。那一株株百年以上老梨树，树身得几人合抱。在这里，三百年以上的梨树有一百九十多棵，两百年以上的枣树有千余棵。

春天时节，几百亩梨花同时绽放黄河岸边。朵朵端庄、素朴如此的梨花，构成的是连天连地的银色世界。梨花绽放，竞相吐蕊，仿若落雪，娇嫩的花瓣与沧桑的古树，共同装点成黄河边一幅生动的景致。

南长滩太小，只是自由地舒展着自己的衣袖，无意间就亮出了自己的弧线，不像逆着黄河而上一千多公里，同样是黄河边的青海贵德县，一树树梨花盛开时，成了一个省的浪漫花事，甚至曾经在2006年的梨花节时，钢琴王子理查德·克莱德曼受邀，在一树梨花的最浓香处弹琴。一千多架钢琴同时弹奏，那阵势何曾是南长滩可想的？

南长滩长期交通闭塞、资源匮乏，在严酷的自然环境中生存，繁衍生息，果树也成为一代代后人在这里赖以生存的宝贵资源，所以自古就有家规祖训：梨树、枣树不能砍伐，要世世代代继承下去。几百年间，上千棵古树，完好无损。这些老树现在每年每株还能结出两三千斤梨，产量最高的甚至达到四五千斤。别看这些梨个头不大，但香甜可口，清热解毒，很受欢迎。

过去大山深处的南长滩，与外界交流困难，基本无法获取外面的教育机会，直到20世纪五六十年代，随着周边逐步建起公立中学，南长滩人看到了走出大山去求学的可能。三十余年间，村里先后已经有七十多人接受过高等教育。越来越多的南长滩人通过求学走出大山，走出了不一样的人生。

前些年，随着交通建设和城镇化的推进，村民们进城的进城，搬迁的搬迁。人最少时只剩几百人，村小学只剩下一个老师和五个学生。村民担心，如按当时发展趋势，村子可能要走向废弃。然而，迅猛发展的旅游业为这个小山村的命运带来了转机。

南长滩能被世人知晓，得益于村子的自然原生态。这个村落至今七成以上的建筑还是从前的土木结构式房屋，传统"四梁八柱"建筑，村里还保存有较为完整的十余间清代民居。村落巷道很不规则，狭窄而交错，但高低相连，每家互通。

一些驴友慕名而来，使南长滩声名鹊起。我去的那一年，南长滩村被列为生态文化古村，中卫市投入数千万元进行了旅游基础设施建设，每年4月举办梨花节。有了旅游业，村民们看到了希望，想走的不走了，走了的又回来，搞农家乐，搞旅游产品。

梨花深处，是村民们寄予花事中多少关于收成的愿景呢？在这里没有惊喜，没有悲戚，顺天应命，岁月迁移，春秋变幻，雪开雪散，早已将梨花的魂魄渗入梨园的每一寸泥土。就如干涸的沙土地上，总是不经意遇见一朵两朵四朵五朵的蒲公英花，金黄的小花盘天真地仰着，带着太阳女儿的烂漫和高贵。还有不知名的小紫花，零散的一簇两簇，让人心碎的紫。青蒿是通体纯粹的嫩绿，艾草也是肥嫩的灰绿。

檐角斜出的一枝两枝桃花，也是灼灼的艳丽，人面桃花的联想早就抢出了脑海。院落永远是干干净净，一尘不存。菜圃里的小韭菜，嫩嫩绿绿，没有一星半点的枯黄。片石垒叠起来的羊圈里，小羊羔无辜的白，纯纯地望着陌生的你。不见尘埃，空气里飘着果木萌生的清香。树间的空地上，也拉几畦绿油油的麦子，几位农人锄作其间，一任帅男靓女身前穿梭喧笑，耕作如故，平静如水。

这就是南长滩村，黄河进入宁夏时赐予的第一份礼物，静悄悄地依偎在黄河的水声旁，滋养着村落里不到千口的一百四十户人。

村里的人家大部分都姓拓，在姓氏上，这个字和沿河而上的甘肃省景泰县境内的同姓人，都被念作"土"。

然而，就是这个看起来有些少数民族味道的姓氏，却在被外界讨论中，多了几分浓厚的历史感。

建立以宁夏平原为核心的西夏王朝的主体民族是党项羌，而党项羌在10世纪中晚期进入宁夏平原时的统领者是个叫拓跋的部族，这个更早从青藏高原上带着神秘而悲怆色彩的古老部族，一路而来，一路传奇，终被唐朝安置在陕北和陇东一带。

晚唐时，黄巢起义给这个流落在黄土深处的部族，提供了亮相大唐王朝舞台的机会。拓跋思恭带领党项羌，出兵协助镇压黄巢起义，这支裹挟着勇毅和杀气的力量，就像秋天里最凌厉的一抹霜，给曾自豪地写下"冲天香阵透长安，满城遍带黄金甲"的黄巢以致命一击。拓跋思恭因此被唐朝重用，并赐姓李，从此，拓跋这个古老的姓氏逐渐掩隐进历史深处。到了1038年，拓跋思恭的后人元昊在今日银川登基，建立大白高国——后来历史上的西夏王朝，则连李姓也彻底放弃，宣称自己的姓氏为嵬名，再后来，大白高国的帝王，逐渐恢复李姓。随着西夏王朝被蒙古铁骑撕碎，传说中，在西夏灭亡的过程中，党项羌贵族一支逃难于此，依托黄河的滋养和大山的隔绝而生存下来。

三

未至中卫前，我先抵银川。

银川是宁夏省会，亦是曾经西夏的都城兴庆府。银川到西夏王陵仅四十公里，我来到西夏王陵时，西北的风迅疾凛冽，飞扬的沙尘掠过地面，荒草满地滚动，乌鸦在枯树枝上啊啊而鸣，看不出丝毫春意。

西夏王陵坐落在贺兰山下的荒漠草原上，九座西夏帝王陵园和两百六十多座王公贵戚的陪葬墓一览无余。这片博大雄浑的陵园建筑遗迹被日本游客称为"东方金字塔"。

20世纪30年代，摄影在那时候的中国，还是项稀罕的技术，航空摄影更是闻所未闻。一位年轻的热衷摄影的德国飞行员卡斯特来到中国。他揣着刚刚问世不久的莱卡相机，飞行在天空，每当看见美丽、奇特、迷惑或者感兴趣的景象，就会用相机拍摄下来。这一次，他飞行在宁夏上空时，看见地面上有很多像金字塔一样的巨大土堆。就这样，卡斯特无意间为西夏王陵留下了最初的影像资料。

时针回拨到1908年3月，俄国海军大校科兹洛夫率领的一支探险队向中国西北的大漠深处挺进，他接到了俄国地理学会的命令，要到中国西部边疆寻找一座古城——一个举世闻名的黑水古城。黑水城是西夏至元代的一座边防古城，始建于西夏时期，明代初期废弃。

科兹洛夫等人1908年3月19日到达黑水城，3月31日又匆忙离开。他们并不在意科学的考察发掘，只是在古城的各处翻找有价值的遗物，如书册、信函、钱币、装饰品、家具、佛像画像等，然后将所获文物运回俄国。

俄国皇家地理学会收到这批文物后非常重视，要他们立即返回，并在一座距西城墙四公里的佛塔地宫内，发现的各类文书共两万四千多册，佛画五百多幅。用科兹洛夫自己的话说，他们发现了"一座保存完好的图书馆"。但这是一次大规模的野蛮挖掘，"死亡之城复活了，一群人开始在这里活动，工具磕碰出响声，空气中尘土飞扬"。在黑水城周边一共挖掉了三十多座塔，几乎毁了黑水城八成以上的塔！这些文物于1909年运到俄国圣彼得堡地理学会所在地，使当时的整个欧洲感到震惊，并成为20世纪中国继甲骨文、汉简、敦煌文书之后的又一次重大文献发现。

科兹洛夫走了，留下的却是一个伤痕累累的黑水城。科兹洛夫在野蛮挖掘的同时，他很清楚地知道自己的行为意味着什么，但是贪欲占据了心灵。科兹洛夫因他的野蛮行径，在离开时似乎"良心"发现，在自己的《考察记》中这样写道：

随着考察队与死亡之城距离的增加，不由自主的难过之情越来越强烈地控制了我。我仿佛觉得在这毫无生命的废墟中，还存留着为我所亲近、珍视以后将不断与我的名字联系在一起的东西，还有一些我舍不得与之别离的东西。我无数次地回望这座被尘土遮盖的城堡，在和自己苍老的朋友告别时，我带着某种可怕的感觉意识到，喀拉浩特城（黑水城）现在只耸立着一座孤零零的塔了，这座塔的内容已经无可挽回地死亡了——被人类的好奇心和求知精神给摧毁了……

失色的黑水城，袒露出一帙风干的历史，让后人用沉重的脚步来匆匆抚摩。

俄国著名汉学家伊凤阁在黑水城成堆的文献中发现了一册《番汉合时掌中珠》，原来这是西夏文、汉文的双解词典。科兹洛夫两次以驼背运来的，竟是中国中古时期西夏王朝一百九十年的历史！这个1038年崛起的少数民族王朝，先后与北宋、辽及南宋、金形成三足鼎立，并迅速将自己的政治、经济、文化推向了顶峰。

这是西夏考古第一次向世人揭开它的神秘面纱，然而，位于银川的西夏王陵，在很长一段时间里，一直被中国考古界认为可能是唐墓，直到1972年春天，宁夏博物馆的工作人员在贺兰山下新挖掘的战壕边上，发现破碎的西夏文残碑。人们这时才意识到，这片漠漠荒尘中的土冢不是唐墓，而是消失在历史疑云中的西夏陵墓。

西夏陵墓重视地面建筑，敦实的陵台、奇伟的献殿、高耸的角楼、矗立的阙台、斑斓的脊饰，处处都显示着西夏王朝风云的过往。陵墓巨大的封土堆并不遵循汉族墓葬传统，修建在陵墓的中轴线上。所有王陵的封土堆，都居于中轴线的一侧，占据着陵园的一角。

西夏的崛起，统一了中国的西北地区，因宋辽长期征战废弃的丝绸之路得以重新开通，西夏因为强邻环伺，地处交通要冲，也汲取了各方的文化和技术，掌握了当时最先进的技术，接触了当时最先进的文明。

现存安西榆林窟的西夏壁画中有《锻铁图》，图中二人持锤锻铁，一人在竖式的风箱后鼓风。1976年在王陵出土的鎏金铜牛，形体硕大，重达一百八十八公斤，形态逼真，显示了当时高超的冶铸工艺水平。

西夏武器制作十分精良，其中以剑最为有名，被北宋王朝誉为"天下第一"。苏轼曾请晁补之为其作歌，内有"试人一缕立褫魄，戏客三招森动容"。西夏铠甲坚滑光莹，非劲弩可入，当时宋朝曾缴获一件西夏铠甲，士兵在百步外箭射不入，又在五十步外箭射不入，最后在三十步的距离连发数箭，只有一箭射入，宋兵欣喜若狂，觉得西夏铠甲并非刀枪不入，结果近前一看，弓箭只是恰巧射在了铠甲铁片的连接处罢了！当时千金难买西夏甲，可见西夏的冷锻技术达到了怎样的高峰。

西夏自1038年元昊称帝到1227年末主失国，十传其位。其间，金代辽治，宋室南迁，西夏则岿然不动。直至1206年成吉思汗统一蒙古各部，西夏成为绕不开的咽喉要冲。二十二年间，蒙古先后六次攻打西夏，其中成吉思汗四次亲征。锐不可当的蒙古铁骑横扫亚欧大陆所向披靡，然而却在西夏国门前遇到了前所未有的抵抗。成吉思汗恨恨不得志，降旨："每饮则言，殄灭无遗？以死之，以灭之。"命令蒙古人每次喝酒之前都要高呼西夏国主的名字，以表示时刻不敢遗忘西夏之仇。

1227年，蒙古大军包围兴庆府达数月之久，西夏终因弹尽粮绝举城投降，改西夏为宁夏，沿用至今。

成吉思汗病逝前，降旨对西夏"以灭之"。恰在成吉思汗死后一日，西夏献城投降。愤怒的蒙古军队不仅依照惯例屠城，而且将西夏王陵破坏殆尽，以至于今日发现的残碑，没有一块能拼出完整的碑文来。也因成吉思汗死于西夏，元人怀恨在心，只修《宋史》、《辽史》和《金史》，独不为西夏修史。数百年后，辉煌一时的西夏，留给我们的只是废弃的建筑、残缺的经卷以及残陵乱冢。

当我伫立在这片西夏故地时，一切静默，留下的只有眼前被风雨蚀过的高大黄土堆以及布满孔洞的断壁残垣。黄昏的阳光洒在陵区间，投射出长长短短的斑驳阴影。曾经的王朝基业、曾经的霸业辉煌，一切都在金戈铁马、血雨腥风中随风而逝。我俯身摸了摸王陵的土地，指尖感受的是昔日西夏的版图，树枝挂住的沙棘，仿佛西夏的旗帜！

西夏之亡，不仅是外来侵袭，其政治昏庸、吏治腐败、经济萧条、军备废弛，还有宫廷中无数让后人耻笑的丑剧，后夫腰斩前夫，情人间争风吃醋，杀儿弑母，欺兄霸嫂，父占儿媳……宫闱之乱，倾城覆国，这便是西夏人的悲哀。

此刻，真的应该有几声悲戚的胡笳和羌笛，音色凄凉，声声沉重，为西夏人奏一曲心头的哀音。时至今日，曾记录心酸历史的西夏文字，大白于天下，竟能镌刻山河，渗透人心。西夏消亡后，还有新的王朝再生。如此循环往复，一个王朝诞生了，意味着另一个王朝死去。历史不好分清，更爱哪一个？或者，谁是谁的替身？

四

蒙古铁骑大肆践踏西夏时，西夏之民向境外逃走，显赫一时的党项羌民族就这样莫名消失于史册。

党项羌的贵族，有的选择了走进未被屠戮的平民中间，有的投靠蒙元政权得到重用，有的选择逃遁到一个个至今没有确切地址的隐蔽角落，有的则可能选择殉身于末代王朝。当西夏最后的一抹残阳抛洒在这些遗民的脸孔，映照仓皇，其实已经没有拓跋这个姓氏。

七百多年后，历史常识往往被误读。在外界的宣传中，南长滩里的拓姓人家便是西夏皇室中的拓跋姓。其实，拓跋姓氏在大白高国时期就已逐渐消失，而这个善良而素朴的村庄，因这些不该承负的话题，显得有些局促，甚至不好意思。

南长滩里，没有任何一个拓姓人家能拿出来足以证明自己是拓跋后裔的证据：家谱、遗物、文物……若把考证的足迹稍微放开，在田野考察的心态下，离开南长滩，顺河而上，不到五十公里就可以到达甘肃的景泰县，那里至今仍散布着不少拓姓人家，难道这些人也是当年西夏皇室后裔？再往西延伸至河西走廊，甚至新疆境内，仍有拓姓，顺理推断，难道他们也是西夏皇室后裔吗？

从史料来看，成吉思汗征伐西夏时，明确地穿过中卫（西夏时称应里州），几次征剿之后才包围兴庆府（今银川）的，难道当年生活在都城的皇室后裔，先跑到成吉思汗大军的面前，然后再从容不迫地走进黄河对面的这个小乡村，最终迎来都城被屠戮的严酷事实？无论从哪个角度说，这里拓姓人家是西夏皇室后裔的说法欠缺例证。

从南长滩起步向西，逆着黄河进入甘肃，那里的拓姓人家，明显带有不同于当地的口音。他们谈起族源时，拿出的家谱告知：他们的先民是从西边来的。西边，是对祁连山下的河西走廊的泛称，走廊的尽头，连着曾经的西域，今日的新疆。

南长滩，一个普通的、真实的村落，伴着依稀消失的一筏桨声，繁茂盛开的一村花事，斑斓河影中的一渡船音，听一听袅袅炊烟里的家长里短，已足以使这个美丽的村庄拥有自己的文化和历史，没有必要用不存在的秘事为自己说项。

穿行在南长滩的田间地埂，日落西山，天空的明亮开始变得温柔，东面的山峦获赠了最后的余晖，眉眼闪亮，神采飞扬。金黄的阳光斜着穿过远处的河湾，穿过梨园外围的密密的枣林，斜进梨园时，格外清晰，格外亲切，所有向阳的叶子都闪耀着金绿，在微风中幸福而满足地摇动着新生的手掌，枝枝叶叶捧满了金黄，漏下来的，散落在行行道道的麦苗上，树下的沙土上，土上的落花中。地上积雪一样的梨花瓣，被余晖镀上了淡淡的金光。

古梨树粗壮黝黑的树干的侧缘，泛着光芒，是饱经沧桑的微笑。游人依然三五成群，然而，此刻四周静谧，仿佛自然而然地归于宁静，只有黄河的水声隐约在耳。古树和我对望，相看两不厌，我们的目光都成了绿荫的颜色，心也被春天惹绿了。古朴宁静的明暗，古朴宁静的时光，一如园外黄河飘带般古朴宁静的流淌。

这古朴宁静，一直流到我的心里，抚平了我从西夏王陵带过来的沧桑和惆怅。

依从朋友在电话里的指引，我找到了村支书拓守卿。我告诉他，我来自北京的长城脚下。他告诉我，南长滩这里也有长城。岩画专家周兴华断代这里的古长城时，曾将他从长城边的土山下挖出的陶片送去检验，结果是汉代，据此推断为秦长城。拓守卿说，他小的时候，雷劈倒过一棵古梨树，细数年轮，有三四百圈。村子里当年迁老坟，棺木上有"康熙九年"的字样。据此推断，先人们应该是明末清初时来到此处的。家庙还在时，族谱记载，同治元年，马化龙回民起义时和总兵刘松山率领的清军在这一带打过仗，后来因刘松山曾驻军于村中，马化龙打回来后就纵起大火烧尽全村，只逃出了太祖爷爷五个人，后又传下后人，全村论起来全是亲戚，所以族谱上早就定下了辈分。

村子依山而建，向下走两步就是黄河，村民房子半开放的围墙、猪圈、羊圈几乎全部是用黄河鹅卵石混合草泥堆砌而成。

现在黄河的渡口以前河宽水急，只有隆冬冰厚时才能过人。村人出山，一律乘羊皮筏顺河漂流而下，水急滩险，不知有多少人葬身河水。东边唯一一条小道通向外边，是山崖下掏出的一道浅槽，人走时得仰面攀扶而过，叫"鹞子翻身"。

南长滩村世代享受着母亲河的滋润，对这条河的污染也有过切肤之痛。

"大概是20世纪八九十年代吧，上游的污染让黄河水始终飘着一层黑色的油污，岸边的污物厚得像沥青一般，走路都会滑倒。村里人饮用黄河水，打来沉在缸里晾一天才能喝。"村子里八十多岁的拓兆善老人回忆起过往，深深叹了口气。

拓兆善老人是一位老筏工，更是一位好渔人，羊皮筏子是拿手绝活，过去靠着一个筏子就能够划到中卫，打鱼总能满载而归，可是河流污染，却让他从河里回到了岸上，渔网变成了农具。

随着国家环保力度加大，这些年来的黄河水质越来越好，一些久违的鱼种重现。南长滩村人虽然告别了黄河取水的日子，用上了自来水，但是烧鱼时，总要用上点黄河水才觉得有味道。

随着交通的便利，驴友、文学家、摄影家……越来越多的人开始拜访这个偏僻的村庄，村里通了水泥路，有了冲水厕所、自来水，通了电。

已是黄昏，我告别南长滩村，饭点到了，家家户户升起炊烟，暮色轻抚大地，村落静静地卧躺在黄河边。看见我们招手，如约等在岸边的摆渡人笑着把船摆过来。今天，我们应该是最后一拨客人，摆完我们，他也要回村吃饭了。

南长滩的悠长传说汇入滚滚黄河水，无论是否与昔日的党项羌贵族有关，这个一直渴盼走出大山的村落，在今日渴求悠闲的时代，把一树树梨花下的青春情愫、一季季雪花后的酒歌民谣、一缕缕炊烟里的村情民事、一船船载驮的繁忙及其后的落寞，化身为独有资源。这一切，既是历史的轮回，亦是身畔那条让人魂牵梦萦的黄河。

上善若水

一

中国历史上最为福荫万民、遗泽千载的工程非四川都江堰莫属。

到四川不到成都，到成都不到都江堰，定是不算来过"天府之国"。自成都至都江堰，路途不算遥远，五六十公里，交通方便，可谓咫尺相闻。

少年时，读过余秋雨的文章《都江堰》。在那篇文章里，都江堰是一位绝不炫耀、只知贡献、毫无所求的母亲，是那位曾带领蜀地人民用了十四年时间，历经艰险才最终构筑了如此浩大而宏伟工程的秦国蜀守李冰父子精神的再现。

李冰父子完成都江堰这个庞大的水利工程之后，他们绝对没有想到，在两千多年后的今天，世界上顶尖的水利专家学者大师们，研究了数十年，竟然一头雾水，满脸困惑，满头问号，啧啧赞叹的同时，更是频频摇头。

李冰父子的辛勤劳动给后人留下了一个看似简单，其实很复杂的谜团：都江堰是如何设计规划的？又是怎样勘察测量的？如何精确施工？又是怎样进行工程监理的？庞大的施工队伍又是怎样组织管理的？等等。

都江堰，屹立了两千多年。时至今日，它不仅是一座水利工程，一处人类的历史遗存，更应该是一种文明的符号，一种中华文明的对外交流窗口。

走进都江堰，如同走入了水的世界，小桥流水随处可见。集山、水、林、桥、堰、城为一体的都江古城，七条江河穿城而过，恍惚之间，犹如身处江南水乡。

四川之所以能号称"天府之国"，成为富饶美丽的一方乐土，从根本上说，是李冰创建都江堰的结果。《史记》中记载，都江堰建成，使成都平原"水旱从人，不知饥馑，时无荒年，天下谓之'天府'也"。若说岷江是"天府之国"四川的母亲河，是四川的生命之源，那么都江古堰就是这"天府之国"的源头。

今日矗立在都江堰的李冰雕塑，始建于东汉建宁年间，其实已经湮没在岁月中有一千多年，1974年才在都江堰鱼嘴附近重见天日。从此，李冰又含笑面对承受着他恩泽的苍生。石像姿态雍容，长衣冠冕，面含笑容，手置胸前，形象朴拙。

也许在许多人的脑海中，李冰应该是清瘦的，头戴高冠，面容清癯，器宇轩昂，眼光锐利如电，五绺长须随风飘洒。他面对大江，好像江水就在他胸中奔腾冲突，运筹擘画之间，江山都为之易容。都江堰城中的李冰塑像基本就是这个形象。可是李冰也应该是雍容的，他的巧是移动自然造化的巧，是老子所谓"大巧若拙"，这是对水之性格的谙熟于心。他因势利导，把人力和自然之力运筹在一起，手指运转之间，山川协作，把水的灵性，灌输到了无限时空中的四川。

时至今日，清明时节，都江堰依然会举行盛大的放水仪式，百姓穿着古装，用灌口方言高诵祭文，举行盛大的献礼仪式。

这种仪式，民国时期称为"开水大典"，还确立了烦琐的程序。官祭之外，还有民祭。传说旧历六月二十四日是李冰之子二郎的生日，后两日为李冰生日。因此，六月二十四日前后，川西受益区的百姓不辞艰苦跋涉，扶老携幼，带着祭品到都江堰二王庙祭祀，每日多达万人以上。

祭祀与缅怀是传承中华文明传统精神的方式之一，这一独具特色的民俗活动，延续千载，清明放水已深入巴蜀人心，其盛况赛过春节。因为有都江堰，绵延六千三百公里的长江文化，在这里进行了一次升华。你会强烈感受到，一种精神的具象化，它与都江堰的江水一起，奔流浩荡，从先秦直到现在，继续流淌向未来。

李冰从人一下升格为神的时候，人们对他的敬仰其实已经不能用简单的崇敬来形容。看看二王庙长年不断的香火便知，香火萦绕，经声悠扬，清脆的钟声在山间飘荡，白鸟悠闲自得、凌空飞舞，顿时有了出尘之感。

李白在《感兴》中曾自述"十五游神仙，仙游未曾歇"，"蜀国多仙山，峨眉邈难匹"。他在《上皇西巡南京歌十首》之四中写道：

谁道君王行路难，六龙西幸万人欢。
地转锦江成渭水，天回玉垒作长安。

"天回玉垒作长安"之句将都江堰的玉垒山比作长安，言下之意，二王庙即是长安宫阙了，因为玉垒山上只有二王庙的建筑最为宏大。

二王庙负山面水，殿宇巍峨，梯回壁转，飞檐叠阁。这里原是祭祀古蜀国王杜宇的望帝祠，南北朝齐建武年间，改祀李冰。亡国帝王腾出地方，让位给了造福万民的英雄。二王庙是李冰和历代治水贤士的纪念馆，是古代水利工程的博物馆，更是孕育四川文化的核心殿堂。

庙号"二王"，是因李冰父子被后世帝王累次封王。他们的形象嗣后与道家合流，被百姓们奉为神明。"灌口二郎神"，妇孺皆知，其原型就是李冰之子李二郎。二郎神手中的兵器是三尖两刃刀，其原型应该就是由当时开河所用的农具锸敷衍转化。锸形如铁锹，只是中间有豁开的方形缺口，汉以前给远古之人造像，如黄帝、大禹等人，总拿着这么一柄锸。

二

　　天下的水有很多种，四川就有几种典型。九寨沟的水是梦幻的，游过九寨沟的人说"水在九寨做梦"，那是幽蓝得让人沉醉的水，是童话里的琉璃世界，黄龙的水是一首抒情的诗，是人间的瑶池，水澄静得像仙女流连的一片片宝镜，镜面上充溢着恬静的心绪，三峡的水是首雄壮的歌，山水相激，在顺流放舟中荡气回肠。都江堰的水呢？或许是宏大的交响曲吧！

　　都江堰的水来自千年不融的雪峰岷山，源头位于川西北松潘县和九寨沟县交接的弓杠岭，因其岭如弓之杠得名。这里垭口海拔三千六百九十米，藏语意为"都喜欢山"。其斗鸡台有白河发源，南麓隆板沟又为岷江之源。弓杠岭一带为亚高山灌丛草甸，靠北山麓，林茂树密，南麓柏树稀疏，砾石横生。河谷袒露，可见地质之演变。春夏至垭口，极目蓝天，远山沉黛，近处百花盛开，万紫千红。冬来积雪迷道，路不知其踪，北风可吹人倒。

　　岷江的水一经出世，便在崎岖陡峭的山间穿行，仿佛一条翱翔的巨龙，在群山逶迤中腾挪宛转，一路高歌。这水终于到了虹口和龙池之间的紫坪铺，而今的人们在这紫坪铺上修建了高大的水坝，将奔腾喧嚣的岷江水一截为二。

　　紫坪铺水利枢纽工程位于岷江上游，都江堰城西北十八里的地方。岷江是长江的一条重要支流，紫坪铺以上为上游，长三百多公里，而落差有两千多米，流域面积蕴藏了巨大的水力资源。紫坪铺水利枢纽工程坝址以上的流域面积两万多平方公里，占岷江上游面积的绝大部分，是以，岷江上游水流量相当可观。

岷江就这样经过紫坪铺，一路流向千年的都江堰。

从上游沿岷江一路行来，水一直都是这么大声地奔流，可是一旦站在都江堰的悬索安澜桥，立于江流之上，看冲突咆哮的洪波，却让人胆气飞扬。索桥钢缆横架空中，一百四十多米的长度，中间仅有两处桥桩支撑，不用风吹，人行其上面，若醉后乘舟，摆簸不定。脚下的流水，应该还像李冰所处的时代一样吧！传说里，当初阻碍治水，被李冰锁在水底的犀牛水怪，仿佛仍在困顿愤怒，咆哮怒吼，声震耳鼓，喷出的水雾溅湿了桥上人的衣衫，精神为之爽然。

离堆何岩岩，瓶口纳澎湃。
投鞭分江流，一堰为统帅。
伟哉李父子，功勋孰可盖。
……

吟诵着赵朴初先生的诗词，站在栏杆前，举目远眺，岷山披翠，蜿蜒起伏，重峦叠嶂，绵延四周。若站在空中俯瞰，岷江恰似巨龙，从峰峦中蹿出，奔涌而来，在光晕中烁金熠辉，雄伟壮观。抵达都江堰的鱼嘴时，岷江被一分为二，左边是外江，右边是内江。

落日在天边曳下一根根红线，线下暮色苍茫，线上金丝万缕。红线曳着落日，光艳诱人，给山峦、江水披上万千色彩。渐渐地，风萧冷彻，天色愈来愈暗，青山碧水染上一层墨彩，给朦胧的江面平添了几分雅趣，教人想起碧空寥落、一水萦蓝的平湖秋色。左边的泄洪闸堤，高大巍峨，洪流于闸中倾泻，水声震耳欲聋。右侧宝瓶口，石崖似横空出世，绝水兀立，散发出气傲烟霞、势逾风雨的奇韵。江水奔腾流淌，惬意地走向成都平原滋润沃野，外江浪声呼啸，快马加鞭奔入滚滚长江。仿若天籁，更是历史的低吟。

在都江堰，李冰父子率民众用火烧、水浇、人撬的办法，历经艰辛筑成。令人惊叹的是，当时没有混凝土，飞沙堰全是用笼笼卵石堆砌而成，李冰提出的"深淘滩、低作堰""遇弯截角，逢正抽心"等行之有效的治水经验，首开人类科学治水的先例。

都江堰工程遂由宝瓶口、鱼嘴、飞沙堰和渠道网组成，构成一个完整的防洪、航运、灌溉的水利体系。宝瓶口是控制内江水量的首要关口，它狭窄的通道形成一道自动调节的水门，控制内江的流量，对内江的灌溉网起保护作用。当年李冰父子为了进一步控制流入宝瓶口的水量，防止灌溉区的水量忽大忽小、不能保持稳定，在鱼嘴分水堤的尾部，靠着宝瓶口的地方，修建了分洪用的平水槽和飞沙堰溢洪道。飞沙堰的堰顶做到合适的高度，起一种调节水量的作用。当内江水位过高的时候，洪水就经由平水槽漫过飞沙堰流入外江，使得进入宝瓶口的水量不致太大，保障内江灌区免遭水灾。同时，由于漫过飞沙堰流入外江的水流产生了漩涡，可以有效地减少泥沙在宝瓶口周围的沉积。至此，都江堰工程基本完成。

鱼嘴分水堤、飞沙堰溢洪道和宝瓶口引流工程，科学地解决了江水的自动分流、自动排沙、控制进水流量等问题，三者首尾相接，互相照应，浑然天成，岷江不羁的野性在这里被李冰父子驯化了，惊天动地的水势，最后竟然涓涓地、温驯地流淌到了田间，温顺地润泽着成都平原的生灵。

站在离堆观看宝瓶口飞流翻滚的江水，不免让人想起苏东坡的"大江东去，浪淘尽，千古风流人物"。苏东坡词中自然赞颂的是周瑜，但世人见到"羽扇纶巾"泰半都会想到诸葛亮。在真实的历史时空，诸葛亮对都江堰是极为重视的，曾派兵一千二百余人在此驻守，并对其加以维护，最大程度发挥都江堰作用。当时从都江堰流出的水，不知灌溉了蜀汉多少农田，促使了粮食增收，为诸葛丞相的南征北伐提供了充足的粮食和物资。

三

水与人类的生产生活息息相关，水是人类文明之源，而诗作为古代文学最早的表现形式之一，成为人类文学之渊。从诗歌产生的那天起，水便与诗歌结下了不解之缘。水与诗相伴生相契合，美轮美奂，奏响古代文明与历史文化交相辉映的动人乐章。

水，承载着千古轻舟缥缈孤影，酝酿着千古文化的积淀。

在李易安的笔下，水载着兰舟，承载着一位女词人华丽而浪漫的梦。

在李白的心中，水和他自己一样，浪荡高歌，豪放不羁，却又有着曲曲幽折的心事。

杜牧的眼中，水载泊着豪贵与骄纵，就如那条秦淮河，流淌着六朝的金粉与胭脂。

水，孕育了千古的文人与学者，构筑了一座气韵繁华的文学殿堂和不朽不腐的文化丰碑。远古洪荒，洪水滔天。在人类社会的早期，由于生产力低下，人们对于万物的起源、错综复杂的社会矛盾和千奇百怪的自然现象，不能科学地认识理解，因而凭借丰富、大胆的想象，把一些现象和矛盾加以神化，创造出许多瑰丽多彩的神话故事。年代湮远，世事沧桑，这些幸存的古代神话，涉及治水内容的神话比重较大，于今来看，这些神话虽还是一种"神话的感知"，但这种"原初层"的原始智力却具有深厚的文化内涵，构成了中国人水文化中不可缺少的重要层面。

人类文明走过曲折的道路，从屈服自然到征服自然、创造文明，再到认识大自然并和谐相处，这是文明的轨迹。重大水事活动可以充分体现一个区域人民的优良传统和品德，彰显人们的世界观、价值观、道德观及审美情趣。

四川被高耸的山脉围成了盆地，"蜀道之难，难于上青天"。上古时，封闭在其间的古蜀国无舟车之利，绝少对外交流，境内水旱相接，属蛮荒之地。都江堰修成后，穿内、外江，"旱则引水浸润，雨则杜塞水门"，引溉郡田，沃润千里，水旱从人，不知饥馑，把西夷荆棘之地，化为锦绣繁华之府，号为"陆海"，又称"天府"。昔人有诗云："天孙纵有闲针线，难绣西川百里图。"事实上，历史上四川还多次下粮赈济外省灾荒。汉高祖刘邦以四川为根本，出兵关中，"蜀汉之粟万船而下"，手中有粮，心中不慌，最终统一天下。

水是人类文明的源泉，水文化是水利事业悠久灿烂、博大精深的文化精髓。

有人说"知识经济"过后，世界已进入"水文化时代"。不管此论正确与否，我们确实不能忘记那些为"水"而战，为"水"而呼的人们。不管是有意还是无意，这些具有典型意义的先人，用行为和实践在"水"的层面上书写了文明。假如没有他们，关于"水"的思索，将是一页空白，人类的文化也将留下无尽的遗憾。

我们将目光溯往远古：假如没有鲧和禹的治水业绩，就没有华夏民族治水历史的文化创造，也就失去了中华文化的创立之基。虽然鲧用湮堵之法，治水失败，最终被杀于羽山，但是失败的鲧，同样是英雄。他不仅为后来的大禹治水提供了宝贵经验和教训，也为中华民族的治水史留下了一笔宝贵的文化遗产。没有鲧，就没有大禹"百川归海，九州攸宁"的治水成功，就没有"劳身焦思，闻乐不听，过门不入，冠挂不顾，履遗不蹑"的生动写照。这些乃至被传承为一种民族的精神，放大为一种民族文化之魂的象征。

假如没有白居易和苏东坡，就不会有杭州西湖边上的白堤、苏堤。西湖充其量只不过是一个自然湖泊，怎样也留不住具有东方审美思想的水文化、水灵魂。这两个生活在唐宋不同时代的"文化人"，用"文化"的理念，在有限的时空内，发现并培植了西湖的美。白居易颇有创意地让犯了小错的百姓去西湖植树，犯了大错的官僚到西湖边上开荒。留守西湖三年的白居易，哪里想到，就是这条普通的白堤，遭到数次废弃却又被数次重修后，存世千年，甚至演绎出关于白娘子的凄美神话传说。

眼前的都江堰更是如此。若无李冰父子建造的都江堰，何谈四川天府之国的富裕华章。没有一座宏大的古水利工程，也就没了一座写满沧桑的文化遗产宝库。

把目光从历史转投至今天，时空的转换同样令人感叹。三峡工程、南水北调——假如没有这些"治水者"，我们的河流将是怎样的场景？我们的文化又将会走向何方？我们的文明是否会倒退到"茹毛饮血"的时代？

我曾面朝着东方，感受过大海涨潮的高亢激昂，也曾驻足于芦苇寂寞的运河边，看浩浩渺渺的烟波，也曾想纵身御风而行，在蜿蜒曲折的洞庭湖上泛舟……

我想，人类与水是极亲近的，不说"逐水草而居"，就人类善于学习和模仿的天赋而言，通过长期的探索和实践，人类得出了"以自然为师"的结论。老子在《道德经》第八章中就阐明了以水为师的妙用：

上善若水。水善利万物而不争，处众人之所恶，故几于道。居善地，心善渊，与善仁，言善信，政善治，事善能，动善时。夫唯不争，故无尤。

水被老子称为"上善"，意为最高的善、最美的德，当然值得人类学习。只要人们能够做到就像水一样，善于滋润万物但却不与万物相争，居住善于择地，心态善于渊博，待人善于仁爱，言语善于诚信，为政善于治理，做事善于发挥才能，行动善于掌握时机，无疑就会创造出幸福美满的未来。

老子曾手指浩浩黄河，对孔子说："汝何不学水之大德欤？"孔子问："水有何德？"老子说："上善若水。"孔子闻言，恍然大悟："众人处上，水独处下；众人处易，水独处险；众人处洁，水独处秽。此所以为上善也。"

水，关系到整个人类的命脉与历史，黄河两岸、尼罗河边、印度河畔，都各自哺育了一个古老而富有生命力的民族。水，就是这样，看似柔弱，实则坚韧，聚点滴成波涛，汇大湖而成四海。

水亦是自然界中较有思想的物体，它温顺时是谦谦君子，放荡时如不羁野马。面对浩荡的水流，人类的选择，不是对抗，而是和解，这或许从另一面诠释了"上善若水"的含义。

都江堰昭示着"上善若水"的不息生命力，其文化意义早已穿越时空，对自然和人工的和谐，对历史文化在当下的传承，都有着深远的影响。

流淌了千年的岷江依然浩浩荡荡，灌溉了千年的平原愈加富庶，时间在奔流不息的水里，是凝固的，是短暂的。从都江堰在川北矗立的那天起，它就见证了水带给这片土地和这方人民的神奇力量。

都江堰听水，听到了响彻千年的"善"之吟唱。

跋

撷一片旧时月色掌灯

"怎样的文字,才配称得上优秀?"这个问题,其实我从未曾想过。一直以来,我都只是读可读之书,行可行之文,概不以"文以载道"为己任,大抵知道自己也是载不起的,只求自自然然写作,清清白白做人,唯此而已。

文字之于我,更是生命的一种诉求与展示,心灵的一种寄托与宣泄。所以我一直告诫自己:书自己能书之情,达他人未达之意。

这也是我多年以来,一直认认真真坚持写作的原因。

这个世界没有小作品,只有小文人。不是洋洋洒洒百万字的巨著,才是了不得的大块文章,也不是几百字的小篇章就是不足为道的小散文。点点滴滴皆感受,丝丝缕缕皆生活。只要这点滴文字能令人读到不忍释卷,就是了不起的大家。

曾经有许多人批判余秋雨的文化大散文,对此我很不以为然。余秋雨的散文纵有千般不是,但他至少告诉所有的为文字者,原来文字是可以这么写的,而且写得还有人愿意去看。这就是成功,不是一句"文化口红"就能抹杀的。

中国的文字就应该是美的,失去了美的特质的文字不是好文字。一篇好的文章一定要让人感受美,感悟美,渴望美。

明朝写传奇出名的张凤翼刻《文选纂注》,有个书生问:"既云文选,何故有诗？"张说："昭明太子为之，他定不错。"书生说："昭明太子安在？"张说："已死。"书生说："既死，不必究他。"张说："便不逝，亦难究。"书生说："何故？"张答："他读的书多。"

我始终相信文章的品位得自文化之熏陶。孙敬头悬梁，苏秦锥刺股，车胤囊萤，孙康映雪，乃至朱买臣负薪读书，求的还只是读书入门的基本功，未必就此注定可成大器。

钱谦益给李君实的《恬致堂集》写序：

文章者，天地英淑之气，与人之灵心，结习而成者也。与山水近，与市朝远；与异石古木哀吟清唳近，与尘埃远；与钟鼎彝器法书名画近，与世俗玩好远。故风流儒雅、博物好古之士，文章往往殊邈于世，其结习使然也。

他说李君实进士起家，官至列卿，却修洁如处子，淡荡如道人，诗文才能不古不今，卓然自作一体。

中国已故语言学家罗莘田如是说：

尝欲恢宏词汇，约有四途：蒐集各行各业之惯语，一也；容纳方言中之新词，二也；吸收外来语之借字，三也；董理话本语录戏曲小说中之恒言，四也。四术虽殊，归趋则一。

文学原是记忆的追悼。语言文字的魂魄藏在奶奶的樟木箱子里，藏在爷爷的紫檀多宝格里，藏在母亲煎药的陶壶里。陈陈积淀，你的文字自然会学会一种表达。此后，文字才能优美起来。

这种美，不等同于好词、好句。文字是创造意境情境的基础，创造身临其境之感，最能检验一个作者对文字的运用与把握。文字可以创造画面感。这种感觉并不比亲眼见到一幅画的感觉弱。绘画靠色彩线条，而文章是靠文字。二者只有方式的不同，感觉上其实并无二致。

散文家董桥说，文章修炼的境界有三：先是婉转回头，几许初恋之情怀，继而云鬟缭乱，别有风流上眼波，后来孤灯夜雨，相对尽在不言中。初恋文笔娇嫩如悄悄话；情到浓时不免出语浮浪；最温馨是沏茶剪烛之后剩下来的淡淡心事，却只说得三分！

然而，我有些不甘的是，今日概念化文字的泛滥成灾和趋之若鹜，让我有些费解。

述父母必以高大全出现，无苦难仿佛不能成文，阵仗一摆，如狮子搏兔，七情上面……可是，苦难的描述若不能给人在精神层面以震撼，仅限于一种倾吐式的描写，如此文字，岂会产生文学在艺术上的美感和震撼？文学是生活的提炼，是对生活的升华，而不是对生活简单的再现。须知，文学是一个创作的过程而不是简单的记录过程。

残阳如血，我只依稀看到"文学的庄严"在残红的晚霞中浮现出斑斑的余晖。四野渐黑，远处已传来风声狼嗥。

头顶的月光照不亮柏油路。月亮的柔光只有在铺满白色卵石的小径才能反射出来，为夜归人掌灯。千年不坏的句子，在眼花缭乱的现代文明世界里，依然有它的地位。此刻夜深沉，写诗作文的路更加模糊，唯愿采撷一片旧时的月色，在心中掌灯，将笔下的一字一句，写得活泼而有风致，于愿足矣！

林遥

2021年7月改定于凭栏迎雪阁